老北京的味道

魏韶华 · 编

漓江出版社
·桂林·

图书在版编目（CIP）数据

老北京的味道 / 魏韶华编 . -- 桂林 : 漓江出版社 ,
2025. 1. -- ISBN 978-7-5801-0027-6

Ⅰ. I266

中国国家版本馆 CIP 数据核字第 2024AJ0313 号

老北京的味道
LAO BEIJING DE WEIDAO

编　　者：魏韶华

出 版 人：梁　志
策划编辑：杨　静
责任编辑：滚碧月
装帧设计：周泽云
责任监印：黄菲菲

出版发行：漓江出版社有限公司
社　　址：广西桂林市南环路 22 号
邮　　编：541002
发行电话：010-65699511　0773-2583322
邮购热线：0773-2582200
网　　址：www.lijiangbooks.com
微信公众号：lijiangpress

印　　制：天津画中画印刷有限公司
开　　本：710 mm × 1000 mm 1/16
印　　张：16.75　字数：208 千字
版　　次：2025 年 1 月第 1 版
印　　次：2025 年 1 月第 1 次印刷
书　　号：ISBN 978-7-5801-0027-6
定　　价：68.00 元

前言

◎魏韶华

北京旧称作北平，二者存在于不同历史阶段。四九城的格局，自是天成的大气。文人心气于其中，紧张、涌动、风雷震，思想、主义、主张之激变，青年对生活的热切、对理想与未来的热望，无不点滴渗透于书写北平生活的文字之中。

北平重规则，讲秩序，有度，有分寸，有规尺，重法度。

北平的风俗，尊人，适度卑己，热忱于生活。其传统延续，在乎手艺人、艺术大师、各个行业的行家里手，以及深藏不露的高人。

身处新与旧的交替之际，北平留下了许多文字，令人指掌间窥见其状貌之精彩。

本书精选民国时期叙写北平生活的文章，在《恋恋北平》里，瞿秋白、朱自清等写出了心中北平的样子、北平在心中的分量与留恋。《北平四季》

里写了春的北平、五月的北平、秋的北平，郁达夫的文字给金黄的北平增添凝重。《北平风物》里，荷塘月色、兔儿爷、中山公园、清华园、旧书铺、茶、戏、胡同，诸多生色。《北平杂忆》里，依旧买书、饮茶，还有春节、端午、羊肉吃食、人情味、水烟袋、鸽子，读过去便将北平的生活样貌窥探。所谓挂一漏万，北平的生活兴味足，此选本尽其所能为读者呈现。

瞿秋白《赤都心史》写道："夜深人静，灯光黯黯的笼罩着人的愁思。晚风挟着寒意，时时到窗隙里来探刺。握着笔要写又写不下去：旧话重提有什么意味？生活困难，心绪恶劣，要想得亲近人的慰藉，这也是人情，可是从何说起！亲人的空言虽比仇人的礼物好，究竟无益于事。"其追逐理想的人生尽在北平夜深处道来。北平真是令其留恋，也令我们切切回想在脑海里！

北平岂止是秋冬。张恨水在1949年写《五月的北平》，满怀希望的心情。"北平的五月，那是一年里的黄金时代。任何树木，都发生了嫩绿的叶子，处处是绿荫满地。卖芍药花的担子，天天摆在十字街头。洋槐树开着其白如雪的花，在绿叶上一球球的顶着。街，人家院落里，随处可见。柳絮飘着雪花，在冷静的胡同里飞。枣树也开花了；在人家的白粉墙头，送出兰花的香味。北平春季多风，但到五月，风季就过去了（今年春季无风）。市民开始穿起夹衣，在不暖的阳光里走。北平的公园，既多又大。只要你有工夫，花不成其为数目的票价，亦可以在锦天铺地、雕栏玉砌的地方消磨一半天。”初夏时节北平的美，仿佛收入眼中。

北平是美丽的城。北平的美既在于单个的人，也在于人与人关系的优雅。北平的生活，各阶级都有其生活的来头。北平不仅有足够多样的吃食、戏、优美的环境，读书人在此亦自可寻得重要的精神食粮。

博览群书的周作人在《北京的外国书价》中写道："在现今想同新的学问艺术接触，不得不去看外国文书，但是因为在中国不容易买到，而且价钱又异常的贵，读书界很受一种障碍，这是自明的事实。要补救这个缺点，我希望教育界有热诚的人们出来合资组织一个书店，贩卖各国的好书，以灌输文化，便利读者为第一目的，营利放在第二。这种事业决不是可以轻视的，他的效力实在要比五分钟的文化运动更大而且坚实，很值得去做。”他将好书店比作比文化运动更重要的事。

北平的节令亦可观瞻。“净业湖畔的深绿肥大的蒲子，拔着金黄色的蒲棒儿，迎着风一摇一摇地替浪声击着拍节。什刹海中的嫩荷叶，卷着的像卷着一些幽情，放开的像给诗人托出一小碟子诗料。北海的渔船在白石栏的下面，或是湖心亭的旁边，和小野鸭们挤来挤去地浮荡着；时时的小野鸭们噗喇噗喇擦着水皮儿飞，好像替渔人的歌唱打着锣鼓似的……那白色的塔，蓝色的天，塔与天的中间飞着那么几只野灰鸽：一上一下，一左一右，诗人的心随着小灰鸽飞到天外去了……”老舍写端午节，将湖、亭、野鸭们写得活泼，活脱脱眼前般。

北平是生动的，旧的气象在新的朝霞里延展，旧的血脉新生于新的生活。每个存在于北京的今人，都可从旧文里遇见稀松平常的北平日常，遇见过去的人生，遇见鼓舞人心的精气神。

本书编校过程中，尽量保持了早期白话文的特色，例如在多篇文章中出现的“的”“地”“得”不分，“哪”“那”不论等表述方式。恐读者会有所误读，特此说明。

目录

第一章 恋恋北平

第二章 北平四季

第三章 北平风物

第四章 北平杂忆

第一章

恋恋北平

01

赤都心史

瞿秋白

（1899 — 1935）

小小的院落，疏疏的闲花闲草，清早带些微霜，好像一任晓风飐拂摇移，感慨有些别意，仿佛知道，这窗中人快要离他们远去万里了。北京四年枯寂的生涯，这小小的院落容我低徊俯仰，也值得留一纪念，如今眼看别离在即，旧生涯且将告一段落，我也当有以安慰安慰这院落中的旧伴呵。可是呢。……我没离故乡之前，常州红梅阁的翠竹野花，环溪的清流禾稼，也曾托我的奇思遐想。母亲去世，一家星散，我只身由吴而鄂，由鄂而燕。黄陂铁锁龙潭的清波皓月，也曾使我低徊留恋，以至于北京南湾子头的新柳，丝丝的纤影，几番几次拂拭我的悲怀诗思。我又何独对于这小院落中奄奄的秋花格外深情呢？“自然”向不吝啬他自己的“美”，也未必更须对我卖弄，——我只须能尽量享用，印取他的“美”意，自慰偏枯悲涩的心怀，离别便离别，一切不过“如是而已”。

我离山东回到北京之后，匆匆的整理行装，早夜疲乏，清晨起来没精打彩的坐着，不知道辜负了这小院秋花的多少好意。我纯哥的家庭，融融泄泄，安闲恬静的生涯虽说不得，隐隐地森严规律的气象，点缀些花草的闲情雅意，也留我许多感想。我因远别在即，黄昏时归来就同哥嫂家常闲话。在北京整整的住了四年，虽纯哥是按“家族的旧道德”培植扶助我，我又被“新时代的自由神”移易了心性，不能纯然坐在“旧”的监狱里，或者有和他反背的意见，——纯哥当初竭力反对我到俄国去，以为自趋绝地，我却不是为生乃是为死而走，论点根本不同，也就不肯屈从，——到现在一切都已决定，纯哥亦就不说什么，勉励我到俄国后专门研究学问，不要半途而辍。兄弟的情分，平常时很觉泛泛，如今却又有些难舍。——人生生活的剧烈变更，每每使心理现象，出于常规，向一方面特别发展。我去国未决定以前，理智强烈，已决定后，情感舒展伸长，这一时期中总觉得低徊感慨之不尽。然而走是已决定走的了。我这次“去国”的意义，差不多同“出世”一样，一切琐琐屑屑“世间”的事，都得作一小结束，得略略从头至尾整理一番。哥嫂的谈话，在家事上也帮助我不少。

应整顿的事烦琐得很。母亲死时遗下的债务须得暂时有个交托，——破产的“士的阶级”大半生活筑在债台上，又得保持旧的“体面”，不让说是无赖呵！——旧时诗古文词稿，虽则已经视如敝屣，父亲却要他做个纪念，须得整理出来；幼时的小伴，阔别已经好几年，远在江南，不能握别，须得写封信告辞。总之当时就知道俄国远处万里，交通梗塞，而且我想一去不知道甚时才能回来（生命于我无所重轻），暂时须得像永告诀别似的，完一番“人间的”手续。于是抽出这几天晚上整理整理。

儿时的旧伴，都已星散了，谁还管得谁？然而我写信时，使我忆及我一少寡的表姊。他现在只他一人同一遗腹子孤苦伶仃的住在母家，我姑母受儿媳的供养已是很为难，何尝能好好周顾到他呢。姑母家是地主，然而生活程度随着渐渐欧化的城市生活增高，农业生产，却因不能把他随着生活程度增高的雇工价值核计，不会处置变态中的农地生产资本，而且新由大家族经济变成个人经济，顿然现出濒于破产的现象。于是我表姊的寄生中之寄生生涯，精神苦痛不可言喻。还有一个表姊，从小没有母亲，和我一处长大的，他家亦是破产的“士的阶级”，丈夫是小学教员，儿女非常的多，非但自己创不起小家庭，还非得遵从家庭经济的原则，所谓仰事俯蓄[1]，艰难得很。我表姊感着“中国妇女的痛苦”，每每对于生活起疑问。他又何尝能解决他呢？

夜深人静，灯光黯黯的笼罩着人的愁思。晚风挟着寒意，时时到窗隙里来探刺。握着笔要写又写不下去：旧话重提有什么意味？生活困难，心绪恶劣，要想得亲近人的慰藉，这也是人情，可是从何说起！亲人的空言虽比仇人的礼物好，究竟无益于事。况且我的亲友各有自己阶级的人生观，照实说来，又恐话不投机，徒然枉费。中国的社会生活，好像朦胧晓梦，模糊得很。人人只知道“时乖命蹇”，那知生活的帐子里有巨大的毒虫以至于蚊蚋，争相吸取他们的精血呢？大千世界生命的疑问不必提起，各人吃饭问题的背后，都有世界经济现象映着，——好像一巨大的魔鬼尽着在他们所加上去的正数旁边画负号呢。他们怎能明白！我又怎能一一的与以慰藉！……几封诀别的信总算写完了。

我记得，我过天津的时候，到亲戚家去，主人是我世交，又是我表姊丈。他们知道我有远行，开瓶白兰地酒痛饮半宵。我这位表姊，本是家乡的名美人，现在他饱经世变，家庭生活的苦痛已经如狂风骤雨扫净了春意。那天酒酣耳热，大家吃着茶，对着烟灯谈话。表姊丈指着烟盘道：“我一月赚着五六十块钱，这东西倒要去掉我六十元。你看怎么过？”

---

1. 编注：现作“仰事俯畜”。

表姊道：“他先前行医也还赚几个额外的钱。他却懒得什么似的，爱去不去，生意怎么能好？铁路局里面的事情，还是好容易靠着我们常州‘大好老’（这是常州话，指京里的大官说的）的面子弄着的，他也是一天去，两天不去。事情弄掉了，看怎么样！……”他女儿丰儿忽然插话对我说道：“双舅舅，双舅舅，你同我上北京去罢？去看三姨，三姨上次来我家里，和娘娘谈天，后来不知道怎么还淌眼泪来呢。……”茶已经吃完了，烟也抽了不少了。我的醉意也渐渐醒了。……那天从他们家里回客栈，不知怎么，天津的街市也似乎格外凄凉似的。……

我记得，北京西城一小公寓，短短的土墙，纸糊的窗格，院子里乱砌着鸡冠凤仙花，一见着就觉得一种极勉强极勉强的城市生活的光景。我那天去看亲戚，进了他的屋子，什物虽收拾得整整齐齐，地方究竟太窄些。我告诉了我这表舅母快要到俄国去的话。他道：“这样亦好。你母亲一世愁穷，可惜等你学好了本事，他再也看不见了。”我道：“这也罢了！我是很爱学的。穷迫得紧，几乎没有饿死，学不成学得成又是一事。一点希望本只在自己。第一次从常州出门求学，亏得你当了当头借给我川资。这次出去求学，也刚巧借着了钱。究竟穷是什么事，暂且不放他在心上。……”我去国的志愿究竟在什么地方，不能表示出来，现在中国社会思想，截然分了两个世界，新旧的了解是不可能的。——表舅母接着问道：“你在天津看你二表姊去没有？他姑爷还吸鸦片么？”我道：“怎么不吸？”他叹道：“像我们这样丝毫没有的人家也不用说了。他们这般公子少爷，有了财产拼命浪费；——也难怪他，他父亲不会教训，和儿子是一样的货。‘有’的时候，不知道上进。现在‘没’了，看怎么样。他却还吸烟！现今还比得从前吗？……像你表舅，从小没钱求学。现在一家两口，东飘西走，一月进款三四十元，够什么！这个那个小机关上的小官员，如此景况的人成千成万。现在的世界，真不知道是什么世界！……”接着又问道：“三小姐到京了，你去看他没有？”我说我看见过了。他道：“三小姐这桩亲事，真正……小孩子时候就定亲许人家，最坏事。幸而他们夫妻还亲爱。不过姑爷中文都不大好，又不能做什么事，生计是……将来很艰难呵。……”

我记得，我心灵里清纯洁白一点爱性，已经经过悱恻缠绵的一番锻炼。如今好像残秋垂柳，着了严霜，奄奄地没有什么生意了。枯寂的生活，别有安闲的乐趣。然而外界偶然又有感触，即使一片云影，几朵落花，也能震动我的心神。我的心神现在虽已在别一个世界，依旧是……何况，这又和旧时代的精神密切相关，是旧社会生活的遗迹，感动了我别方面的感慨，更深了我的“人与人之关系”的疑问呢！……这一天，我看三妹去，他说：“我刚从南边来，你又要到北边去了！……我一个人离母家这样远，此地好像另一世界似的。满北京只有一两个熟人。西城的你的表舅母，却到我这里来过了，你近来看见他没有？他是我们家乡旧时的熟人。我总盼望他来谈谈话。……冷静得教人烦闷。家里母亲大姊不知道怎样？他（指他的新婿而言）又懒，我又不会写信，你替我写封信给你姑母和天津的二姊罢。……你几时动身到俄国去，俄国离中国有多远，在什么地方呢？……”我答道：“我大概一两礼拜后就走。你有空到纯哥那里看看，明后天我在家。……信，容易得很，我写就是了。我在天津，看见二姊，丰儿要想到北京来看你呢。呀！时光过得真快，丰儿都这样大了。我们一别，不是四五年了么？现在又得分手，人生还不是驿站似的。……”半晌大家不言语。我无意的说道：“妹婿要能在什么衙门或是银行找个事情才好，三妹，你看怎么样？”他道：“自然呢！不过我也不知道要怎样托托人情才行。我真为难，我还不过是一个小孩子，现在样样事要担些斤量，怎么样好？”我答道：“不要紧，事情慢慢的找就是了，一切不知道的，你可以去问问纯哥纯嫂。”——做新妇的时代，是中国妇女一生一世的紧要关头。——“你的小叔子，小姑娘还算是好的。”他道：“也就这样罢了。想起我们那时在环溪，乡下地方，成天的一块儿玩，什么亦不管……”我这天去看他，本想早些回家，不知不觉谈到黄昏时候。北京城南本来荒僻，我从他那里回家到东城，路却不少。出了他们大门，正是秋夜时分，龙泉寺边的深林丛树时时送出秋声，一阵一阵萧萧的大有雨意，也似催人离别。满天黑云如墨，只听得地上半枯的秋草，飕飕作响。那条街上，人差不多已经静了，只有一星两星洋车上的车灯，远远近近的晃着。远看正阳门畔三四层的高洋房，电光雪亮的耀着……

过去的留恋，心理现象情绪中的自然状态，影响于人的个性却也不少。况且旧社会一幅一幅的画呈显于吾人之前，又是我们所要解决的社会问题的对象。个性的突变没有不受社会环境的反映的。可是呢，“过去的留恋”呵，你究竟和我的将来有什么印象，可以在心灵里占一不上不下的位置呢？我现在是万缘俱寂，一心另有归向了。一挥手，决然就走！

02

北平

郑振铎

（1898—1958）

你若是在春天到北平，第一个印象也许便会给你以十分的不愉快。你从前门东车站或西车站下了火车，出了站门，踏上了北平的灰黑的土地上时，一阵大风刮来，刮得你不能不向后倒退几步；那风卷起了一团的泥沙；你一不小心便会迷了双眼，怪难受的；而嘴里吹进了几粒细沙在牙齿间萨拉萨拉的作响。耳朵壳里，眼缝边，黑马褂或西服外套上，立刻便都积了一层黄灰色的沙垢。你到家，或到了旅店，得仔细的洗涤了一顿，才会觉得清爽些。

“这鬼地方！那末大的风，那末多的灰尘！”你也许会很不高兴的诅咒的说。

风整天整夜的虎虎的在刮，火炉的铅皮烟通，纸的窗户，都在乒乒乓乓的相碰着，也许会闹得你半夜睡不着。第二天清早，一睁开眼，呵，满窗的黄金色，你满高兴，以为这是太阳光，你今天将可以得一个畅快的游览了。然而风声还在虎虎的怒吼着。擦擦眼，拥被坐在床上，你便要立刻懊丧起来。那黄澄澄的，错疑作太阳光的，却正是漫天漫地的吹刮着的黄沙！风声吼吼的还不曾歇气。你也许会懊悔来这一趟。

但到了下午，或到了第三天，风渐渐的平静起来。太阳光真实的黄亮亮的晒在墙头，晒进窗里。那份温暖和平的气息儿，立刻便会鼓动了你向外面跑跑的心思。鸟声细碎的在鸣叫着，大约是小麻雀儿的唧唧声居多。——碰巧，院子里有一株杏花或桃花，正涵着苞，浓红色的一朵朵，将放未放。枣树的叶子正在努力的向外崛起。——北平的枣树那末多，几乎家家天井里都有个一株两株的。柳树的柔枝儿已经是透露出嫩嫩的黄色来。只有硕大的榆树上，却还是乌黑的秃枝，一点什么春的消息都没有。

你开了房门，到院子里，深深的吸了一口气。啊，好新鲜的空气，仿佛在那里面便挟带着生命力似的。不由得不使你神清气爽。太阳光好不可爱。天上干干净净的没半朵浮云，俨然是“南方秋天”的样子。你得知道，北平当晴天的时候，永远的那一份儿“天高气爽”的晴明的劲儿，四季皆然，不独春日如此。

太阳光晒得你有点暖得发慌。“关不住了！”你准会在心底偷偷的叫着。

你便准得应了这自然之招呼而走到街上。

但你得留意，即使你是阔人，衣袋里有充足的金洋银洋，你也不应摆阔，坐汽车。被关在汽车的玻璃窗里，你便成了如同被蓄养在玻璃缸的金鱼似的无生气的生物了。你将一点也享受不到什么。汽车那末飞快的冲跑过去，仿佛是去赶什么重要的会议。可是你是来游玩，不是来赶会。汽车会把一切自然的美景都推到你的后面去。你不能吟味，你不能停留，你不能称心称意的欣赏。这正是猪八戒吃人参果的勾当。你不会蠢到如此的。

北平不接受那末摆阔的阔客。汽车客是永远不会见到北平的真面目的。北平是个“游览区”。天然的不欢迎“走车看花”——比走马看花还杀风景的勾当——的人物。

那末，你得坐“洋车”——但得注意:如果你是南人，叫一声黄包车，准保个个车夫都不理会你，那是一种侮辱，他们以为。（黄包，北音近于王八。）或酸溜溜的招呼道“人力车”，他们也不会明白的。如果叫道“胶皮”，他们便知道你是从天津来的，准得多抬些价。或索性洋气十足的，叫道“力克夏”，他们便也懂，但却只能以“毛”为单位的给车价了。

“洋车”是北平最主要的交通物。价廉而稳妥，不快不慢，恰到好处。但走到大街上，如果遇见一位漂亮的姑娘或一位洋人在前面车上，碰巧，你的车夫也是一位年轻力健的小伙子，他们赛起车来，那可有点危险。

干脆，走路，倒也不坏。近来北平的路政很好，除了冷街小巷，没有要人、洋人住的地方，还是“无风三尺土，有雨一街泥”之外，其余冲要之区，确可散步。

出了巷口，向皇城方面走，你便将渐入佳景的。黄金色的琉璃瓦在太阳光里发亮光，土红色的墙，怪有意思的围着那“特别区”。入了天安门内，你便立刻有应接不暇之感。如果你是聪明的，在这里，你必得跳下车来，散步的走着。那两支白石盘龙的华表，屹立在中间，恰好烘托着那一长排的白石栏杆和三座白石拱桥，表现出很调和的华贵而苍老的气象来，活像一位年老有德、饱历世故、火气全消的学士大夫，没有丝毫的火辣辣的暴发户的讨厌样儿。春冰方解，一池不浅不溢的春水，碧油油的可当一面镜子照。正中的一座拱桥的三个桥洞，映在水面，恰好是一个完全的圆形。

你过了桥，向北走。那厚厚的门洞也是怪可爱的（夏天是乘风凉最好的地方）。午门之前，杂草丛生，正如一位不加粉黛的村姑，自有一种风趣。那左右两排小屋，仿佛将要开出口来，告诉你以明清的若干次的政变，和若干大臣、大将雍雍锵锵的随驾而出入。这里也有两支白色的华表，颜色显得黄些，更觉得苍老而古雅。无论你向东走，或向西走，——你可以暂时不必向北进端门，那是历史博物馆的入门处，要购票的。——你可以见到很可愉悦的景色。出了一道门，沿了灰色的宫墙根，向西北走，或向东北走，你便可以见到护城河里的水是那末绿得可爱。太庙或中山公园后面的柏树林是那末苍苍郁郁的，有如见到深山古墓。和你同道走着的，有许多走得比你还慢，还没有目的的人物；他们穿了大袖的过时的衣服，足上蹬着古式的鞋，手上托着一只鸟笼，或臂上栖着一只被长链锁住的鸟，懒懒散散的在那里走着。有时也可遇到带着一群小哈巴狗的人，有气势的在赶着路。但你如果到了东华门或西华门而折回去时，你将见他们也并不曾往前走，他们也和你一样的折了回去。他们是在这特殊幽静的水边溜达着的！溜达，是北平人生活的主要的一部分；他们可以在这同一的水边，城墙下，溜达整个半天，天天如此，年年如此，除了刮大风，下大雪，天气过于寒冷的时候。你将永远猜想不出，他们是怎样过活的。你也许在幻想着，他们必定是没落的公子王孙，也许你便因此凄怆的怀念着他们的过去的豪华和今日的沦落。

啪的一声响，惊得你一大跳，那是一个牧人，赶了一群羊走过，长长的牧鞭打在地上的声音。接着，一辆一九三四年式的汽车呜呜的飞驰而过。你的胡思乱想为之撕得粉碎。——但你得知道，你的凄怆的情感是落了空。那些臂鸟驱狗的人物，不一定是没落的王孙，他们多半是以驯养鸟狗为生活的商人们。

你再进了那座门，向南走，仍走到天安门内。这一次，你得继续的向南走。大石板地，没有车马的经过，前面的高大的城楼，作为你的目标。

左右全都是高及人头的灌木林子。在这时候，黄色的迎春花正在盛开，一片的喧闹的春意。红刺梅也在含苞。晚开的花树，枝头也都有了绿色。在这灌木林子里，你也许可以徘徊个几小时。在红刺梅盛开的时候，连你的脸色和衣彩也都会映上红色的笑影。散步在那白色的阔而长的大石道，便是一种愉快。心胸阔大而无思虑。昨天的积闷，早已忘得一干二净。你将不再对北平有什么诅咒。你将开始发生留恋。

你向南走，直走到前门大街的边沿上，可望见东西交民巷口的木牌坊，可望见你下车来的东车站或西车站，还可望见屹立在前面的很宏伟的一座大牌楼。乱纷纷的人和车，马和货物；有最新式的汽车，也有最古老的大车：简直是最大的一个运输物的展览会。

你站了一会，觉得看腻了，两腿也有点发酸了，你便可以向前走了几步，极廉价的雇到一辆洋车，在中山公园口放下。

这公园是北平很特殊的一个中心。有过一个时期，当北海还不曾开放的时候，她是北平唯一的社交的集中点。在那里，你可以见到社会上各种各样的人物。——当然无产者是不在内，他们是被几分大洋的门票摈在园外的。你在那里坐了一会，立刻便可以招致了许多熟人。你不必家家拜访或邀致，他们自然会来。当海棠盛开时，牡丹、芍药盛开时，菊花盛开时的黄昏，那里是最热闹的上市的当儿。茶座全塞满了人，几乎没有一点空地。一桌人刚站了起来，立刻便会有候补的挤了上去。老板在笑，伙计们也在笑。他们的收入是如春花似的繁多。直到菊花谢后，方才渐渐的冷落了下来。

你坐在茶座上，舒适的把身体堆放在藤椅里，太阳光满晒在身上，棉衣的背上，有些热起来。前后左右，都有人在走动，在高谈，在低语。坛上的牡丹花，一朵朵总有大碗粗细。说是赏花，其实，眼光也是东溜西溜的。有时，目无所瞩，心无所思的，可以懒懒的待在那里，整整的待个大半天。

一阵和风吹来，遍地白色的柳絮在团团的乱转，渐转成一个球形，被推到墙角。而漫天飞舞着的棉状的小块，常常扑到你面上，强塞进你的鼻孔。

如果你在清晨来这里，你将见到有几堆的人，老少肥瘦俱齐，在大树下空地上练习打太极拳。这运动常常邀引了患肺痨者去参加，而因此更促短了他们的寿命。而这时，这公园里也便是肺痨病者们最活动的时候。瘦得骨立的中年人们，倚着杖，蹒跚的在走着——说是呼吸新鲜空气——走了几步，往往咳得伸不起腰来，有时，喀的一声，吐了一大块浓痰在地上。为了这，你也许再不敢到这园来。然而，一到了下午，这园里却仍是拥挤着人。谁也不曾想到天天清晨所演的那悲剧。

园后的大柏树林子，也够受糟蹋的。茶烟和瓜子壳，熏得碧绿的柏树叶子都有点显出枯黄色来，那林子的寿命，大约也不会很长久。

和中山公园的热闹相陪衬的是隔不几十步的太庙的冷落。不知为了什么，去太庙的人到底少。只有年轻的情人们，偶尔一对两对的避人到此密谈。也间有不喜追逐在热闹之后的人，在这清静点的地方散步。这里的柏树林，因为被关闭了数百年之后，而新被开放之故，还很顽健似的，巢在树上的“灰鹤”也还不曾搬家他去。

太庙所陈列的清代各帝的祭殿和寝宫，未见者将以为是如何的辉煌显赫，如何的富丽堂皇，其实，却不值一看。一色黄缎绣花的被褥衣垫，并没有什么足令人羡慕。每张供桌上所列的木雕的杯碗及烛盘等等，还不如豪富人家的祖先堂的讲究。从前读一明人笔记，说，到明孝陵参观上供，见所供者不过冬瓜汤等极淡薄贱价的菜。这里在皇帝还在宫中时，祭供时，想也不过如此。是帝王和平民，不仅在坟墓里同为枯骨，即所馨享的也不过如此如此而已。

你在第二天可以到北城去游览一趟，那一边值得看的东西很不少。后门左近有国子监、钟楼及鼓楼。钟鼓楼每县都有之，但这里，却显得异常的宏伟。国子监，为从前最高的学府，那里边，藏有石鼓——但现在这著名的石鼓却已南迁了。由后门向西走，有什刹海；相传《红楼梦》所描写的大观园就在什刹海附近。这海是平民的夏天的娱乐场。海北，有规模极大的冰窖一区。海的面积，全都是稻田和荷花荡。（北平人的养荷花是一业，和种水稻一样。）夏天，荷花盛开时，确很可观。倚在会贤堂的楼栏上，望着骤雨打在荷盖上，那喷人的荷香和刹刹的细碎的响声，在别处是闻不到、听不到的。如果在芦席棚搭的茶座上听着，虽显得更亲切些，却往往棚顶漏水，而水点落在芦席上，那声音也怪难听的，有喧宾夺主之感。最佳的是夏已过去，枯荷满海，什刹海的闹市已经收场，那时，如果再到会贤堂楼上，倚栏听雨，便的确不含糊的有“留得残荷听雨声”之妙，不过，北平秋天少雨，这境界颇不易逢。

什刹海的对面，便是北海的后门。由这里进北海，向东走，经过澄心斋、松坡图书馆、仿膳、五龙亭，一直到极乐世界，没有一个地方不好。唯惜五龙亭等处，夏天人太闹。极乐世界已破坏得不堪，没有一尊佛像能保得不断胆折臂的。而北海之饶有古趣者，也只有这个地方。那个地方，游人是最少进去的。如果由后面向南走，你便可以走到北海董事会等处，那里也是开放的，有茶座，却极冷落。在五龙亭坐船，渡过海——冬天是坐了冰船滑过去——便是一个圆岛，四面皆水，以一桥和大门相通。岛的中央，高耸着白塔。依山势的高下，随意布置着假山、庙宇、游廊小室，那曲折的工程很足供我们作半日游。

如果，在晴天，倚在漪澜堂前的白石栏杆上，静观着一泓平静不波的湖水，受着太阳光，闪闪的反射着金光出来，湖面上偶然泛着几只游艇，飞过几只鹭鸶，惊起一串的呷呷的野鸭，都足够使你留恋个若干时候。但冬天，那是最坏的时候了，这场面上将辟为冰场，红男绿女们在那里奔走驰驶，叫闹不堪。你如果已失去了少年的心，你如果爱清静，爱独游，爱默想，这场面上你最好是不必出现。

出了北海的前门，向西走，便是金鳌玉蝀桥，这座白石的大桥。隔断了中南海和北海。北海的白日，如画的映在水面上，而中南海的万善殿的全景，也很清晰的可看到。中南海本亦为公园，今则又成了“禁地”。只有东部的一个小地方，所谓万善殿的，是开放着。这殿很小，游人也极冷落，房室却布置得很好。龙王堂的一长排，都是新塑的泥像，很庸俗可厌。但你要是一位细心的人，你便可在一个殿旁的小室里，发现了倚在墙旁无人顾问的两尊木雕的菩萨像。那形态面貌，无一处不美，确是辽金时代的遗物；然一尊则双臂俱折，一尊则胆部只剩了半边。谁还注意到他们呢？报纸上却在鼓吹着龙王堂的神像塑得有精神，为明代的遗物，却不知那是民国三四年间的新物！仍由中南海的后门走出，那斜对过便是北平图书馆，这绿琉璃瓦的新屋，建筑费在一百四十万以上，每年的购书费则不及此数之十二。旧书是并合了方家胡同京师图书馆及他处所藏的，新书则多以庚款购入。在中国可称是最大的图书馆。馆外的花园，邻于北海者，亦以白色栏杆围隔之；唯为廉价之水门汀所制成，非真正的白石也。

由北平图书馆再过金鳌玉蝀桥，向东走，则为故宫博物院。由神武门入院，处处觉得寥寂如古庙，一点生气都没有。想来，在还是“帝王家”的时代，虽聚居了几千宫女、太监们在内，而男旷女怨，也必是“戾气”冲天的。所藏古物，重要者都已南迁，游人们因之也寥落得多。

神武门的对门是景山。山上有五座亭，除当中最高的一亭外，多被破坏。东边的山脚，是崇祯自杀处。春天草绿时，远望景山，如铺了一层绿色的绣毡，异常的清嫩可爱。你如果站在最高处，向南望去，宫城全部，俱可收在眼底。而东交民巷使馆区的无线电台，东长安街的北京饭店，三条胡同的协和医院都因怪不调和而被你所注意。而其余的千家万户则全都隐藏在万绿丛中，看不见一瓦片，一屋顶，仿佛全城便是一片绿色的海。不到这里，你无论如何不会想象得到北平城内的树木是如何的繁密；大家小户，哪一家天井不有些绿色呢。你如站在北面望下时，则钟鼓楼及后门也全都耸然可见。

三大殿和古物陈列所总得耗费你一天的工夫。从西华门或从东华门入，均可。古物陈列所因为古物运走的太多，现在只开放武英殿，然仍有不少好东西。仅李公麟的《击壤图》便足够消磨你半天。那人物，几乎没有一个没精神的，姿态各不相同，却不曾有一懈笔。

三大殿虽空无所有，却宏伟异常。在殿廊上，下望白石的“丹墀”，不能不令你想到那过去的充满了神秘气象的“朝廷”和叔孙通定下的“朝仪”的如何能够维持着常在的神秘的尊严性。你如果富于幻想，闭了眼，也许还可以如见那静穆而紧张的随班朝见的文武百官们的精灵的往来。这里有很舒适的茶座。坐在这里，望着一列一列的雕镂着云头的白石栏杆和雕刻得极细致的陛道，是那么样的富于富丽而明朗的美。

你还得费一二天的工夫去游南城。出了前门，便是商业区和会馆区。从前汉人是不许住在内城的，故这南城或外城，便成了很重要的繁盛区域。但现在是一天天的冷落了。却还有几个著名的名胜所在，足供你的留连、徘徊。西边有陶然亭，东边有夕照寺、拈花寺和万柳堂。从前都是文士们雅集之地，如今也都败坏不堪，成为工人们编麻索、织丝线之地。所谓万柳也都不存一株。只有陶然亭还齐整些。不过，你游过了内城的北海、太庙、中山公园，到了这些地方，除了感到“野趣”之外，也便全无所得的了。你或将为汉人们抱屈；在二十几年前，他们还都只能局促于此一隅。而内城的一切名胜之地，他们是全被摈斥在外的。别看清人诗集里所歌咏的是那么美好，他们是不得已而思其次的呢！

而现在，被摈斥于内城诸名胜之外的，还不依然是几十百万人么？

南城的娱乐场所，以天桥为中心。这个地方倒是平民的聚集之所；一切民间的玩意儿，一切廉价的旧货物，这里都有。

先农坛和天坛也是极宏伟的建筑。天坛的工程尤为浩大而艰巨，全是圆形的；一层层的白石栏杆，白石阶级，无数的参天的大柏树，包围着一座圆形的祭天的圣坛。坛殿的建筑，是圆的，四周的阶级和栏杆也都是圆的。这和三大殿的方整，恰好成一最有趣的对照。在这里，在大树林下徘徊着，你也便将勾引起难堪的怀古的情绪的。

这些，都只是游览的经历。你如果要在北平多住些时候，你便要更深刻的领略到北平的生活了。那生活是舒适、缓慢、吟味、享受，却绝对的不紧张。你见过一串的骆驼走过么？安稳、和平，一步步的随着一声声丁当丁当的大颈铃向前走；不匆忙，不停顿；那些大动物的眼里，表现的是那末和平而宽容，负重而忍辱的性情。这便是北平生活的象征。

和这些宏伟的建筑，舒适的生活相对照的，你不要忘记掉，还有地下的黑暗的生活呢。你如果有一个机会，走进一所“杂合院”里，你便可见到十几家老少男女紧挤在一小院落里住着的情形：孩子们在泥地上爬，妇女们是脸多菜色，终日含怒抱怨着，不时的，有咳嗽的声音从屋里透出。空气是恶劣极了；你如不是此中人，你便将不能做半日留。这些“杂合院”便是劳工、车夫们的居宅。有人说，北平生活舒服，第一件是房屋宽敞，院落深沉，多得阳光和空气。但那是中产以上的人物的话，百分之八九十以上的人口，是住着龌龊的“杂合院”里的，你得明白。

更有甚的，在北城和南城的僻巷里，听说，有好些人家，其生活的艰苦较住“杂合院”者为尤甚，常有一家数口合穿一条裤或一衣的。他们在地下挖了一个洞。有一人穿了衣裤出外了，家中裸体的几人便站在其中。洞里铺着稻草或破报纸，藉以取暖。这是什么生活呢！

年年冬天，必定有许多无衣无食的人，冻死在道上。年年冬天，必定有好几个施粥厂开办起来。来就食的，都是些可怕的窘苦的人们。然也竟有因为无衣而不能到粥厂来就吃的！

“九渊之下，更有九渊。”北平的表面，虽是冷落破败下去，尚未减都市之繁华。而其里面，却想不到是那样的破烂、痛苦、黑暗。

终日徘徊于三海公园乃至天桥的，不是罪人是什么！而你，游览的过客，你见了这，将有动于中，而快快的逃脱出这古城呢，还是想到“我不入地狱谁入地狱”一类的话呢？

1934年11月3日

（原载于1934年12月《中学生》第50号）

03

北平沦陷那一天

朱自清

（1898—1948）

二十六年七月二十七日的下午，风声很紧，我们从西郊搬到西单牌楼左近胡同里朋友的屋子里。朋友全家回南，只住着他的一位同乡和几个仆人。我们进了城，城门就关上了。街上有点乱，但是大体上还平静。听说敌人有哀的美敦书给我们北平的当局，限二十八日答覆，实在就是叫咱们非投降不可。要不然，二十八日他们便要动手。我们那时虽然还猜不透当局的意思。但是看光景，背城一战是不可免的。

二十八日那一天，在床上便听见隆隆的声音。我们想，大概是轰炸西苑兵营了。赶紧起来，到胡同口买报去。胡同口正冲着西长安街。这儿有西城到东城的电车道，可是这当儿两头都不见电车的影子。只剩两条电车轨在闪闪的发光。街上洋车也少，行人也少。那么长一条街，显得空空的，静静的。胡同口，街两边走道儿上却站着不少闲人，东望望，西望望，都不做声，像等着什么消息似的。街中间站着一个警察，沉着脸不说话。有一个骑车的警察，扶着车和他咬了几句耳朵，又匆匆上车走了。

报上看出咱们是决定打了。我匆匆拿着报看着回到住的地方。隆隆的声音还在稀疏的响着。午饭匆匆的吃了。门口接二连三的叫“号外！号外！”买进来抢着看，起先说咱们抢回丰台，抢回天津老站了，后来说咱们抢回廊坊了，最后说咱们打进通州了。这一下午，屋里的电话铃也直响。有的朋友报告消息，有的朋友打听消息。报告的消息有的从地方政府里得来，有的从外交界得来，都和“号外”里说的差不多。我们眼睛忙着看号外，耳朵忙着听电话，可是忙得高兴极了。

六点钟的样子，忽然有一架飞机嗡嗡的出现在高空中。大家都到院子里仰起头看，想看看是不是咱们中央的。飞机绕着弯儿，随着弯儿，均匀的撒着一搭一搭的纸片儿，像个长尾巴似的。纸片儿马上散开了，纷纷扬扬的像蝴蝶儿乱飞。我们明白了，这是敌人打得不好，派飞机来撒传单冤人了。仆人们开门出去，在胡同里捡了两张进来，果然是的。满纸荒谬的劝降的话。我们略看一看，便撕掉扔了。

天黑了，白天里稀疏的隆隆的声音却密起来了。这时候屋里的电话铃也响得密起来了。大家在电话里猜着，是敌人在进攻西苑了，是敌人在进攻南苑了。这是炮声，一下一下响的是咱们的，两下两下响的是他们的。可是敌人怎么就能够打到西苑或南苑呢？谁都在闷葫芦里！一会儿警察挨家通知，叫塞严了窗户跟门儿什么的，还得准备些土，拌上尿跟葱，说是夜里敌人的飞机许来放毒气。我们不相信敌人敢在北平城里放毒气。但是仆人们照着警察吩咐的办了。我们焦急的等着电话里的好消息，直到十二点才睡。睡得不坏，模糊的凌乱的做着胜利的梦。

二十九日天刚亮，电话铃响了。一个朋友用确定的口气说，宋哲元、秦德纯昨儿夜里都走了！北平的局面变了！就算归了敌人了！他说昨儿的好消息也不是全没影儿，可是说得太热闹些。他说我们现在像从天顶上摔下来了，可是别灰心！瞧昨儿个大家那么焦急的盼望胜利的消息，那么热烈的接受胜利的消息，可见北平的人心是不死的。只要人心不死，最后的胜利终久是咱们的！等着瞧罢，北平是不会平静下去的，总有那么一天，咱们会更热闹一下。那就是咱们得着决定的胜利的日子！这个日子不久就会到来的！我相信我的朋友的话句句都不错！

1939年6月9日，昆明

04

北平最美的时候

老舍

（1899—1966）

中秋前后是北平最美丽的时候。天气正好不冷不热，昼夜的长短也划分得平匀。没有冬季从蒙古吹来的黄风，也没有伏天里挟着冰雹的暴雨。天是那么高，那么蓝，那么亮，好像是含着笑告诉北平的人们：在这些天里，大自然是不会给你们什么威胁与损害的。西山北山的蓝色都加深了一些，每天傍晚还披上各色的霞帔。

在太平年月，街上的高摊与地摊，和果店里，都陈列出只有北平人才能一一叫出名字来的水果。各种各样的葡萄，各种各样的梨，各种各样的苹果，已经叫人够看够闻够吃的了，偏偏又加上那些又好看好闻好吃的北平特有的葫芦形的大枣，清香甜脆的小白梨，像花红那样大的白海棠，还有只供闻香儿的海棠木瓜，与通体有金星的香槟子，再配上为拜月用的，贴着金纸条的枕形西瓜，与黄的红的鸡冠花，可就使人顾不得只去享口福，而是已经辨不清哪一种香味更好闻，哪一种颜色更好看，微微的有些醉意了！

那些水果，无论是在店里或摊子上，又都摆列的那么好看，果皮上的白霜一点也没蹭掉，而都被摆成放着香气的立体的图案画，使人感到那些果贩都是些艺术家，他们会使美的东西更美一些。况且，他们还会唱呢！他们精心的把摊子摆好，而后用清脆的嗓音唱出有腔调的“果赞”:“唉——一毛钱儿来耶，你就挑一堆我的小白梨儿，皮儿又嫩，水儿又甜，没有一个虫眼儿，我的小嫩白梨儿耶！”歌声在香气中颤动，给苹果葡萄的静丽配上音乐，使人们的脚步放慢，听着看着嗅着北平之秋的美丽。

同时，良乡的肥大的栗子，裹着细沙与糖蜜在路旁唰啦唰啦的炒着，连锅下的柴烟也是香的。“大酒缸”门外，雪白的葱白正拌炒着肥嫩的羊肉；一碗酒，四两肉，有两三毛钱就可以混个醉饱。高粱红的河蟹，用席篓装着，沿街叫卖，而会享受的人们会到正阳楼去用小小的木锤，轻轻敲裂那毛茸茸的蟹脚。

同时，在街上的“香艳的”果摊中间，还有多少个兔儿爷摊子，一层层的摆起粉面彩身，身后插着旗伞的兔儿爷——有大有小，都一样的漂亮工细，有的骑着老虎，有的坐着莲花，有的肩着剃头挑儿，有的背着鲜红的小木柜；这雕塑的小品给千千万万的儿童心中种下美的种子。

同时，以花为粮的丰台开始一挑一挑的往城里运送叶齐苞大的秋菊，而公园中的花匠，与爱美的艺菊家也准备给他们费了半年多的苦心与劳力所养成的奇葩异种开“菊展”。北平的菊种之多，式样之奇，足以甲天下。

同时，像春花一般骄傲与俊美的青年学生，从清华园，从出产莲花白酒的海甸，从东南西北城，到北海去划船；荷花久已残败，可是荷叶还给小船上的男女身上染上一些清香。

同时，那文化过熟的北平人，从一入八月就准备给亲友们送节礼了。街上的铺店用各式的酒瓶，各种馅子的月饼，把自己打扮得像鲜艳的新娘子；就是那不卖礼品的铺户也要凑个热闹，挂起秋节大减价的绸条，迎接北平之秋。

北平之秋就是人间的天堂，也许比天堂更繁荣一点呢！

（节选于《四世同堂》）

05

想北平

老舍

（1899—1966）

设若让我写一本小说，以北平作背景，我不至于害怕，因为我可以拣着我知道的写，而躲开我所不知道的。让我单摆浮搁的讲一套北平，我没办法。北平的地方那么大，事情那么多，我知道的真觉太少了，虽然我生在那里，一直到廿七岁才离开。以名胜说，我没到过陶然亭，这多可笑！以此类推，我所知道的那点只是“我的北平”，而我的北平大概等于牛的一毛。

可是，我真爱北平。这个爱几乎是要说而说不出的。我爱我的母亲。怎样爱？我说不出。在我想作一件讨她老人家喜欢的时候，我独自微微的笑着；在我想到她的健康而不放心的时候，我欲落泪。言语是不够表现我的心情的，只有独自微笑或落泪才足以把内心揭露在外面一些来。我之爱北平也近乎这个。夸奖这个古城的某一点是容易的，可是那就把北平看得太小了。我所爱的北平不是枝枝节节的一些什么，而是整个儿与我的心灵相粘合的一段历史，一大块地方，多少风景名胜，从雨后什刹海的蜻蜓一直到我梦里的玉泉山的塔影，都积凑到一块，每一小的事件中有个我，我的每一思念中有个北平，这只有说不出而已。

真愿成为诗人，把一切好听好看的字都浸在自己的心血里，像杜鹃似的啼出北平的俊伟。啊！我不是诗人！我将永远道不出我的爱，一种像由音乐与图画所引起的爱。这不但是辜负了北平，也对不住我自己，因为我的最初的知识与印象都得自北平，它是在我的血里，我的性格与脾气里有许多地方是这古城所赐给的。我不能爱上海与天津，因为我心中有个北平。可是我说不出来！

伦敦，巴黎，罗马与堪司坦丁堡，曾被称为欧洲的四大“历史的都城”。我知道一些伦敦的情形；巴黎与罗马只是到过而已；堪司坦丁堡根本没有去过。就伦敦、巴黎、罗马来说，巴黎更近似北平——虽然“近似”两字要拉扯得很远——不过，假使让我“家住巴黎”，我一定会和没有家一样的感到寂苦。巴黎，据我看，还太热闹。自然，那里也有空旷静寂的地方，可是又未免太旷；不像北平那样既复杂而又有个边际，使我能摸着——那长着红酸枣的老城墙！面向着积水潭，背后是城墙，坐在石上看水中的小蝌蚪或苇叶上的嫩蜻蜓，我可以快乐的坐一天，心中完全安适，无所求也无可怕，像小儿安睡在摇篮里。是的，北平也有热闹的地方，但是它和太极拳相似，动中有静。巴黎有许多地方使人疲乏，所以咖啡与酒是必要的，以便刺激；在北平，有温和的香片茶就够了。

论说巴黎的布置已比伦敦罗马匀调得多了，可是比上北平还差点事儿。北平在人为之中显出自然，几乎是什么地方既不挤得慌，又不太僻静：最小的胡同里的房子也有院子与树；最空旷的地方也离买卖街与住宅区不远。这种分配法可以算——在我的经验中——天下第一了。北平的好处不在处处设备得完全，而在它处处有空儿，可以使人自由的喘气；不在有好些美丽的建筑，而在建筑的四周都有空闲的地方，使它们成为美景。每一个城楼，每一个牌楼，都可以从老远就看见。况且在街上还可以看见北山与西山呢！

好学的，爱古物的，人们自然喜欢北平，因为这里书多古物多。我不好学，也没钱买古物。对于物质上，我却喜爱北平的花多菜多果子多。花草是种费钱的玩艺，可是此地的“草花儿”很便宜，而且家家有院子，可以花不多的钱而种一院子花，即使算不了什么，可是到底可爱呀。墙上的牵牛，墙根的靠山竹与草茉莉，是多么省钱省事而也足以招来蝴蝶呀！至于青菜，白菜，扁豆，毛豆角，黄瓜，菠菜等等，大多数是直接由城外担来而送到家门口的。雨后，韭菜叶上还往往带着雨时溅起的泥点。青菜摊子上的红红绿绿几乎有诗似的美丽。果子有不少是由西山与北山来的，西山的沙果，海棠，北山的黑枣，柿子，进了城还带着一层白霜儿呀！哼，美国的橘子包着纸，遇到北平的带霜儿的玉李，还不愧杀！

是的，北平是个都城，而能有好多自己产生的花，菜，水果，这就使人更接近了自然。从它里面说，它没有像伦敦的那些成天冒烟的工厂；从外面说，它紧连着园林，菜圃与农村。采菊东篱下，在这里，确是可以悠然见南山的;大概把“南”字变个“西”或“北”，也没有多少了不得的吧。像我这样的一个贫寒的人，或者只有在北平能享受一点清福了。

好，不再说了吧；要落泪了，真想念北平呀！

（原载于1936年6月16日《宇宙风》第十九期）

06

北平的风趣

江寄萍

（1907—1942）

昨天夜睡，不觉不知为什么却想起许多北平的旧事来。

我离开北平已经有六七年了，从来没有想过它，当时我住在北平的时候，并不如何感到兴趣，不晓得为什么昨夜在床上睡不着，却想起它许多的好处来，大概这事也同恋爱一样，两人天天见面，握着手谈天，当时并不觉得如何，到了两人一分离，十年八年不见，忽然有一天想起当年两人曾握手谈天，便晓得那时的握手真是难得，真是富有神秘性，于是一种似怅惘而非怅惘的情绪，在心里直打滚。我对于北平大概也有这样。

前天一个朋友来闲谈，一直谈到深夜，送他出大门的时候，已是星斗满天了，天河很低的，天上的繁星，仿佛一抬手就可以摘下来，四外非常的清静，一开门，邻人的狗叫了几声，正赶上胡同内的灯也熄了，只可以望见马路外边的一盏昏黄的灯，而胡同内却是异常的黑暗。这时我忽然想到北平的胡同，假使这地方再能听得见一声梆子响，我就会忘记我是在天津的。

在天津很难使人注意节季的变迁，顶多不过棉衣易夹衣，夹衣又易单衫而已；而在北平却不然，北平的胡同是十足的表现着春夏秋冬的不同，一到春天，胡同里最易起小旋风，薄薄的一片土卷着柳絮，非常的富有诗意。下起小雨来，胡同内就不易走人，没有事最好不出门，打几个子儿的烧酒，买一包落花生一吃，坐在家里听门口卖青菜萝卜的吆喝，是另有一种风趣的。

到了春末夏初的时候，就有卖青杏的，卖樱桃桑葚的，还有卖各种花的，尤其是落过雨之后，花儿更显着鲜艳，再加上卖花的富有艺术味的嗓子，颤颤的一声“买架竹桃来，石榴花来！”真令人想起放翁的名句:“小楼昨夜听春雨，深巷明朝卖杏花。”

一到夏天，人们热得四体流汗的时候，正午却有小孩子卖冰核的，挑着两块冰，一边喊:“冰核来，冰核来！”一边却飞也似的跑出胡同那头去了，因为卖冰非跑不可，如果像卖花的那样文诌诌的，卖不了几个主顾，冰也就融化完了。这也是一种趣味化的买卖，因为卖冰既赚不了多少钱，而在夏天正午的时候，还要担着冰快跑，在我们看来当然是很受罪的，然而小孩子们却以为跑跑玩玩是够趣味的。

秋天一来，更易落雨，落过几场雨之后，树上的叶子几乎就像随着雨也落完了，憔悴的黄叶零乱的在胡同内滚来滚去，假若有诗人要想“独寻黄叶路”的话，不必到什么郊野的地方去，在北平的胡同内就可以有这种风趣了。

黄叶飒飒的一声，跟着卖玉米花、凉炒豆的就来了，还有卖新落花生的，这几种卖东西的声音，无异就是告诉人“预备棉袍子吧”。果然秋天没有多少时候就过去了。

我记得仿佛是鲁迅先生说过，北平没有春秋，颇有点道理，假若冬天一延长，夏天一提早，把这春天却无形之中越过去了；冬天提早，夏天延长，秋天也就很短了。虽然是这样，然而北平的卖东西的，对于季候，是一点也错不了的。

北平的冬天更能令人领略出一种特殊的况味。现在差不多的人家大概都装上洋炉子了，在从前却没有，都是小白炉子，如果在彤云欲雪的黄昏，屋中不必点灯，小白炉子内的煤球红红的，可以照见人的须眉，屋内充满了淡红色的光，薄薄的窗纸“席席飒飒”的一响，跟着就是风门子被风吹开，“邦”的一声，又关上了。这种特殊的风趣在当时多不注意，而我们几个朋友却正在围着炉子烤手，有的手里抱着茶壶：作诗，大概谁也没有那种闲散的心情，下一盘围棋，倒可以使人忘了冷。

再不然早早的钻进大棉被里去，躺着看书，躺着吸纸烟，这时不晓得外面是否落了雪，也更不注意外面的风。然而在很远很远的地方，却被风吹来一声“萝——卜来——赛梨”的尖厉的调儿，有时还会同火车的哨子成一个合奏调，这时我们躺在被窝里的心情真不知是什么滋味；怅惘吧，谈不到，悲哀吧，更不是，喜悦吧，绝没有一点，只是心里空空的，觉得有点迷惘。大概这种情绪是在喜怒哀惧爱恶欲的七情之外的，所以没有法子可以形容当时的心里是一种什么滋味。

再其次的就是我领略出北平胡同的不规则的美，比如一个大红门楼旁边，就许有一个小黑门，小黑门里就许有两棵大枣树，而胡同又都是弯弯曲曲的。比如说狗尾巴胡同，真的弯的像一条狗尾巴；铁狮子胡同，虽然没有铁狮子，然而却有一对石狮子。北平胡同的名字，大概都是名副其实的，而天津却不然，无论大小的里，不以德名，就以义名。比如说崇德里，而这里面的人，未必就真崇德。房子都是一样的形式，排得密密的像鸽子笼，令人见了，便有一种不快之感。

还有令我感到兴趣的，就是北平胡同内的打灯谜的和说书的。每到夜间，许多斗方名士，无聊的文人都聚在墙根下，两眼死盯着灯笼上的白纸条子，猜中的还可以有两小包茶叶的希望，然而谁都不希望抢一点微物，最主要的还是兴趣问题。有三次猜不中，就嘴巴子噘起来，微微的感觉着有点失望了。说书的场，我也有十几年没去了，在桃花扇上看到柳敬亭的说书，总是令我想起那个说书的拍醒木的神情。这种大众的娱乐场所，假若我现在再去，一定可以令我想到许多的社会问题。然而，这些都跟我远远地离去了！

（原载于1935年2月18日《申报 · 自由谈》）

07

难认识的北平

老向

（1898—1968）

我喜欢北平，我在北平住了三十年了，但是我不能说已经认识北平。

北平好像一棵千年的老树，百多万市民比作一个个的蚀木虫儿；树即使被钻透了，成了空壳，但是每个小虫儿所尝到的只是机会所赋予他的某一枝干上的某一小点儿。至于根干的形态、脉络的关联，以及栽植的岁月、营养的来源，那就不是一个小虫儿所能了解的了。所以，我住在北平虽然不能说不久，而对于北平的认识，也还不过是一些不很可靠的一知半解。

北平有海一般的伟大，似乎没有空间与时间的划分。他能古今并容，新旧兼收，极冲突、极矛盾的现象，在他是受之泰然，半点不调和也没有。例如说交通工具吧。在同一个城门洞里，可以出入着极时兴的汽车、电车，极轻便的脚踏车；但是落伍的四轮马车，载重的粗笨骡车，或推或挽的人力车，也同时出入着。最奇怪的是，在这新旧车辆之中，还夹杂着红绿轿，驴驮子，甚而至于裹着三五辆臭气洋溢的粪车。于是车夫们大声喊着“借光！靠里！怀儿来！”喇叭声，脚铃声，争路相骂声，和警察的短棒左指右挥，在同一时同一地存在着。妙在骂只管骂，嚷只管嚷，终于是风平浪静的各奔前程，谁也不会忌恨谁，谁也不想消灭谁。

提到车辆，立刻想起洋车夫来。在社会表面上活动的，洋车夫应当首屈一指。大半的旅客，一到北平，首先接触的也是洋车夫。他们的品类之繁，难以数计；他们的生活之苦，也难以形容。但是无论他怎样的汗流浃背，无论他怎样的筋疲力竭，他绝对不会以失和的态度向你强索一个铜板；你若情愿多给他一两枚，他会由丹田里发出声音来，向你致诚挚的谢忱。最教人难以索解的是，有时他向你报告沦为车夫的惨史，或是声明八口待哺，车费无着的当儿，还是用一种坐在茶馆品茶的闲适与幽默的口调！难得他们怎么锻炼的！

在北平说吃，是再艺术不过了。富贵之家，且搁过不谈。普通的人家，只要在北平有上半年的历史，再走到任何地方，也要觉得不舒服。油盐店、猪肉铺、米煤行总是聚在一块儿，分布得那么均匀，仿佛是经官府统制着开设的，无论住在那一个角落里，置买“开门七件事”，都不会使人感到有什么不便。一饭千金的主儿，自然是陆地神仙，从心所欲；就是一个苦力用了十枚或二十枚，也能将就着生活，两枚的作料，油盐酱醋都有了，还可以饶上一棵香菜。然而同是一个玉米面窝窝，像茶碗那么大的，只要两个铜板；像酒杯那么小的要卖一角银洋，物以人贵，那就难以概论了。至于各地的特殊烹饪，各季的应节物品，再加街上的零吃小卖，使人眼花缭乱，不易分明。单就食物的各种幌子，各种唤头，足够一个人终身讲究的了。

北平的街道，那么正直；院落，那么宽绰；家家有树有花，天天见得着太阳，世界上还有那个都市比得上？欧式的楼房，不见得怎样耀眼；旧式的门面，也不见得怎样简陋。光滑的地板，通明的玻璃，住起来也不见就比着纸糊窗和砖墁地好。他似乎什么也能融化，什么也能调和，所以，在皇宫巍然矗立的旁边，可以存在着外国的租界，也可以存在着比乡下还不如的小胡同。一墙之隔，可以分别城乡，表示今古，而配合起来却又十分自然。

论到人物也是如此。赤着大腿的姑娘，和缠着小脚的女人并排的立着走着，各行其是，谁也不妨碍谁。圣人一般的学者，和目不识丁的村氓可以在一块儿喝茶，而各不以为耻。如同电灯和菜油灯同在一个房间一样，各自放着各自的光。最令人惊奇的，凡是法令上所制止的事，这种事一定公然的存在着；凡是法令所禁止的人，这种人也一定公开的活动着。所以警察尽可以说北平的不错，而各色宵小之徒，也可以说北平一样儿也不缺欠。不过，你要想分品别级，那就难了。

有工作不能无娱乐。北平的娱乐场，能够供人自由选择。拉车的坐在车前板上，唱两句京调，他就可以得到满足。逛一逛什刹海，走一走天坛，也用不着花钱。主人在屋里成千成万的输赢，下人们在窗外偷偷儿的掷一掷骰子，也都不失为各得其所的娱乐。娱乐之道，千头万绪，谁也不必勉强谁。所奇怪的是，到末了谁也能够得到他所要求的娱乐，终于是，谁也不愿离开北平。

抛开这些琐些问题，且谈一谈形而上的问题吧。假如有人想出家，不必远赴名山，城里有的是古刹，有的是高僧。假如有人要求学，那就更方便了，各级学校、各种学者和名流，总可以有他合适的师友。假如有人想着研究古董，无论古玩铺店一家挨着一家，足够消磨时日；而随处的一砖一石，一草一木，都可能的蕴藏着丰富的历史，耐人寻味。假如有人在城市里住腻烦了，一出城门便是乡村，便有田园。要登临有西山，要玩水有玉泉。假如不爱作平民了，不妨到故宫去，冒充半日的无冕皇帝。这些事情，你如果都没有兴致，你还可以多听几回人的笑声、妙的语言，多涵养一点人的情趣。因为人类真挚的笑语，我所知道的以北平为最浓厚。

凡是在北平住过的，多半都通称北平“好”。至于“怎么样好”，或是“哪一点好”，那就言人人殊了。称赞北平实在不易，北平太伟大了。

二十五年五月十二日于上海逆旅

（原载于1936年《宇宙风》第十九期）

08

南行通信

朱自清

（1898—1948）

在北平整整待了三年半，除去年冬天丢了一个亲人是一件不可弥补的损失外，别的一切，感谢——照例应该说感谢上苍或上帝，但现在都不知应该说谁好了，只好姑且从阙吧——总算平平安安过去了。这三年半是中国多事的时候，但是我始终没离开北平一步，也总算是幸福了，虽然我只想到了个人。

在我，也许可以说在我们这一些人吧，北平实在是意想中中国唯一的好地方。几年前周启明先生就写过，北平是中国最好的居住的地方，孙春台先生也有《北平乎》一文，称颂北平的好处：这几年时代是大变了，但是我的意见还是和他们一样。一个地方的好处，也和一个人一件东西的相同，平时不大觉得，到离开或丢失时，便一桩桩一件件分明起来了。我现在来说几句北平的好话，在你们北平住着的，或者觉得可笑，说我多此一举吧？

北平第一好在大。从宫殿到住宅的院子，到槐树柳树下的道路。一个北方朋友到南方去了回来，说他的感想：“那样天井我受不了！”其实南方许多地方的逼得人喘不出气儿的街道，也是北平生人受不了的。至于树木，不但大得好，而且也多得好；有人从飞机上看，说北平只是一片绿。一个人到北平来住，不知不觉中眼光会宽起来，心胸就会广起来；我常想小孩子最宜在北平养大，便是为此。北平之所以大，因为它做了几百年的首都；它的怀抱里拥有各地各国的人，各色各样的人，更因为这些人合力创造或输入的文化。上海也是五方杂处的都会，但它仅有工商业，我们便只觉得繁嚣，恶浊了。上海人有的是聪明，狡猾；但宽大是他们不懂得的。

北平第二好在深。我们都知道北平书多。但是书以外，好东西还多着。如书画，铜器，石刻，拓片，乃至瓷器，玉器等，公家收藏固已很丰富，私人搜集，也各有专长；而内阁大库档案，是极珍贵的近代史料，也是尽人皆知的。中国历史，语言，文学，美术的文物荟萃于北平；这几项的人才也大部分集中在这里。北平的深，在最近的将来，是还不可测的。胡适之先生说过，北平的图书馆有这么多，上海却只有一个，还不是公立的。这也是北平上海重要的不同。

北平第三好在闲。假如上海可说是代表近代的，北平便是代表中古的。北平的一切总有一种悠然不迫的味儿。即如电车吧，在上海是何等地风驰电掣，有许多人上下车都是跳的。北平的车子在宽阔的路上走着，似乎一点也不忙。晚九点以后，确是走得快起来了；但车上已只剩疏朗朗的几个人，像是乘汽车兜风一般，也还是一点不觉忙的——有时从东长安街槐林旁驰过，茂树疏灯相掩映着，还有些飘飘然之感呢。北平真正的闲人其实也很少，但大家骨子里总有些闲味儿。我也喜欢近代的忙，对于中古的闲却似乎更亲近些。但这也许就因为待在北平太久的缘故吧。

写到这里看看，觉得自己似乎将时代忘记了。我所称赞的似乎只是封建的遗存，是“布尔”或小“布尔”的玩意儿；而现在据说非“普罗”起来不可，这可有点儿为难。我实在爱北平，我所爱的北平是如上面说的。我没有或不能“获得”“普罗”的“意识形态”，我也不能“克服”我自己；结果怕只该不说话或不说真话。不说话本来没有什么不可以，不过说话大约在现在也还不能就算罪过吧；至于撒谎，则我可以宛转地说，“我还没有那种艺术”，或干脆地说，“我还没有那种勇气！”好在我这通信是写给一些朋友的，让他们看我的真话，大约是还不要紧的。

我现在是一个人在北平，这回是回到老家去。但我一点不觉着是回家，一切都像出门做客似的。北平已成了我精神上的家，没有走就想着回来；预定去五个礼拜，但想着南方的天井，潮湿，和蚊子，也许一个月就回来了。说到潮湿，我在动身这一天，却有些恨北平。每年夏季，北平照例是要有几回大雨的，往往连下几天不止。前些日子在一个宴会里，有人问我到什么地方避暑去；我回答说要到上海去；他知道上海不是避暑的地方。我却知道他是需要避暑的，就问，是北戴河么？他答应了之后，说：北平太热了，而且照例的雨快要来了，没有意思！我当时大约说了“是”，但实在并不知道北平夏天的雨究竟怎样没有意思！我去年曾坐在一间大屋中看玻璃帘外的夏雨，又走到廊下看院中的流水，觉得也还有些意思的。但这回却苦坏了我。不先不后，今夏的雨期恰在我动身这天早晨起头！那种滂沱不止的雨，对于坐在大屋中的我也许不坏，但对于正要开始已生疏了的旅行生活的我，却未免是一种虐政了。我这样从西郊淋进了北平城，在恨恨中睡了一觉。醒来时雨倒住了，我便带着这些阴郁的心情搭早车上天津来了。

七月十日，天津丸中

某君南去时，我请他写点通信来，现在以付此“草”，希望“源源”而来。他赶大暑中往江南去，将以受了热而怪张怪李，却难说。此文对于北平，虽怀恋的成分多，颇有相当的平允的。惟末段引需要避暑的某君的话，咒诅北平的雨，却未必尽然。我以为不如咒诅香炉灰式的道路。

七月十九日平记

（原载于1930年7月28日《骆驼草》第12期）

09

民国时期的北平

齐如山

（1875—1962）

前几篇写的都是关于国家公共的事情。而民间社会的事情，也必须要谈谈，因为北平虽然做都城六七百年，但风俗朴厚，人心安静，不似上海等城，做了不过百余年的商埠，便特别的嚣张，道德信用，日见沦丧；商界的行径，更是浮嚣。北平则不然。兹先谈谈北平商家的情形。

提起北平商界道德信用来，可以说是堪为世界商人之模范；他们虽然没有世界商战的知识，但有传统的信义、谦和的行径。比方说：上海、广州等城的商家，对于买主客人，太不客气，尤其是从前广州商人，对买主所说的话，常常惹得买主生气口角，其实若按法律来说，他们说的话，哪一句话，都够起诉的资格。另一面说，像犹太人之做生意，又太客气，往往闹的顾客不好意思不买，这是世人都知道的；日本之商家，也有这种趋向，这固然是好，但也有点毛病。须要知道，所谓不好意思不买者，便是不愿买而必须要买，这也算是一种为难的情形；下次再去，就要斟酌，这也是当然的情形，如此则生意也可以受影响。所以犹太人在西洋做生意，是可以极为发达，因为西洋人对于他们这种客气，并不十分重视。中国人则不然，他人对自己客气，自己更要客气，这是中华民族传统的文化精神。他客气我更要客气，自己觉得不买对不起他。说实话吾人到一铺子里头，不见得一定遇到自己心爱之物；非心所爱也要买，这于内心便有不舒服之处，则下次再去是一定要斟酌了。所以犹太人在西洋的那一套，在中国不一定行的开。北平商家的作风，与上两种都不同，像街道摆地摊之小商人，因未曾在铺中受过训练，他们说话不规则之处还相当多，若真正像一个商业的铺号，则说话非常和气，所以谚语有“买卖和气赚人钱”“和气生财”等这些话。这便是商业传统的要素，不但和气，而且规矩，不卑不亢，说的都是买卖范围以内的话；就是驳你回，你也不会不爱听。各行有各行的话，且是都有训练，最讲究的是大的绸缎布店，说话比其他行道，更显规矩而有道德，兹大略举两三种如下。

先谈绸缎布店。比方对他说，你们这儿货较为便宜，如某号某号较贵的多，倘次一点的铺子听到这些话，他一定很高兴，且必要说别家几句闲话，再自夸几句货真价实。但大布铺则不然，他一定说，“也差不了许多”，这就是不肯说同行坏话的道德，此只北平有之他处不见。

买绸缎挑拣颜色，往往时间太久，老拿不定主意，又怕铺中人嫌麻烦，这种情形往往有之。他看出这种情形来，他必说不必着急，买的时候，多费几分钟的工夫，将来穿着永远趁心如意的，稍一含糊，将来永远是别扭的，再说千灰万紫，颜色深一点浅一点，都要随心所欲，不可含糊。请想他说这样的话你心中当然爱听，而且对他一定是有好感的。挑拣许久买不成，临出门他必说货色太多，谁家也不能预备那样齐整，请先到别家看倘不合适，再请回来。

到棺材（寿木）铺说话，就是又一种话了。比方，别的铺子，说客气话，一定说老主顾，不能多算钱，或希望买卖交得长才是主顾呢，等等这些话。但这些话，棺材铺中人万不能说，他必说，您这是百年不遇的事情，怎么能够多算钱呢?

比方吃饭馆子，阔人往往说你们的大师傅（厨役）太差了，他必说，要说比您府上的大师傅，那是比不了，在饭馆子中，我们掌灶的（厨役）也就算很好的了。他这话是驳了你的回，而且你还爱听。

以上这种的话，我从前记录过几百条，都极有思想而有趣，现只举几条，不必多赘，这可以说是都是世界商人可以为法的。

10

市声拾趣

张恨水

（1895—1967）

我也走过不少的南北码头，所听到的小贩吆唤声，没有任何一地能赛过北平的。北平小贩的吆唤声，复杂而谐和，无论其是昼是夜，是寒是暑，都能给予听者一种深刻的印象。虽然这里面有部分是极简单的，如“羊头肉”“肥卤鸡”之类。可是他们能在声调上，助字句之不足。至于字句多的，那一份优美，就举不胜举，有的简直是一首歌谣，例如夏天卖冰酪的，他在胡同的绿槐荫下，歇着红木漆的担子，手扶了扁担，吆唤着道：“冰激凌，雪花酪，桂花糖，搁的多，又甜又凉又解渴。”这就让人听着感到趣味了。又像秋冬卖大花生的，他喊着：“落花生，香来个脆啦，芝麻酱的味儿啦。”这就含有一种幽默感了。

也许是我们有点主观，我们在北平住久了的人，总觉得北平小贩的吆唤声，很能和环境适合，情调非常之美。如现在是冬天，我们就说冬季了，当早上的时候，黄黄的太阳，穿过院树落叶的枯条，晒在人家的粉墙上，胡同的犄角儿上，兀自堆着大大小小的残雪。这里很少行人，两三个小学生背着书包上学，于是有辆平头车子，推着一个木火桶，上面烤了大大小小二三十个白薯，歇在胡同中间。小贩穿了件老羊毛背心儿，腰上系了条板带，两手插在背心里，喷着两条如云的白气，站在车把里叫道：“噢……热啦……烤白薯啦……又甜又粉，栗子味。”当你早上在大门外一站，感到又冷又饿的时候，你就会因这种引诱，要买他几大枚白薯吃。

在北平住家儿稍久的人，都有这么一种感觉，卖硬面饽饽的人极为可怜，因为他总是在深夜里出来的。当那万籁俱寂、漫天风雪的时候，屋子外的寒气，像尖刀那般割人。这位小贩，却在胡同遥远的深处，发出那漫长的声音：“硬面……饽饽哟……”我们在暖温的屋子里，听了这声音，觉得既凄凉，又惨厉，像深夜钟声那样动人，你不能不对穷苦者给予一个充分的同情。

其实，市声的大部分，都是给人一种喜悦的，不然，它也就不能吸引人了。例如：炎夏日子，卖甜瓜的，他这样一串的吆唤着：“哦！吃啦，甜来一个脆，又香又凉冰激凌的味儿。吃啦，嫩藕似的苹果青脆甜瓜啦！”在碧槐高处一蝉吟的当儿，这吆唤是够刺激人的。因此，市声刺激，北平人是有着趣味的存在，小孩子就喜欢学，甚至借此凑出许多趣话。例如卖馄饨的，他吆喝着第一句是“馄饨开锅”。声音宏亮，极像大花脸喝倒板，于是他们就用纯土音编了一篇戏词来唱：“馄饨开锅……自己称面自己和，自己剁馅自己包，虾米香菜又白饶。吆唤了半天，一个子儿没卖着，没留神丢了我两把勺。”因此，也可以想到北平人对于小贩吆唤声的趣味之浓了。

11

我们的首都

林徽因

（1904—1955）

·中山堂·

我们的首都是这样多方面的伟大和可爱，每次我们都可以从不同的事物来介绍和说明它，来了解和认识它。我们的首都是一个最富于文物建筑的名城；从文物建筑来介绍它，可以更深刻地感到它的伟大与罕贵。下面这个镜头就是我要在这里首先介绍的一个对象。

它是中山公园内的中山堂。你可能已在这里开过会，或因游览中山公园而认识了它；你也可能是没有来过首都而希望来的人，愿意对北京有个初步的了解。让我来介绍一下吧，这是一个愉快的任务。

这个殿堂的确不是一个寻常的建筑物；就是在这个满是文物建筑的北京城里，它也是极其罕贵的一个。因为它是这个古老的城中最老的一座木构大殿，它的年龄已有五百三十岁了。它是十五世纪二十年代的建筑，是明朝永乐由南京重回北京建都时所造的许多建筑物之一，也是明初工艺最旺盛的时代里，我们可尊敬的无名工匠们所创造的、保存到今天的一个实物。

这个殿堂过去不是帝王的宫殿，也不是佛寺的经堂；它是执行中国最原始宗教中祭祀仪节而设的坛庙中的“享殿”。中山公园过去是“社稷坛”，就是祭土地和五谷之神的地方。

凡是坛庙都用柏树林围绕，所以环境优美，成为现代公园的极好基础。社稷坛全部包括中央一广场，场内一方坛，场四面有短墙和棂星门；短墙之外，三面为神道，北面为享殿和寝殿；它们的外围又有红围墙和美丽的券洞门。正南有井亭，外围古柏参天。

中山堂的外表是个典型的大殿。白石镶嵌的台基和三道石阶，朱漆合抱的并列立柱，精致的门窗，青绿彩画的阑额，由于综错木材所组成的“斗拱”和檐椽等所造成的建筑装饰，加上黄琉璃巍然耸起，微曲的坡顶，都可说是典型的、但也正是完整而美好的结构。它比例的稳重，尺度的恰当，也恰如它的作用和它的环境所需要的。它的内部不用天花顶棚，而将梁架斗拱结构全部外露，即所谓“露明造”的格式。我们仰头望去，就可以看见每一块结构的构材处理得有如装饰画那样美丽，同时又组成了巧妙的图案。当然，传统的青绿彩绘也更使它灿烂而华贵。但是明初遗物的特征是木材的优良（每柱必是整料，且以楠木为主），和匠工砍削榫卯的准确，这些都不是在外表上显著之点，而是属于它内在的品质的。

中国劳动人民所创造的这样一座优美的、雄伟的建筑物，过去只供封建帝王愚民之用，现在回到了人民的手里，它的效能，充分地被人民使用了。一九四九年八月，北京市第一届人民代表会议，就是在这里召开的。两年多来，这里开过各种会议百余次。这大殿是多么恰当地用作各种工作会议和报告的大礼堂！而更巧的是同社稷坛遥遥相对的太庙，也已用作首都劳动人民的文化宫了。

·北京市劳动人民文化宫·

北京市劳动人民文化宫是首都人民所熟悉的地方。它在天安门的左侧，同天安门右侧的中山公园正相对称。它所占的面积很大，南面和天安门在一条线上，北面背临着紫禁城前的护城河，西面由故宫前的东千步廊起，东面到故宫的东墙根止，东西宽度恰是紫禁城的一半。这里是四百零八年以前（明嘉靖二十三年，1544 年）劳动人民所辛苦建造起来的一所规模宏大的庙宇。它主要是由三座大殿、三进庭院所组成；此外，环绕着它的四周的，是一片蓊郁古劲的柏树林。

这里过去称做“太庙”，只是沉寂地供着一些死人牌位和一年举行几次皇族的祭祖大典的地方。一九五〇年国际劳动节，这里的大门上挂上了毛主席亲笔题的匾额——“北京市劳动人民文化宫”，它便活跃起来了。在这里面所进行的各种文化娱乐活动经常受到首都劳动人民的热烈欢迎，以至于这里林荫下的庭院和大殿里经常挤满了人，假日和举行各种展览的时候，等待入门的行列有时一直排到天安门前。

在这里，各种文化娱乐活动是在一个特别美丽的环境中进行的。这个环境的特点有二：

一、它是故宫中工料特殊精美而在四百多年中又丝毫未被伤毁的一个完整的建筑组群。

二、它的平面布局是在祖国的建筑体系中，在处理空间的方法上最卓越的例子之一。不但是它的内部布局爽朗而紧凑，在虚实起伏之间，构成一个整体，并且它还是故宫体系总布局的一个组成部分，同天安门、端门和午门有一定的关系。如果我们从高处下瞰，就可以看出文化宫是以一个广庭为核心，四面建筑物环抱，北面是建筑的重点。这不单是一座单独的殿堂，而是前后三殿：中殿与后殿都各有它的两厢配殿和前院；前殿特别雄大，有两重屋檐，三层石基，左右两厢是很长的廊庑，像两臂伸出抱拢着前面广庭。南面的建筑很简单，就是入口的大门。在这全组建筑物之外，环绕着两重有琉璃瓦饰的红墙，两圈红墙之间，是一周苍翠的老柏树林。南面的树林是特别大的一片，造成浓荫，和北头建筑物的重点恰相呼应。它们所留出的主要空间就是那个可容万人以上的广庭，配合着两面的廊子。这样的一种空间处理，是非常适合于户外的集体活动的。这也是我们祖国建筑的优良传统之一。这种布局与中山公园中社稷坛部分完全不同，但在比重上又恰是对称的。如果说社稷坛是一个四条神道由中心向外展开的坛（仅在北面有两座不高的殿堂），文化宫则是一个由四面殿堂廊屋围拢来的庙。这两组建筑物以端门前庭为锁钥，和午门、天安门是有机地联系着的。在文化宫里，如果我们由下往上看，不但可以看到北面重檐的正殿巍然而起，并且可以看到午门上的五凤楼一角正成了它的西北面背景，早晚云霞，金瓦翠飞，气魄的雄伟，给人极深刻的印象。

·故宫三大殿·

北京城里的故宫中间，巍然崛起的三座大宫殿是整个故宫的重点、紫禁城内建筑的核心。以整个故宫来说，那样庄严宏伟的气魄；那样富于组织性，又富于图画美的体形风格；那样处理空间的艺术；那样的工程技术，外表轮廓，和平面布局之间的统一的整体，无可否认的，它是全世界建筑艺术的绝品，它是一组伟大的建筑杰作，它也是人类劳动创造史中放出异彩的奇迹之一。我们有充足的理由，为我们这“世界第一”而骄傲。

三大殿的前面有两段作为序幕的布局，是值得注意的。第一段，由天安门，经端门到午门，两旁长列的“千步廊”是个严肃的开端。第二段在午门与太和门之间的小广场，更是一个美丽的前奏。这里一道弧形的金水河，和河上五道白石桥，在黄瓦红墙的气氛中，北望太和门的雄劲，这个环境适当地给三殿做了心理准备。

太和、中和、保和三座殿是前后排列着同立在一个庞大而崇高的工字形白石殿基上面的。这种台基过去称“殿陛”，共高二丈，分三层，每层有刻石栏杆围绕，台上列铜鼎等。台前石阶三列，左右各一列，路上都有雕镂隐起的龙凤花纹。这样大尺度的一组建筑物，是用更宏大尺度的庭院围绕起来的。广庭气魄之大是无法形容的。庭院四周有廊屋，太和与保和两殿的左右还有对称的楼阁和翼门，四角有小角楼。这样的布局是我国特有的传统，常见于美丽的唐宋壁画中。

三殿中，太和殿最大，也是全国最大的一个木构大殿。横阔十一间，进深五间，外有廊柱一列，全个殿内外立着八十四根大柱。殿顶是重檐的“庑殿式”瓦顶，全部用黄色的琉璃瓦，光泽灿烂，同蓝色天空相辉映。底下彩画的横额和斗拱，朱漆柱，金琐窗，同白石阶基也作了强烈的对比。这个殿建于康熙三十六年（1697 年），已有三百五十五岁，而结构整严完好如初。内部渗金盘龙柱和上部梁枋藻井上的彩画虽稍剥落，但仍然华美动人。

中和殿在工字基台的中心，平面为正方形，宋元工字殿当中的“柱廊”竟蜕变而成了今天的亭子形的方殿。屋顶是单檐“攒尖顶”，上端用渗金圆顶为结束。此殿是清初顺治三年（1646 年）的原物，比太和殿又早五十余年。

保和殿立在工字形殿基的北端，东西阔九间，每间尺度又都小于太和殿，上面是“歇山式”殿顶，它是明万历的“建极殿”原物，未经破坏或重建的。至今上面童柱上还留有“建极殿”标识。它是三殿中年寿最老的，已有三百三十七年的历史。

三大殿中的两殿，一前一后，中间夹着略为低小的单位所造成的格局，是它美妙的特点。要用文字形容三殿是不可能的，而同时因环境之大，摄影镜头很难把握这三殿全部的雄姿。深刻的印象，必须亲自进到那动人的环境中，才能体会得到。

·北海公园·

在二百多万人口的城市中，尤其是在布局谨严，街道引直，建筑物主要都左右对称的北京城市，会有像北海这样一处水阔天空，风景如画的环境，据在城市的心脏地带，实在令人料想不到，使人惊喜。初次走过横亘在北海和中海之间的金鳌玉蝀桥的时候，望见隔水的景物，真像一幅画面，给人的印象尤为深刻。耸立在水心的琼华岛，山巅白塔，林间楼台，受晨光或夕阳的渲染，景象非凡特殊，湖岸石桥上的游人或水面小船，处处也都像在画中。池沼园林是近代城市的肺腑，借以调节气候，美化环境，休息精神；北海风景区对全市人民的健康所起的作用是无法衡量的。北海在艺术和历史方面的价值都是很突出的，但更可贵的还是在它今天回到了人民手里，成为人民的公园。

我们重视北海的历史，因为它也就是北京城历史重要的一段。它是今天的北京城的发源地。远在辽代（十一世纪初），琼华岛的地址就是一个著名的台，传说是“萧太后台”；到了金朝（十二世纪中），统治者在这里奢侈地为自己建造郊外离宫：凿大池，改台为岛，移北宋名石筑山，山巅建美丽的大殿。元忽必烈攻破中都，曾住在这里。元建都时，废中都旧城，选择了这离宫地址作为他的新城，大都皇宫的核心，称北海和中海为太液池。元的三个宫分立在两岸，水中前有“瀛洲圆殿”，就是今天的团城，北面有桥通“万岁山”，就是今天的琼华岛。岛立太液池中，气势雄壮，山巅广寒殿居高临下，可以远望西山，俯瞰全城，是忽必烈的主要宫殿，也是全城最突出的重点。明毁元三宫，建造今天的故宫以后，北海和中海的地位便不同了，也不那样重要了。统治者把两海改为游宴的庭园，称作“内苑”。广寒殿废而不用，明万历时坍塌。清初开辟南海，增修许多庭园建筑，北海北岸和东岸都有个别幽静的单位。北海面貌最显著的改变是在一六五一年，琼华岛广寒殿旧址上，建造了今天所见的西藏式白塔。岛正南半山殿堂也改为佛寺，由石阶直升上去，遥对团城。这个景象到今天已保持整整三百年了。

北海布局的艺术手法是继承宫苑创造幻想仙境的传统，所以它以琼华岛仙山楼阁的姿态为主：上面是台殿亭馆；中间有岩洞石室；北面游廊环抱，廊外有白石栏循，长达三百米；中间漪澜堂，上起轩楼为远帆楼，和北岸的五龙亭隔水遥望，互见缥缈，是本着想象的仙山景物而安排的。湖心本植莲花，其间有画舫来去。北岸佛寺之外，还作小西天，又受有佛教画的影响。其他如桥亭堤岸，多少是模拟山水画意。北海的布局是有着丰富的艺术传统的。它的曲折有趣、多变化的景物，也就是它最得游人喜爱的因素。同时更因为它的水面宏阔，林岸较深，尺度大，气魄大，最适合于现代青年假期中的一切活动：划船、滑水、登高远眺，北海都有最好的条件。

·天坛·

天坛在北京外城正中线的东边，占地差不多四千亩，围绕着有两重红色围墙。墙内茂密参天的老柏树，远望是一片苍郁的绿荫。由这树林中高高耸出深蓝色伞形的琉璃瓦顶，它是三重檐子的圆形大殿的上部，尖端上闪耀着涂金宝顶。这是祖国一个特殊的建筑物，世界闻名的天坛祈年殿。由南方到北京来的火车，进入北京城后，车上的人都可以从车窗中见到这个景物。它是许多人对北京文物建筑最先的一个印象。

天坛是过去封建主每年祭天和祈祷丰年的地方，封建的愚民政策和迷信的产物；但它也是过去辛勤的劳动人民用血汗和智慧所创造出来的一种特殊美丽的建筑类型，今天有着无比的艺术和历史价值。

天坛的全部建筑分成简单的两组，安置在平舒开朗的环境中，外周用深深的树林围护着。南面一组主要是祭天的大坛，称做“圜丘”，和一座不大的圆殿，称“皇穹宇”。北面一组就是祈年殿和它的后殿——皇乾殿、东西配殿和前面的祈年门。这两组相距约六百公尺，由一条白石大道相联。两组之外，重要的附属建筑只有向东的“斋宫”一处。外面两周的围墙，在平面上南边一半是方的，北边一半是半圆形的。这是根据古代“天圆地方”的说法而建筑的。

圜丘是祭天的大坛，平面正圆，全部白石砌成；分三层，高约一丈六尺；最上一层直径九丈，中层十五丈，底层二十一丈。每层有石栏杆绕着，三层栏板共合成三百六十块，象征“周天三百六十度”。各层四面都有九步台阶。这座坛全部尺寸和数目都用一、三、五、七、九的“天数”或它们的倍数，是最典型的封建迷信结合的要求。但在这种苛刻条件下，智慧的劳动人民却在造形方面创造出一个艺术杰作。这座洁白如雪、重叠三层的圆坛，周围环绕着玲珑像花边般的石刻栏杆，形体是这样的美丽，它永远是个可珍贵的建筑物，点缀在祖国的地面上。

圜丘北面棂星门外是皇穹宇。这座单檐的小圆殿的作用是存放神位木牌（祭天时“请”到圜丘上面受祭，祭完送回）。最特殊的是它外面周绕的围墙，平面作成圆形，只在南面开门。墙面是精美的磨砖对缝，所以靠墙内任何一点，向墙上低声细语，他人把耳朵靠近其他任何一点，都可以清晰听到。人们都喜欢在这里做这种“声学游戏”。

祈年殿是祈谷的地方，是个圆形大殿，三重蓝色琉璃瓦檐，最上一层上安金顶。殿的建筑用内外两周的柱，每周二十根，里面更立四根“龙井柱”。圆周十二间都安格扇门，没有墙壁，庄严中呈显玲珑。这殿立在三层圆坛上，坛的样式略似圜丘而稍大。

天坛部署的规模是明嘉靖年间制定的。现存建筑中，圜丘和皇穹宇是清乾隆八年（1743 年）所建。祈年殿在清光绪十五年（1889 年）雷火焚毁后，又在第二年（1890 年）重建。祈年门和皇乾殿是明嘉靖二十四年（1545 年）原物。现在祈年门梁下的明代彩画是罕有的历史遗物。

·颐和园·

在中国历史中，城市近郊风景特别好的地方，封建主和贵族豪门等总要独霸或强占，然后再加以人工的经营来做他们的“禁苑”或私园。这些著名的御苑、离宫、名园，都是和劳动人民的血汗和智慧分不开的。他们凿了池或筑了山，建造了亭台楼阁，栽植了树木花草，布置了回廊曲径、桥梁水榭，在许许多多巧妙的经营与加工中，才把那些离宫或名园提到了高度艺术的境地。现在，这些可宝贵的祖国文化遗产，都已回到人民手里了。

北京西郊的颐和园，在著名的圆明园被帝国主义侵略军队毁了以后，是中国四千年封建历史里保存到今天的最后的一个大“御苑”。颐和园周围十三华里[1]，园内有山有湖。倚山临湖的建筑单位大小数百，最有名的长廊，东西就长达一千几百尺，共计二百七十三间。

颐和园的湖、山基础，是经过金、元、明三朝所建设的。清朝规模最大的修建开始于乾隆十五年（1750年），当时本名清漪园，山名万寿，湖名昆明。一八六〇年，清漪园和圆明园同遭英法联军毒辣的破坏。前山和西部大半被毁，只有山巅琉璃砖造的建筑和“铜亭”得免。

前山湖岸全部是光绪十四年（1888年）所重建。那时西太后那拉氏专政，为自己做寿，竟挪用了海军造船费来修建，改名颐和园。

颐和园规模宏大，布置错杂，我们可以分成后山、前山、东宫门、南湖和西堤四大部分来了解它的。

第一部分后山，是清漪园所遗留下的艺术面貌，精华在万寿山的北坡和坡下的苏州河。东自“赤城霞起”关口起，山势起伏，石路回转，一路在半山经“景福阁”到“智慧海”，再向西到“画中游”。一路沿山下河岸，处处苍松深郁或桃树错落，是初春清明前后游园最好的地方。山下小河（或称后湖）曲折，忽狭忽阔；沿岸摹仿江南风景，故称“苏州街”，河也名“苏州河”。正中北宫门入园后，有大石桥跨苏州河上，向南上坡是“后大庙”旧址，今称“须弥灵境”。这些地方，今天虽已剥落荒凉，但环境幽静，仍是颐和园最可爱的一部分。东边“谐趣园”是仿无锡惠山园

1. 编注：1华里=0.5公里。

的风格，当中荷花池，四周有水殿曲廊，极为别致。西面通到前湖的小苏州河，岸上东有“买卖街”（现已不存），俨如江南小镇。更西的长堤垂柳和六桥是仿杭州西湖六桥建设的。这些都是模仿江南山水的一个系统的造园手法。

第二部分前山湖岸上的布局，主要是排云殿、长廊和石舫。排云殿在南北中轴线上。这一组由临湖一座牌坊起，上到排云殿，再上到佛香阁；倚山建筑，巍然耸起，是前山的重点。佛香阁是八角钻尖顶的多层建筑物，立在高台上，是全山最高的突出点。这一组建筑的左右还有“转轮藏”和“五芳阁”等宗教建筑物。附属于前山部分的还有米山上几处别馆如“景福阁”“画中游”等。沿湖的长廊和中线呈丁字形；西边长廊尽头处，湖岸转北到小苏州河，傍岸处就是著名的“石舫”，名清宴舫。前山着重侈大、堂皇富丽，和清漪园时代重视江南山水的曲折大不相同；前山的安排，是“仙山蓬岛”的格式，略如北海琼华岛，建筑物倚山层层上去，成一中轴线，以高耸的建筑物为结束。湖岸有石栏和游廊。对面湖心有远岛，以桥相通，也如北海团城。只是岛和岸的距离甚大，通到岛上的十七孔长桥，不在中线，而由东堤伸出，成为远景。

第三部分是东宫门入口后的三大组主要建筑物：一是向东的仁寿殿，它是理事的大殿；二是仁寿殿北边的德和园，内中有正殿、两廊和大戏台；三是乐寿堂，在德和园之西。这是那拉氏居住的地方。堂前向南临水有石台石阶，可以由此上下船。这些建筑拥挤繁复，像城内府第，堵塞了入口，向后山和湖岸的合理路线被建筑物阻挡割裂，今天游园的人，多不知有后山，进仁寿殿或德和园之后，更有迷惑在院落中的感觉，直到出了荣寿堂西门，到了长廊，才豁然开朗，见到前面的湖山。这一部分的建筑物为全园布局上的最大弱点。

第四部分是南湖洲岛和西堤。岛有五处，最大的是月波楼一组，或称龙王庙，有长桥通东堤。其他小岛非船不能达。西堤由北而南成一弧线，分数段，上有六座桥。这些都是湖中的点缀，为北岸的远景。

·天宁寺塔·

北京广安门外的天宁寺塔，是北京城内和郊外的寺塔中完整立着的一个最古的建筑纪念物。这个塔是属于一种特殊的类型：平面作八角形，砖筑实心，外表主要分成高座、单层塔身和上面的多层密檐三部分。座是重叠的两组须弥座，每组中间有一道“束腰”，用“间柱”分成格子，每格中刻一浅龛，中有浮雕，上面用一周砖刻斗拱和栏杆，故极富于装饰性。座以上只有一单层的塔身，托在仰翻的大莲瓣上，塔身四正面有拱门，四斜面有窗，还有浮雕力神像等。塔身以上是十三层密密重叠着的瓦檐。第一层檐以上，各檐中间不露塔身，只见斗拱；檐的宽度每层缩小，逐渐向上递减，使塔的轮廓成缓和的弧线。塔顶的“刹”是佛教的象征物，本有“覆钵”和很多层“相轮”，但天宁寺塔上只有宝顶，不是一个“刹”，而十三层密檐本身却有了“相轮”的效果。

这种类型的塔，轮廓甚美，全部稳重而挺拔。层层密檐的支出使檐上的光和檐下的阴影构成一明一暗；重叠而上，和素面塔身起反衬作用，是最引人注意的宜于远望的处理方法。中间塔身略细，约束在檐以下、座以上，特别显得窈窕。座的轮廓也因有伸出和缩紧的部分，更美妙有趣。塔座是塔底部的重点，远望清晰伶俐；近望则见浮雕的花纹、走兽和人物，精致生动，又恰好收到最大的装饰效果。它是砖造建筑艺术中的极可宝贵的处理手法。

分析和比较祖国各时代各类型的塔，我们知道南北朝和隋的木塔的形状，但实物已不存。唐代遗物主要是砖塔，都是多层方塔，如西安的大雁塔和小雁塔。唐代虽有单层密檐塔，但平面为方形，且无须弥座和斗拱，如嵩山的永泰寺塔。中原山东等省以南，山西省以西，五代以后虽有八角塔，而非密檐，且无斗拱，如开封的“铁塔”。在江南，五代两宋虽有八角塔，却是多层塔身的，且塔身虽砖造，每层都用木造斗拱和木檩托檐，如苏州虎丘塔、罗汉院双塔等。检查天宁寺塔每一细节，我们今天可以确凿地断定它是辽代的实物，清代石碑中说它是“隋塔”是错误的。

这种单层密檐的八角塔只见于河北省和东北。最早有年月可考的都属于辽金时代（十一至十三世纪），如房山云居寺南塔北塔、正定青塔、通州塔、辽阳白塔寺塔等。但明清还有这形制的塔，如北京八里庄塔。从它们分布的地域和时代看来，这类型的塔显然是契丹民族的劳动人民和当时移居辽区的汉族匠工们所合力创造的伟绩，是他们对于祖国建筑传统的一个重大贡献。天宁寺塔经过这九百多年的考验，仍是一座完整而美丽的纪念性建筑，它是今天北京最珍贵的艺术遗产之一。

·北京近郊的三座“金刚宝座塔”·
——西直门外五塔寺塔、 德胜门外西黄寺塔和香山碧云寺塔

北京西直门外五塔寺的大塔，形式很特殊；它是建立在一个巨大的台子上面，由五座小塔所组成的。佛教术语称这种塔为“金刚宝座塔”。它是摹仿印度佛陀伽蓝的大塔建造的。

金刚宝座塔的图样，是一四一三年（明永乐时代）西番班迪达来中国时带来的。永乐帝朱棣，封班迪达做大国师，建立大正觉寺——五塔

寺——给他住。到了一四七三年（明成化九年）便在寺中仿照了中印度式样，建造了这座金刚宝座塔。清乾隆时代又仿照这个类型，建造了另外两座。一座就是现在德胜门外的西黄寺塔，另一座是香山碧云寺塔。这三座塔虽同属于一个格式，但每座各有很大变化，和中国其他的传统风格结合而成。它们具体地表现出祖国劳动人民灵活运用外来影响的能力，他们有大胆变化、不限制于摹仿的创造精神。在建筑上，这样主动地吸收外国影响和自己民族形式相结合的例子是极值得注意的。同时，介绍北京这三座塔并指出它们的显著的异同，也可以增加游览者对它们的认识和兴趣。

五塔寺在西郊公园北面约二百米。它的大台高五丈，上面立五座密檐的方塔，正中一座高十三层，四角每座高十一层。中塔的正南，阶梯出口的地方有一座两层檐的亭子，上层瓦顶是圆的。大台的最底层是个“须弥座”，座之上分五层，每层伸出小檐一周，下雕并列的佛龛，龛和龛之间刻菩萨立像。最上层是女儿墙，也就是大台的栏杆。这些上面都有雕刻，所谓“梵花、梵宝、梵字、梵像”。大台的正门有门洞，门内有阶梯藏在台身里，盘旋上去，通到台上。

这塔全部用汉白玉建造，密密地布满雕刻。石里所含铁质经过五百年的氧化，呈现出淡淡的橙黄的颜色，非常温润而美丽。过于繁琐的雕饰本是印度建筑的弱点，中国匠人却创造了自己的适当的处理。他们智慧地结合了祖国的手法特征，努力控制了凹凸深浅的重点。每层利用小檐的伸出和佛龛的深入，做成阴影较强烈的部分，其余全是极浅的浮雕花纹。这样，便纠正了一片杂乱繁缛的感觉。

西黄寺塔，也称做班禅喇嘛净化城塔，建于一七七九年。这座塔的形式和大正觉寺塔一样，也是五座小塔立在一个大台上面。所不同的，在于这五座塔本身的形式。它的中央一塔为西藏式的喇嘛塔（如北海的白塔），而它的四角小塔，却是细高的八角五层的“经幢”；并且在平面上，四小塔的座基突出于大台之外，南面还有一列石阶引至台上。中央塔的各面刻有佛像、草花和凤凰等，雕刻极为细致富丽，四个幢主要一层素面刻经，上面三层刻佛金与莲瓣。全组呈窈窕玲珑的印象。

碧云寺塔和以上两座又都不同。它的大台共有三层，底下两层是月台，各有台阶上去。最上层做法极像五塔寺塔，刻有数层佛龛，阶梯也藏在台身内。但它上面五座塔之外，南面左右还有两座小喇嘛塔，所以共有七座塔了。

这三处仿中印度式建筑的遗物，都在北京近郊风景区内。同式样的塔，国内只有昆明官渡镇有一座，比五塔寺塔更早了几年。

·鼓楼、钟楼和什刹海·

北京城在整体布局上，一切都以城中央一条南北中轴线为依据。这条中轴线以永定门为南端起点，经过正阳门、天安门、午门、前三殿、后三殿、神武门、景山、地安门一系列的建筑重点，最北就结束在鼓楼和钟楼那里。北京的钟楼和鼓楼不是东西相对，而是在南北线上，一前、一后的两座高耸的建筑物。北面城墙正中不开城门，所以这条长达八公里的南北中线的北端就终止在钟楼之前。这个伟大气魄的中轴直串城心的布局是我们祖先杰出的创造。鼓楼面向着广阔的地安门大街，地安门是它南面的“对景”，钟楼峙立在它的北面，这样三座建筑便合成一组庄严的单位，适当地作为这条中轴线的结束。

鼓楼是一座很大的建筑物，第一层雄厚的砖台，开着三个发券的门洞。上面横列五间重檐的木构殿楼，整体轮廓强调了横亘的体形。钟楼在鼓楼后面不远，是座直立耸起、全部砖石造的建筑物；下层高耸的台，每面只有一个发券门洞。台上钟亭也是每面一个发券的门。全部使人有浑雄坚实的矗立的印象。钟、鼓两楼在对比中，一横一直，形成了和谐美妙的组合。明朝初年智慧的建筑工人，和当时的“打图样”的师父们就这样朴实、大胆地创造了自己市心的立体标志，充满了中华民族特征的不平凡的风格。

钟、鼓楼西面俯瞰什刹海和后海。这两个“海”是和北京历史分不开的。它们和北海、中海、南海是一个系统的五个湖沼。十二世纪中建造“大都”的时候，北海和中海被划入宫苑（那时还没有南海），什刹海和后海留在市区内。当时有一条水道由什刹海经现在的北河沿、南河沿、六国饭店出城通到通州，衔接到运河。江南运到的粮食便在什刹海卸货，那里船帆桅杆十分热闹，它的重要性正相同于我们今天的前门车站。到了明朝，水源发生问题，水运只到东郊，什刹海才丧失了作为交通终点的身份。尤其难得的是它外面始终没有围墙把它同城区阻隔，正合乎近代最理想的市区公园的布局。

海的四周本有十座佛寺，因而得到“什刹”的名称。这十座寺早已荒废。满清末年，这里周围是茶楼、酒馆和杂耍场子等。但湖水逐渐淤塞，虽然夏季里香荷一片，而水质污秽、蚊虫孳生已威胁到人民的健康。解放后人民自己的政府首先疏浚全城水道系统，将什刹海掏深，砌了石岸，使它成为一片清澈的活水，又将西侧小湖改为可容四千人的游泳池。两年来那里已成劳动人民夏天中最喜爱的地点。垂柳倒影，隔岸可遥望钟楼和鼓楼，它已真正地成为首都的风景区。并且这个风景区还正在不断地建设中。

在全市来说，由地安门到钟、鼓楼和什刹海是城北最好的风景区的基础。现在鼓楼上面已是人民的第一文化馆，小海已是游泳池，又紧接北海。这一个美好环境，由钟、鼓楼上远眺更为动人。不但如此，首都的风景区是以湖沼为重点的，水道的联结将成为必要。什刹海若予以发展，将来可能以金水河把它同颐和园的昆明湖结连起来。那样，人们将可以在假日里从什刹海坐着小船经由美丽的西郊，直达颐和园了。

·雍和宫·

北京城内东北角的雍和宫，是二百十几年来北京最大的一座喇嘛寺院。喇嘛教是蒙藏两族所崇奉的宗教，但这所寺院因为建筑的宏丽和佛像雕刻等的壮观，一向都非常著名，所以游览首都的人们，时常来到这里参观。这一组庄严的大建筑群，是过去中国建筑工人以自己传统的建筑结构技术来适应喇嘛教的需要所创造的一种宗教性的建筑类型，就如同中国工人曾以本国的传统方法和民族特征解决过回教的清真寺，或基督教的礼拜堂的需要一样。这寺院的全部是一种符合特殊实际要求的艺术创造，在首都的文物建筑中间，它是不容忽视的一组建筑遗产。

雍和宫曾经是胤禛（清雍正）做王子时的府第。在一七三四年改建为喇嘛寺。

雍和宫的大布局，紧凑而有秩序，全部由南北一条中轴线贯穿着。由最南头的石牌坊起到“琉璃花门”是一条“御道”——也像一个小广场。两旁十几排向南并列的僧房就是喇嘛们的宿舍。由琉璃花门到雍和门是一个前院，这个前院有古槐的幽荫，南部左右两角立着钟楼和鼓楼，北部左右有两座八角的重檐亭子，更北的正中就是雍和门；雍和门规模很大，才经过修缮油饰。由此北进共有三个大庭院，五座主要大殿阁。第一院正中的主要大殿称做雍和宫，它的前面中线上有碑亭一座和一个雕刻精美的铜香炉，两边配殿围绕到它后面一殿的两旁，规模极为宏壮。

全寺最值得注意的建筑物是第二院中的法轮殿，其次便是它后面的万佛楼。它们的格式都是很特殊的。法轮殿主体是七间大殿，但它的前后又各出五间“抱厦”，使平面成十字形。殿的瓦顶上面突出五个小阁，一个在正脊中间，两个在前坡的左右，两个在后坡的左右。每个小阁的瓦脊中间又立着一座喇嘛塔。由于宗教上的要求，五塔寺金刚宝座塔的型式很巧妙地这样组织到纯粹中国式的殿堂上面，成了中国建筑中一个特殊例子。

万佛楼在法轮殿后面，是两层重檐的大阁。阁内部中间有一尊五丈多高的弥勒佛大像，穿过三层楼井，佛像头部在最上一层的屋顶底下。据说这个像的全部是由一整块檀香木雕成的。更特殊的是万佛楼的左右另有两座两层的阁，从这两阁的上层用斜廊——所谓飞桥——和大阁相联系。这是敦煌唐朝画中所常见的格式，今天还有这样一座存留着，是很难得的。

雍和宫最北部的绥成殿是七间，左右楼也各是七间，都是两层的楼阁，在我们的最近建设中，我们极需要参考本国传统的楼屋风格，从这一组两层建筑物中，是可以得到许多启示的。

·故宫·

北京的故宫现在是首都的故宫博物院。故宫建筑的本身就是这博物院中最重要的历史文物。它综合形体上的壮丽、工程上的完美和布局上的庄严秩序，成为世界上一组最优异、最辉煌的建筑纪念物。它是我们祖国多少年来劳动人民智慧和勤劳的结晶，它有无比的历史和艺术价值。全宫由“前朝”和“内廷”两大部分组成;四周有城墙围绕，墙下是一周护城河，城四角有角楼，四面各有一门：正南是午门，门楼壮丽称五凤楼；正北称神武门；东西两门称东华门、西华门，全组统称“紫禁城”。隔河遥望红墙、黄瓦、宫阙、角楼的任何一角都是宏伟秀丽，气象万千。

前朝正中的三大殿是宫中前部的重点，阶陛三层，结构崇伟，为建筑造形的杰作。东侧是文华殿，西侧是武英殿，这两组与太和门东西并列，左右衬托，构成三殿前部的格局。

内廷是封建皇帝和他的家族居住和办公的部分。因为是所谓皇帝起居的地方，所以借重了许多严格部署的格局和外表形式上的处理来强调这独夫的“至高无上”。因此内廷的布局仍是采用左右对称的格式，并且在部署上象征天上星宿等等。例如内廷中间，乾清、坤宁两宫就是象征天地，中间过殿名交泰，就取“天地交泰”之义。乾清宫前面的东西两门名日精、月华，象征日月。后面御花园中最北一座大殿——钦安殿，内中还供奉着“玄天上帝”的牌位。故宫博物院称这部分作“中路”，它也就是前王殿中轴线的延续，也是全城中轴的一段。

“中路”两旁两条长夹道的东西，各列六个宫，每三个为一路，中间有南北夹道。这十二个宫象征十二星辰。它们后部每面有五个并列的院落，称东五所、西五所，也象征众星拱辰之义。十二宫是内宫眷属“妃嫔”“皇子”等的住所，和中间的“后三殿”，就是紫禁城后半部的核心。现在博物院称东西六宫等为“东殿”和“西殿”，按日轮流开放，西六宫曾经改建，储秀和翊坤两宫之间增建一殿，成了一组。长春和太极之间，也添建一殿，成为一组，格局稍变。东六宫中的延禧，曾参酌西式改建“水晶宫”而未成。

三路之外的建筑是比较不规则的。主要的有两种：一种是在中轴两侧，东西两路的南头，十二宫前面的重要前宫殿。西边是养心殿一组，它正在“外朝”和“内廷”之间偏东的位置上，是封建主实际上日常起居的地方。中轴东边与它约略对称的是斋宫和奉先殿。这两组与乾清宫的关系就相等于文华、武英两殿与太和殿的关系。另一类是核心外围规模较十二宫更大的宫。这些宫是建筑给封建主的母后居住的。每组都有前殿、后寝、周围廊子、配殿、宫门等。西边有慈宁、寿康、寿安等宫。其中夹着一组佛教庙宇雨花阁，规模极大。总称为“外西路”。东边的“外东路”只有直串南北、范围巨大的宁寿宫一组。它本是玄烨（康熙）的母亲所居，后来弘历（乾隆）将政权交给儿子，自己退老住在这里，曾增建了许多繁缛巧丽的亭园建筑，所以称为“ 乾隆花园”。它是故宫后部核心以外最特殊也最奢侈的一个建筑组群，且是清代日趋繁琐的宫廷趣味的代表作。

故宫后部虽然“千门万户”，建筑密集，但它们仍是有秩序的布局。中轴之外，东西两侧的建筑物也是以几条南北轴线为依据的。各轴线组成的建筑群以外的街道形成了细长的南北夹道。主要的东一长街和西一长街的南头就是通到外朝的“左内门”和“右内门”，它们是内廷和前朝联系的主要交通线。

除去这些“宫”与“殿”之外，紫禁城内还有许多服务单位如上驷院、御膳房和各种库房及值班守卫之处。但威名煊赫的“南书房”和“军机处”等宰相大臣办公的地方，实际上只是乾清门旁边几间廊庑房舍。军机处还不如上驷院里一排马厩！封建帝王残酷地驱役劳动人民为他建造宫殿，养尊处优，享乐排场无所不至，而即使是对待他的军机大臣也仍如奴隶。这类事实可由故宫的建筑和布局反映出来。紫禁城全部建筑也就是最丰富的历史材料。

12

北京乎

孙福熙

（1898—1962）

北京乎！别来五年了。

经过丰台以后，火车着慌，如追随火光的蛇的急急游行。我，停了呼吸，不能自主的被这北京的无形的力量所吸引。

一片绿色中远见砖砌的城墙隐现，而黄瓦红墙的城楼并耸在绿叶的波涛中，我能辨别这是正阳门，这是紫禁城与别的一切。

回忆离京时，行至东华门边，我对二哥说，我舍不掉北京的伟大。我很不能抑制的想念了五年，现在，侥幸的又得瞻仰他而濡染其中了。

在绍兴县馆中，大清早醒来，老鸹的呼声中，槐花的细瓣飘坠如雪，两株大槐树遮盖全院，初晴的日光从茂密的枝叶缺处漏下来，划出轻烟颜色的斜线，落在微湿而满铺槐花的地上，留下蛋形与别的形状的斑纹。新秋的凉爽就在这淡薄的日光中映照出来，我投怀于我所爱的北京。

离别以后，我曾屡登阿尔卑斯高山，我曾荡漾在浩瀚的印度洋中，固然，我不能懂得他们的好处，但阿尔卑斯山的崇高与印度洋之广大远过于北京城，这是无疑的。然而我不因他们而减少对于北京城的崇高与广大的爱慕。

回忆初到北京时，出东车站门，仰见正阳门楼昂立在灯火万盏的广场中，深蓝而满缀星光的天，高远的衬托在他的后面，惯住小城的我对之能不深深的动感呢！

在北京大学中我望见学问的门墙，而扩大我的道德者是这庄严宽大的北京城。

我以前没有见过如北京所多的长街。小城市中所称为大街大路的都可从这一头望见那一头，而所谓大者，就是说有一来一往的人相遇可以不擦肩不踏破脚趾而已。北京的长街望之如没有尽头的，只见远远的消失在隐约中，徒令人恨自己目力之不足。左右又很宽敞，使因为闷在井底一般的小城中而呼吸急促的我扩大了胸腹。北京的天永远是这样高的，为长而宽的北京的街道凑趣。

我之所以爱北京的原因还不只此哩。北河沿的槐树与柳树丛中我常于晚间去散步，枝条拂我的头顶，而红色的夕阳照在东安门一带的墙上，使我感觉自己的渺小，于是卑劣社会中所养成的傲慢完全消融了，然而精神上增加十分的倔强，我从此仍旧觉得自己的高大了。

那时的每礼拜早晨，我与二哥必往教育部会场听杜威先生的教育哲学讲演。冬季的寒风侵面，且带灰沙，我们步行经北上门，穿三海，望见北海中结着雪白的冰，而街上的水车所流出的水滴结成琳琅。这种一切都给我警惕。

以前的城南公园中我曾读过书。暑假时节，我与二哥夹书同往，早晨的太阳已颇猛烈了，我们就钻入紫藤棚中。北京的特色，人到荫中就生凉风，这花荫卫护读书的我们，直至晚上。

我现在来重温旧梦，而且将以我的微力表现他改善他，增加我及一切市民对于北京的好感。

北京乎！我投怀于我所爱的北京。

一九二五年八月十三日

第二章

北平四季

13

春

朱自清

（1898—1948）

盼望着，盼望着，东风来了，春天的脚步近了。

一切都像刚睡醒的样子，欣欣然张开了眼。山朗润起来了，水涨起来了，太阳的脸红起来了。

小草偷偷地从土里钻出来，嫩嫩的，绿绿的。园子里，田野里，瞧去，一大片一大片满是的。坐着，躺着，打两个滚，踢几脚球，赛几趟跑，捉几回迷藏。风轻悄悄的，草软绵绵的。

桃树、杏树、梨树，你不让我，我不让你，都开满了花赶趟儿。红的像火，粉的像霞，白的像雪。花里带着甜味儿；闭了眼，树上仿佛已经满是桃儿、杏儿、梨儿！花下成千成百的蜜蜂嗡嗡地闹着，大小的蝴蝶飞来飞去。野花遍地是:杂样儿，有名字的，没名字的，散在草丛里，像眼睛，像星星，还眨呀眨的。

“吹面不寒杨柳风”，不错的，像母亲的手抚摸着你。风里带来些新翻的泥土的气息，混着青草味儿，还有各种花的香，都在微微润湿的空气里酝酿。鸟儿将窠巢安在繁花嫩叶当中，高兴起来了，呼朋引伴地卖弄清脆的喉咙，唱出宛转的曲子，与轻风流水应和着。牛背上牧童的短笛，这时候也成天在嘹亮地响。

雨是最寻常的，一下就是三两天。可别恼。看，像牛毛，像花针，像细丝，密密地斜织着，人家屋顶上全笼着一层薄烟。树叶子却绿得发亮，小草也青得逼你的眼。傍晚时候，上灯了，一点点黄晕的光，烘托出一片安静而和平的夜。乡下去，小路上，石桥边，有撑起伞慢慢走着的人；还有地里工作的农民，披着蓑，戴着笠的。他们的草屋，稀稀疏疏的，在雨里静默着。

天上风筝渐渐多了，地上孩子也多了。城里乡下，家家户户，老老小小，他们也赶趟儿似的，一个个都出来了。舒活舒活筋骨，抖擞抖擞精神，各做各的一份事去。“一年之计在于春”，刚起头儿，有的是工夫，有的是希望。

春天像刚落地的娃娃，从头到脚都是新的，它生长着。

春天像小姑娘，花枝招展的，笑着，走着。

春天像健壮的青年，有铁一般的胳膊和腰脚，他领着我们上前去。

1933年7月

14

北平的春天

张恨水

（1895 — 1967）

照着中国人的习惯，把阴历正二三月当了春天。可是在北平不是这样说，应当是三四五月是春天了。惊蛰春分的气节，陆续地过去了，院子里的槐树，还是杈丫杈丫的，不带一点绿芽。初到北方的人，总觉得有点不耐。但是你不必忙，那时，天气一天比一天暖和了。你若住在东城，你可以到隆福寺去遛达一趟。你在西城，可以由西牌楼，一直遛到护国寺去。你这些地方有花厂子，把“带坨”的大树（用蒲包包根曰带坨），整棵的放在墙阴下，树干上带了生气，那是一望而知的。上面贴了红纸条儿，标着字，如樱桃、西府海棠、蜜桃、玉梨之类。这就告诉你，春天来了。花厂的玻璃窗子里，堆山似的陈列着盆梅、迎春，还有千头莲，都非常之繁盛，你看到，不相信这是北方了。

再过去这么两天，也许会刮大风，但那也为时不久，立刻晴了。城外护城河的杨柳，首先安排下了缘口，乡下人将棉袄收了包袱，穿了单衣，在大日头下，骑了小毛驴进城来，成阵的骆驼，已开始脱毛。它们不背着装煤的口袋了，空着两个背峰，在红墙的柳荫下走过。北平这地方，人情风俗，总是两极端的。摩登男女，卸去了肩上挂的溜冰鞋，女的穿了露臂的单旗袍，男的换了薄呢西服，开始去遛公园。可爱的御河沿，在伟大的宫殿建筑旁边，排成两里长的柳林，欢迎游客。

我曾住过这么一条胡同，门口一排高大的槐树，当家里海棠花开放得最繁盛的日子，胡同里的槐树，绿叶子也铺满了。太阳正当顶的时候，在槐树下，发出叮当叮当的响音，那是卖食物的小贩，在手上敲着两个小铜碟子，两种叮当的声音，是一种卖凉食的表示。你听到这种声音，你就会知道北国春暖了，穿着软绸的夹衫，走出了大门，便看到满天空的柳花，飘着絮影。不但是胡同里，就是走上大街，这柳花也满空飘飘的追逐着你，这给予人的印象是多么深刻。苏州城是山明水媚之乡，当春来时，你能在街上遇着柳花吗？

我那胡同的后方，是国子监和雍和宫，远望那撑天的苍柏，微微点点缀着淡绿的影子，喇嘛也脱了皮袍，又把红袍外的黄腰带解除，在古老的红墙外，靠在高上十余丈的老柳树下站着，看那袒臂的摩登姑娘，含笑过去。这种矛盾的现象，北平是时时可以看到，而我们反会觉得这是很有趣。九、十、十一、十二日是东城隆福寺庙会，五、六、七、八是西城的白塔寺护国寺庙会，三日是南城的土地庙庙会。当太阳照人家墙上以后，这几处庙会附近，一挑一挑的花，一车一车的花，向各处民间分送了去。这种花担子在市民面前经过的时候，就引起了他们的买花心。常常可以看到一位满身村俗气的男子，或者一身村俗气的老太太，手上会拿了两个鲜花盆子在路边走。六朝烟水气的南京，也没有这现象吧？

还有一个印象，我是不能忘的。当着春夏相交的夜里，半轮明月，挂在胡同角上，照见街边洋槐树上的花，像整团的雪，垂在暗空。街上并没有多少人在走路。偶然有一辆车，车把上挂着一盏白纸灯笼，得得的在路边滚着。夜里没有风，那槐花的香气，却弥漫了暗空。我慢慢的顺着那长巷，慢慢的踱。等到深夜，我还不愿回家呢。

（原载于1946年3月9日、12日重庆《新民报晚刊》）

15

五月的北平

张恨水

（1895—1967）

能够代表东方建筑美的城市，在世界上，除了北平，恐怕难找第二处了。描写北平的文字，由国文到外国文，由元代到今日，那是太多了，要把这些文字抄写下来，随便也可以出百万言的专书。现在要说北平，那真是一部廿四史，无从说起。若写北平的人物，就以目前而论，由文艺到科学，由最崇高的学者到雕虫小技的绝世能手，这个城圈子里，也俯拾即是，要一一介绍，也是不可能。北平这个城，特别能吸收有学问、有技巧的人才，宁可在北平为静止得到生活无告的程度，他们不肯离开。不要名，也不要钱，就是这样穷困着下去。这实在是件怪事。你又叫我写哪一位才让圈子里的人过瘾呢？

静的不好写，动的也不好写，现在是五月（旧的历法合四月），我们还是写点五月的眼前景物吧。北平的五月，那是一年里的黄金时代。任何树木，都发生了嫩绿的叶子，处处是绿荫满地。卖芍药花的担子，天天摆在十字街头。洋槐树开着其白如雪的花，在绿叶上一球球的顶着。街，人家院落里，随处可见。柳絮飘着雪花，在冷静的胡同里飞。枣树也开花了；在人家的白粉墙头，送出兰花的香味。北平春季多风，但到五月，风季就过去了（今年春季无风）。市民开始穿起夹衣，在不暖的阳光里走。北平的公园，既多又大。只要你有工夫，花不成其为数目的票价，亦可以在锦天铺地、雕栏玉砌的地方消磨一半天。

照着上面所谈，这范围还是太广，像看《四库全书》一样。虽然只成个提要，也觉得应接不暇。让我来缩小范围，只谈一个中人之家吧。北平的房子，大概都是四合院。这个院子，就可以雄视全国建筑。洋楼带花园，这是最令人羡慕的新式住房。可是在北平人看来，那太不算一回事了。北平所谓大宅门，哪家不是七八上下十个院子？哪个院子里不是花果扶疏？这且不谈，就是中产之家，除了大院一个，总还有一两个小院相配合。这些院子里，除了石榴树、金鱼缸，到了春深，家家由屋里度过寒冬搬出来。而院子里的树木，如丁香、西府海棠、藤萝架、葡萄架、垂柳、洋槐、刺槐、枣树、榆树、山桃、珍珠梅、榆叶梅，也都成人家普通的栽植物，这时，都次第的开过花了。尤其槐树，不分大街小巷，不分何种人家，到处都栽着有。在五月里，你如登景山之巅，对北平城作个鸟瞰，你就看到北平市全参差在绿海里。这绿海就大部分是槐树造成的。

洋槐传到北平，似乎不出五十年，所以这类树，树木虽也有高到五六丈的，都是树干还不十分粗。刺槐却是北平的土产，树兜可以合抱，而树身高到十丈的，那也很是平常。洋槐是树叶子一绿就开花，正在五月，花是成球的开着，串子不长，远望有些像南方的白绣球。刺槐是七月开花，都是一串串有刺，像藤萝（南方叫紫藤），不过是白色的而已。洋槐香浓，刺槐不大香，所以五月里草绿油油的季节，洋槐开花，最是凑趣。

在一个中等人家，正院子里可能就有一两株槐树，或者是一两株枣树。尤其是城北，枣树逐家都有，这是“早子”的谐音，取一个吉利。在五月里，下过一回雨，槐叶已在院子里着上一片绿荫。白色的洋槐花在绿枝上堆着雪球，太阳照着，非常好看。枣子花是看不见的，淡绿色，和小叶的颜色同样，而且它又极小，只比芝麻大些，所以随便看不见。可是它那种兰蕙之香，在风停日午的时候，在月明如昼的时候，把满院子都浸润在幽静淡雅的境界里。假使这人家有些盆景（必然有），石榴花开着火星样的红点，夹竹桃开着粉红的桃花瓣，在上下皆绿的环境中，这几点红色，娇艳绝伦。北平人又爱随地种草本的花籽，这时大小花秧全都在院子里拔地而出，一寸到几寸长的不等，全表现了欣欣向荣的样子。北平的屋子，对院子的一方面，照例下层是土墙，高二三尺，中层是大玻璃窗，玻璃大得跟百货店的货窗相等，上层才是花格活窗。桌子靠墙，总是在大玻璃窗下。主人翁若是读书伏案写字，一望玻璃窗外的绿色，映人眉宇，那实在是含有诗情画意的。而且这样的点缀，并不花费主人什么钱的。

北平这个地方，实在适宜于绿树的点缀，而绿树能亭亭如盖的，又莫过于槐树。在东西长安街，故宫的黄瓦红墙，配上那一碧千株的槐林，简直就是一幅彩画。在古老的胡同里，四五株高槐，映带着平整的土路，低矮的粉墙。行人很少，在白天就觉得其意幽深，更无论月下了。在宽平的马路上，如南、北池子，如南、北长街，两边槐树整齐划一，连续不断，有三四里之长，远远望去，简直是一条绿街。在古庙门口，红色的墙，半圆的门，几株大槐树在庙外拥立，把低矮的庙整个罩在绿荫下，那情调是肃穆典雅的。在伟大的公署门口，槐树分立在广场两边，好像排列着伟大的仪仗，又加重了几分雄壮之气。太多了，我不能把她一一介绍出来，有人说五月的北平是碧槐的城市，那却是一点没有夸张。

当承平之时，北平人所谓“好年头儿”，在这个日子，也正是故都人士最悠闲舒适的日子。在绿荫满街的当儿，卖芍药花的平头车子整车的花蕾推了过去。卖冷食的担子，在幽静的胡同里叮当作响，敲着冰盏儿，这很表示这里一切的安定与闲静。渤海来的海味，如黄花鱼、对虾，放在冰块上卖，已是别有风趣。又如乳油杨梅、蜜饯樱桃、藤萝饼、玫瑰糕，吃起来还带些诗意。公园里绿叶如盖，三海中水碧如油，随处都是令人享受的地方。但是这一些，我不能，也不愿往下写。现在，这里是邻近炮火边沿，南方人来说这里是第一线了。北方人吃的面粉，三百多万元一袋；南方人吃的米，卖八万多元一斤。穷人固然是朝不保夕；中产之家虽改吃糙粮度日，也不知道这糙粮允许吃多久。街上的槐树虽然还是碧净如前，但已失去了一切悠闲的点缀。人家院子里，虽是不花钱的庭树，还依然送了绿荫来，这绿荫在人家不是幽丽，乃是凄凄惨惨的象征。谁实为之？孰令致之？我们也就无从问人。《阿房宫赋》前段写得那样富丽，后面接着是一叹：“秦人不自哀！”现在的北平人，倒不是不自哀，其如他们哀亦无益何！

好一座富于东方美的大城市呀，它整个儿在战栗！好一座千年文化的结晶呀，他不断地在枯萎！呼吁于上天，上天无言；呼吁于人类，人类摇头。其奈之何！

16

北平的春天

周作人

（1885—1967）

北平的春天似乎已经开始了，虽然我还不大觉得。立春已过了十天，现在是七九六十三的起头了，布衲摊在两肩，穷人该有欣欣向荣之意。光绪甲辰即一九〇四年小除那时我在江南水师学堂曾作一诗云："一年倏就除，风物何凄紧。百岁良悠悠，向日催人尽。既不为大椿，便应如朝菌。一死息群生，何处问灵蠢。"但是第二天除夕我又作了这样一首云："东风三月烟花好，凉意千山云树幽，冬最无情今归去，明朝又得及春游。"这诗是一样的不成东西，不过可以表示我总是很爱春天的。春天有什么好呢，要讲他的力量及其道德的意义，最好去查盲诗人爱罗先珂的抒情诗的演说，那篇世界语原稿是由我笔录，译本也是我写的，所以约略都还记得，但是这里誊录自然也更可不必了。春天的是官能的美，是要去直接领略的，关门歌颂一无是处，所以这里抽象的话暂且割爱。

且说我自己的关于春的经验，都是与游有相关的。古人虽说以鸟鸣春，但我觉得还是在别方面更感到春的印象，即是水与花木。迂阔的说一句，或者这正是活物的根本的缘故罢。小时候，在春天总有些出游的机会，扫墓与香市是主要的两件事，而通行只有水路，所在又多是山上野外，那么这水与花木自然就不会缺少的。香市是公众的行事，禹庙南镇香炉峰为其代表，扫墓是私家的，会稽的乌石头调马场等地方至今在我的记忆中还是一种代表的春景。庚子年三月十六日的日记云：

晨坐船出东郭门，挽纤行十里，至绕门山，今称东湖，为陶心云先生所创修，堤计长二百丈，皆植千叶桃垂柳及女贞子各树，游人颇多。又三十里至富盛埠，乘兜桥过市行三里许，越岭，约千余级。山中映山红牛郎花甚多，又有蕉藤数株，着花蔚蓝色，状如豆花，结实即刀豆也，可入药。路旁皆竹林，竹萌之出土者粗于碗口而长仅二三寸，颇为可观。忽闻有声如鸡鸣，阁阁然，山谷皆响，问之轿夫，云系雉鸡叫也。又二里许过一溪，阔数丈，水没及骭，舁者乱流而渡，水中圆石颗颗，大如鹅卵，整洁可喜。行一二里至墓所，松柏夹道，颇称闳壮。方祭时，小雨籁籁落衣袂间，幸即晴霁。下山午餐，下午开船。将进城门，忽天色如墨，雷电并作，大雨倾注，至家不息。

旧事重提，本来没有多大意思，这里只是举个例子，说明我春游的观念而已。我们本是水乡的居民，平常对于水不觉得怎么新奇，要去临流赏玩一番，可是生平与水太相习了，自有一种情分，仿佛觉得生活的美与悦乐之背景里都有水在，由水而生的草木次之，禽虫又次之。我非不喜禽虫，但它总离不了草木，不但是吃食，也实是必要的寄托，盖即使以鸟鸣春，这鸣也得在枝头或草原上才好，若是雕笼金锁，无论怎样的鸣得起劲，总使人听了索然兴尽也。

话休烦絮。到底北京的春天怎么样了呢？老实说，我住在北京和北平已将二十年，不可谓不久矣，对于春游却并无什么经验。妙峰山虽热闹，尚无暇瞻仰，清明郊游只有野哭可听耳。北平缺少水气，使春光减了成色，而气候变化稍剧，春天似不曾独立存在，如不算他是夏的头，亦不妨称为冬的尾，总之风和日暖让我们着了单袷可以随意徜徉的时候是极少，刚觉得不冷就要热了起来了。不过这春的季候自然还是有的。第一，冬之后明明是春，且不说节气上的立春也已过了。第二，生物的发生当然是春的证据，牛山和尚诗云，“春叫猫儿猫叫春”，是也。人在春天却只是懒散，雅人称曰春困，这似乎是别一种表示。所以北平到底还是有他的春天，不过太慌张一点了，又欠腴润一点，叫人有时来不及尝他的味儿，有时尝了觉得稍枯燥了，虽然名字还叫作春天，但是实在就把他当作冬的尾，要不然便是夏的头，反正这两者在表面上虽差得远，实际上对于不大承认他是春天原是一样的。

我倒还是爱北平的冬天。春天总是故乡的有意思，虽然这是三四十年前的事，现在怎么样我不知道。至于冬天，就是三四十年前的故乡的冬天我也不喜欢：那些手脚生冻瘃，半夜里醒过来像是悬空挂着似的上下四旁都是冷气的感觉，很不好受，在北平的纸糊过的屋子里就不会有的。在屋里不苦寒，冬天便有一种好处，可以让人家作事：手不僵冻，不必炙砚呵笔，于我们写文章的人大有利益。北平虽几乎没有春天，我并无什么不满意，盖吾以冬读代春游之乐久矣。

一九三六年二月十四日

（原载于1936年3月16日《宇宙风》第十三期，署名知堂）

17

小春天气

郁达夫

（1896—1945）

·一·

与笔砚疏远以后，好像是经过了不少时日的样子。我近来对于时间的观念，一点儿也没有了。总之案头堆着的从南边来的两三封问我何以老不写信的家信，可以作我久疏笔砚的明证。所以从头计算起来，大约从我发表的最后的一篇整个儿的文字到现在，总已有一年以上，而自我的右手五指，抛离纸笔以来，至少也得有两三个月的光景。以天地之悠悠，而来较量这一年或三个月的时间，大约总不过似骆驼身上的半截毫毛；但是由先天不足，后天亏损——这是我们中国医生常说的话，我这样的用在这里，请大家不要笑话我——的我说来，渺焉一身，寄住在这北风凉冷的皇城人海中间，受尽了种种欺凌侮辱，竟能安然无事的经过这么长的一段时间，却是一种摩西以后的最大奇迹。

回想起来这一年的岁月，实在是悠长的很呀！绵绵钟鼓初长的秋夜，我当众人睡尽的中宵，一个人在六尺方的卧房里踏来踏去，想想我的女人，想想我的朋友，想想我的暗淡的前途，曾经熏烧了多少支的短长烟卷？睡不着的时候，我一个人拿了蜡烛，幽脚幽手的跑上厨房去烧些风鸡糟鸭来下酒的事情，也不止三次五次。而由现在回顾当时，那时候初到北京后的这种不安焦躁的神情，却只似儿时的一场恶梦，相去好像已经有十几年的样子，你说这一年的岁月对我是长也不长？

这分外的觉得岁月悠长的事情，不仅是意识上的问题，实际上这一年来我的肉体精神两方面，都印上了这人家以为很短而在我却是很长的时间的烙印。去年十月在黄浦江头送我上船的几位可怜的朋友，若在今年此刻，和我相遇于途中，大约他们看见了我，总只是轻轻的送我一瞥，必定会仍复不改常态地向前走去。（虽则我的心里在私心默祷，使我遇见了他们，不要也不认识他们！）这一年的中间，我的衰老的气象，实在是太急速的侵袭到了，急速的，真真是很急速的。“白发三千丈”一流的夸张的比喻，我们暂且不去用它，就减之又减的打一个折扣来说吧，我在这一年中间，至少也的的确确的长了十岁年纪。牙齿也掉了，记忆力也消退了，对镜子剃削胡髭的早晨，每天都要很惊异地往后看一看，以为镜子里反映出来的，是别一个站在我后面的没有到四十岁的半老人。腰间的皮带，尽是一个窟窿一个窟窿的往里缩，后来现成的孔儿不够，却不得不重用钻子来新开，现在已经开到第二个了。最使我伤心的是当人家欺凌我侮辱我的时节，往日很容易起来的那一种愤激之情，现在怎么也鼓励不起来。非但如此，当我觉得受了最大的侮辱的时候，不晓从何处来的一种滑稽的感想，老要使我作会心的微笑。不消说年轻时候的种种妄想，早已消磨得干干净净，现在我连自家的女人小孩的生存，和家中老母的健否等问题都想不起来；有时候上街去雇得着车，坐在车上，只想车夫走往向阳的地方去——因为我现在忽而怕起冷来了——慢一点儿走，好使我饱看些街上来往的行人，和组成现代的大同世界的形形色色。看倦了，走倦了，跑回家来，只想弄一点美味的东西吃吃，并且一边吃，一边还要想出如何能够使这些美味的东西吃下去不会饱胀的方法来，因为我的牙齿不好，消化不良，美味的东西，老怕不能一天到晚不间断的吃过去。

·二·

现在我们这里所享有的，是一年中间最好不过的十月。江北江南，正是小春的时候。况且世界又是大同，东洋车，牛车，马车上，一闪一闪的在微风里飘荡的，都是些除五色旗外的世界各国的旗子，天色苍苍，又高又远，不但我们大家酣歌笑舞的声音，达不到天听，就是我们的哀号狂泣，也和耶和华的耳朵，隔着蓬山几千万叠。生逢这样的太平盛世，依理我也应该向长安的落日，遥进一杯祝颂南山的寿酒，但不晓怎么的，我自昨天以来，明镜似的心里，又忽而起了一层翳障。

仰起头来看看青天，空气澄清得怖人；各处散射在那里的阳光，又好像要对我说一句什么可怕的话，但是因为爱我怜我的缘故，不敢马上说出来的样子。脚底下铺着扫不尽的落叶，忽而索落索落的响了一声，待我低下头来，向发出声音来的地方望去，又看不出什么动静来了，这大约是我们庭后的那一棵槐树，又摆脱了一叶负担了吧。正是午前十点钟的光景，家里的人都出去了，我因为孤零丁一个人在屋里坐不住，所以才踱到院子里来的，然而在院子里站了一忽，也觉得没有什么意思，昨晚来的那一点小小的郁忧仍复笼罩在我的心上。

当半年前，每天只是忧郁的连续的时候，倒反而有一种余裕来享乐这一种忧郁，现在连快乐也享受不了的我的脆弱的身心，忽而沾染了这一层虽则是很淡很淡，但也好像是很深的隐忧，只觉得坐立都是不安。没有方法：我就把香烟连续地吸了好几支。

是神明的摄理呢？还是我的星命的佳会？正在这无可奈何的时候，门铃儿响了。小朋友G君，背了水彩书具架进来说：

“达夫，我想去郊外写生，你也同我去郊外走走吧！”

G君年纪不满二十，是一位很活泼的青年画家，因为我也很喜欢看画，所以他老上我这里来和我讲些关于作画的事情。据他说，“今天天气太好，坐在家里，太对大自然不起，还是出去走走的好”。我换了衣服，一边和他走出门来，一边告诉门房“中饭不来吃，叫大家不要等我”的时候，心里所感得的喜悦，怎么也形容不出来。

·三·

本来是没有一定目的地的我们，到了路上，自然而然地走向西去，出了平则门。阳光不问城里城外，一例的很丰富的洒在那里。城门附近的小摊儿上，在那里摊开花生米的小贩，大约是因为他穿着的那件宽大的夹袄的原因罢，觉得也反映着一味秋气。茶馆里的茶客，和路上来往的行人，在这样如煦的太阳光里，面上总脱不了一副贫陋的颜色；我看看这些人的样子，心里又有点不舒服起来，所以就叫G君避开城外的大街沿城折往北去。夏天常来的这城下长堤上，今天来往的大车特别的少。道旁的杨柳，颜色也变了，影子也疏了。城河里的浅水，依旧映着晴空，返射着日光，实际上和夏天并没有什么区别，但我觉得总有一种寂寥的感觉，浮在水面。抬头看看对岸，远近一排半凋的林木，纵横交错的列在空中。大地的颜色，也不似夏日的茏葱，地上的浅草都已枯尽，带起浅黄色来了。法国教堂的屋顶，也好像失了势力似的，在半凋的树林中孤立在那里。与夏天一样的，只有一排西山连瓦的峰峦。大约是今天空气格外澄鲜的缘故罢，这排明褐色的屏障，觉得是近得多了，的确比平时近得多了。此外弥漫在空际的，只有明蓝澄洁的空气，悠久广大的天空和炮满的阳光，和暖的阳光。隔岸堤上，忽而走出了两个着灰色制服的兵来。他们拖了两个斜短的影子，默默地在向南的行走。我见了他们，想起了前几天平则门外的抢劫的事情，所以就对 G 君说：

“我看这里太辽阔，取不下景来，我们还是进城去吧！上小馆子去吃了午饭再说。”

G 君踏来踏去的看了一会，对我笑着说：“近来不晓怎么的，有一种莫名其妙的神秘的灵感，常常闪现在我的脑里。今天是不成了，没有带颜料和油画的家伙来。”他说着用手向远处教堂一指，同时又接着说：“几时我想画画教堂里的宗教画看。”

“那好得很啊！”猫猫虎虎的这样回答了一句，我就转换方向，慢慢的走回到城里来了。落后了几步，他又背着画具，慢慢的跟我走来。

·四·

喝了两斤黄酒，吃得满满的一腹。我和 G 君坐洋车上，被拉往陶然亭去的时候，太阳已经打斜了。本来是有点醉意，又被午后的阳光一烘，我坐在车上，眼睛觉得渐渐的蒙眬了起来。洋车走尽了粉房琉璃街，过了几处高低不平的新开地，走入南下洼旷野的时候，我向右边一望，只见几列鳞鳞的屋瓦，半隐半现的在两边一带的疏林里跳跃。天色依旧是苍苍无底，旷野里的杂粮也已割尽，四面望去，只是洪水似的午后的阳光，和远远躺在阳光里的矮小的坛殿城池。我张了一张睡眼，向周围望了一圈，忽笑向G君说："秋气满天地，胡为君远行，这两句唐诗真有意思，要是今天是你去法国的日子，我在这里饯你的行，那么再比这两句诗适当的句子怕是没有了，哈哈……"

只喝了半小杯酒，脸上已涨得潮红的G君也笑着对我说："唐诗不是这样的两句，你记错了吧！"

两人在车上笑说着，洋车已经走入了陶然亭近旁的芦花丛里，一片灰白的毫芒，无风也自己在那里作浪。西边天际有几点青山隐隐，好像在那里笑着对我们点头。下车的时候，我觉得支持不住了，就对G君说："我想上陶然亭去睡一觉，你在这里画吧！现在总不过两点多钟，我睡醒了再来找你。"

·五·

陶然亭的听差来摇我醒来的时候，西窗上已经射满了红色的残阳。我洗了洗手脸，喝了二碗清茶，从东面的台阶上下来，看见陶然亭的黑影，已经越过了东边的道路，遮满了一大块道路东面的芦花水地。往北走去，只见前后左右，尽是茫茫一片的白色芦花。西北抱冰堂一角，扩张着阴影，西侧面的高处，满挂了夕阳的最后的余光，在那里催促农民的息作。穿过了香冢鹦鹉冢的土堆的东面，在一条浅水和墓地的中间，我远远认出了G君的侧面朝着斜阳的影子。从芦花铺满的野路上将走近G君背后的时候，我忽而气也吐不出来，向西边的瞪目呆住了。这样伟大的，这样迷人的落日的远景，我却从来没有看见过。太阳离山，大约不过盈尺的光景，点点的遥山，淡得比初春的嫩草，还要虚无缥缈。监狱里的一架高亭，突出在许多有谐调的树林的枝干高头。芦根的浅水，满浮着芦花的绒穗，也不像积绒，也不像银河。芦萍开处，忽映出一道细狭而金赤的阳光，高冲牛斗。同是在这返光里飞坠的几簇芦绒，半边是红，半边是白。我向西呆看了几分钟，又回头向东北三面环眺了几分钟，忽而把什么都忘掉了，连我自家的身体都忘掉了。

上前走了几步，在灰暗中我看见 G 君的两手，正在忙动，我叫了一声，G 君头也不朝转来，很急促的对我说："你来，你来，来看我的杰作！"

我走近前去一看，他画架上，悬在那里，正在上色的，并不是夕阳，也不是芦花，画的中间，向右斜曲的，却是一条颜色很沉滞的大道。道旁是一处阴森的墓地，墓地的背后，有许多灰黑凋残的古木，横叉在空间。枯木林中，半弯下弦的残月，刚升起来，冷冷的月光，模糊隐约地照出了一只停在墓地树枝上的猫头鹰的半身。颜色虽则还没有上全，然而一道逼人的冷气，却从这幅未完的画面直向观者的脸上喷来，我簇紧了眉峰，对这画面静看了几分钟，抬起头来正想说话的时候，觉得太阳已经完全下山了，四面的薄暮的光景也比一刻前促迫了。尤其是使我惊恐的，是我抬起头来的时候，在我们的西北的墓地里，也有一个很淡很淡的黑影，动了一动。我默默地停了一会，惊心定后，再朝转头来看东边天上的时候，却见了一痕初五六的新月悬挂在空中。又停了一会，把惊恐之心，按捺了下去，我才慢慢地对 G 君说：

"这一张小画，的确是你的杰作，未完的杰作。太晚了，快快起来，我们走罢！我觉得冷得很。"我话没有讲完，又对他那张画看了一眼，打了一个冷痉，忽而觉得毛发都竦竖了起来；同时自昨天来在我胸中盘踞着的那种莫名其妙的忧郁，又笼罩上我的心来了。

G 君含了满足的微笑，尽在那里闭了一只眼睛——这是他的脾气——细看他那未完的杰作。我催了他好几次，他才起来收拾画具。我们二人慢慢地走回家来的时候，他也好像倦了，不愿意讲话，我也为那种忧郁所侵袭，不想开口。两人默默地走到灯火荧荧的民房很多的地方，G 君方开口问我说：

“这一张画的题目，我想叫《残秋的日暮》，你说好不好？”

“画上的表现，岂不是半夜的景象么？何以叫日暮呢？”

他听我这句话，又含了神秘的微笑说：

“这就是今天早晨我和你谈的神秘的灵感哟！我画的画，老喜欢依画画时候的情感节季来命题，画面和画题合不合，我是不管的。”

“那么，《残秋的日暮》也觉得太衰飒了，况且现在已经入了十月，十月小阳春，哪里是什么残秋呢？”

“那么我这张画就叫作《小春》吧！”

这时候我们已经走进了一条热闹的横街，两人各雇着洋车，分手回来的时候，上弦的新月，也已经起来得很高了。我一个人摇来摇去地被拉回家来，路上经过了许多无人来往的乌黑的僻巷。僻巷的空地道上，纵横倒在那里的，只是些房屋和电杆的黑影。从灯火辉煌曲大街忽而转入这样僻静的地方的时候，谁也会发生一种奇怪的感觉出来，我在这初月微明的天盖下面苍茫四顾，也忽而好像是遇见了什么似的，心里的那一种莫名其妙的忧郁，更深起来了。

十三年旧历十月初七日

（原载于3924年11月11、12、14日《晨报副镌》）

18

故都的秋

郁达夫

（1896—1945）

秋天，无论在什么地方的秋天，总是好的；可是啊，北国的秋，却特别来得清，来得静，来得悲凉。我的不远千里，要从杭州赶上青岛，更要从青岛赶上北平来的理由，也不过想尝一尝这“秋”，这故都的秋味。

江南，秋当然也是有的；但草木雕得慢，空气来得润，天的颜色显得淡，并且又时常多雨而少风；一个人夹在苏州上海杭州，或厦门香港广州的市民中间，混混沌沌地过去，只能感到一点点清凉，秋的味，秋的色，秋的意境与姿态，总是看不饱，尝不透，赏玩不到十足。

秋并不是名花，也并不是美酒，那一种半开、半醉的状态，在领略秋的过程上，是不合适的。

不逢北国之秋，已将近十余年了。在南方每年到了秋天，总要想起陶然亭的芦花，钓鱼台的柳影，西山的虫唱，玉泉的夜月，潭柘寺的钟声。在北平即使不出门去罢，就是在皇城人海之中，租人家一椽破屋来住着，早晨起来，泡一碗浓茶，向院子一坐，你也能看得到很高很高的碧绿的天色，听得到青天下驯鸽的飞声。从槐树叶底，朝东细数着一丝一丝漏下来的日光，或在破壁腰中，静对着像喇叭似的牵牛花（朝荣）的蓝朵，自然而然地也能感觉到十分的秋意。说到了牵牛花，我以为以蓝色或白色者为佳，紫黑色次之，淡红色最下。最好，还要在牵牛花底，教长着几根疏疏落落的尖细且长的秋草，使作陪衬。

北国的槐树，也是一种能使人联想起秋来的点缀。像花而又不是花的那一种落蕊，早晨起来，会铺得满地。脚踏上去，声音也没有，气味也没有，只能感出一点点极微细极柔软的触觉。扫街的在树影下一阵扫后，灰土上留下来的一条条扫帚的丝纹，看起来既觉得细腻，又觉得清闲，潜意识下并且还觉得有点儿落寞，古人所说的梧桐一叶而天下知秋的遥想，大约也就在这些深沉的地方。

秋蝉的衰弱的残声，更是北国的特产；因为北平处处全长着树，屋子又低，所以无论在什么地方，都听得见它们的啼唱。在南方是非要上郊外或山上去才听得到的。这秋蝉的嘶叫，在北平可和蟋蟀耗子一样，简直像是家家户户都养在家里的家虫。

还有秋雨哩，北方的秋雨也似乎比南方的下得奇，下得有味，下得像样。

在灰沉沉的天底下，忽而来一阵凉风，便息列索落地下起雨来了。一层雨过，云渐渐地卷向了西去，天又青了，太阳又露出脸来了；著者很厚的青布单衣或夹袄的都市闲人，咬着烟管，在雨后的斜桥影里，上桥头树底下去一立，遇见熟人，便会用了缓慢悠闲的声调，微叹着互答着的说：

“唉，天可真凉了——”（这了字念得很高，拖得很长。）

“可不是么？一层秋雨一层凉了！”

北方人念阵字，总老像是层字，平平仄仄起来，这念错的歧韵，倒来得正好。

北方人的果树，到秋来，也是一种奇景。第一是枣子树；屋角，墙头，茅房边上，灶房门口，它都会一株株地长大起来。像橄榄又像鸽蛋似的这枣子颗儿，在小椭圆的细叶中间，显出淡绿微黄的颜色的时候，正是秋的全盛时期；等枣树叶落，枣子红完，西北风就要起来了。北方便是尘沙灰土的世界，只有这枣子、柿子、葡萄成熟到八九分的七八月之交，是北国的清秋的佳日，是一年之中最好也没有的 Golden Days。

有些批评家说，中国的文人学士，尤其是诗人，都带着很浓厚的颓废色彩，所以中国的诗文里，颂赞秋的文字特别的多。但外国的诗人，又何尝不然？我虽则外国诗文念得不多，也不想开出账来，做一篇秋的诗歌散文钞，但你若去一翻英德法意等诗人的集子，或各国的诗文的 Anthology 来，总能够看到许多关于秋的歌颂与悲啼。各著名的大诗人的长篇田园诗或四季诗里，也总以关于秋的部分，写得最出色而最有味。足见有感觉的动物，有情趣的人类，对于秋，总是一样的能特别引起深沉，幽远，严厉，萧索的感触来的。不单是诗人，就是被关在牢狱里的囚犯，到了秋天，我想也一定会感到一种不能自己的深情；秋之于人，何尝有别，更何尝有人种阶级的区别呢？不过在中国，文字里有一个“秋士”的成语，读本里又有着很普遍的欧阳子的《秋声》与苏东坡的《赤壁赋》等，就觉得中国的文人，与秋的关系特别深了。可是这秋的深味，尤其是中国的秋的深味，非要在北方，才感受得到底。

南国之秋，当然是也有它的特异的地方的，比如廿四桥的明月，钱塘江的秋潮，普陀山的凉雾，荔枝湾的残荷等等，可是色彩不浓，回味不永。比起北国的秋来，正像是黄酒之与白干，稀饭之与馍馍，鲈鱼之与大蟹，黄犬之与骆驼。

秋天，这北国的秋天，若留得住的话，我愿把寿命的三分之二折去，换得一个三分之一的零头。

一九三四年八月，在北平

（原载于1934年9月1日《当代文学》第一卷第三期）

19

北平的四季

郁达夫

（1896—1945）

对于一个已经化为异物的故人，追怀起来，总要先想到他或她的好处；随后再慢慢的想想，则觉得当时所感到的一切坏处，也会变作很可寻味的一些纪念，在回忆里开花。关于一个曾经住过的旧地，觉得此生再也不会第二次去长住了，身处入了远离的一角，向这方向的云天遥望一下，回想起来的，自然也同样地只是它的好处。

中国的大都会，我前半生住过的地方，原也不在少数；可是当一个人静下来回想起从前，上海的闹热，南京的辽阔，广州的乌烟瘴气，汉口武昌的杂乱无章，甚至于青岛的清幽，福州的秀丽，以及杭州的沉着，总归都还比不上北京——我住在那里的时候，当然还是北京——的典丽堂皇，幽闲清妙。

先说人的分子吧，在当时的北京——民国十一二年前后——上自军财阀政客名优起，中经学者名人，文士美女教育家，下而至于负贩拉车铺小摊的人，都可以谈谈，都有一艺之长，而无憎人之貌；就是由荐头店荐来的老妈子，除上炕者是当然以外，也总是衣冠楚楚，看起来不觉得会令人讨嫌。

其次说到北京物质的供给哩，又是山珍海错，洋广杂货，以及萝卜白菜等本地产品，无一不备，无一不好的地方。所以在北京住上两三年的人，每一遇到要走的时候，总只感到北京的空气太沉闷，灰沙太暗淡，生活太无变化；一鞭走出，出前门便觉胸舒，过芦沟方知天晓，仿佛一出都门，就上了新生活开始的坦道似的；但是一年半载，在北京以外的各地——除了在自己幼年的故乡以外——去一住，谁也会得重想起北京，再希望回去，隐隐地对北京害起剧烈的怀乡病来。这一种经验，原是住过北京的人，个个都有，而在我自己，却感觉得格外的浓，格外的切。最大的原因或许是为了我那长子之骨，现在也还埋在郊外广谊园的坟山，而几位极要好的知己，又是在那里同时毙命的受难者的一群。

北平的人事品物，原是无一不可爱的，就是大家觉得最要不得的北平的天候，和地理联合上一起，在我也觉得是中国各大都会中所寻不出几处来的好地。为叙述的便利起见，想分成四季来约略地说说。

北平自入旧历的十月之后，就是灰沙满地，寒风刺骨的节季了，所以北平的冬天，是一般人所最怕过的日子。但是要想认识一个地方的特异之处，我以为顶好是当这特异处表现得最圆满的时候去领略；故而夏天去热带，寒天去北极，是我一向所持的哲理。北平的冬天，冷虽则比南方要冷得多，但是北方生活的伟大幽闲，也只有在冬季，使人感受得最彻底。

先说房屋的防寒装置吧，北方的住屋，并不同南方的摩登都市一样，用的是钢骨水泥，冷热气管；一般的北方人家，总只是矮矮的一所四合房，四面是很厚的泥墙；上面花厅内都有一张暖炕，一所回廊；廊子上是一带明窗，窗眼里糊着薄纸，薄纸内又装上风门，另外就没有什么了。在这样简陋的房屋之内，你只教把炉子一生，电灯一点，棉门帘一挂上，在屋里住着，却一辈子总是暖炖炖像是春三四月里的样子。尤其会得使你感觉到屋内的温软堪恋的，是屋外窗外面乌乌在叫啸的西北风。天色老是灰沉沉的，路上面也老是灰的围障，而从风尘灰土中下车，一踏进屋里，就觉得一团春气，包围在你的左右四周，使你马上就忘记了屋外的一切寒冬的苦楚。若是喜欢吃吃酒，烧烧羊肉锅的人，那冬天的北方生活，就更加不能够割舍；酒已经是御寒的妙药了，再加上以大蒜与羊肉酱油合煮的香味，简直可以使一室之内，涨满了白蒙蒙的水蒸温气。玻璃窗内，前半夜，会流下一条条的清汗，后半夜就变成了花色奇异的冰纹。

到了下雪的时候哩，景象当然又要一变。早晨从厚棉被里张开眼来，一室的清光，会使你的眼睛眩晕。在阳光照耀之下，雪也一粒一粒的放起光来了，蛰伏得很久的小鸟，在这时候会飞出来觅食振翎，谈天说地，吱吱的叫个不休。数日来的灰暗天空，愁云一扫，忽然变得澄清见底，翳障全无；于是年轻的北方住民，就可以营屋外的生活了，溜冰，做雪人，赶冰车雪车，就在这一种日子里最有劲儿。

我曾于这一种大雪时晴的傍晚，和几位朋友，跨上跛驴，出西直门上骆驼庄去过过一夜。北平郊外的一片大雪地，无数枯树林，以及西山隐隐现现的不少白峰头，和时时吹来的几阵雪样的西北风，所给与人的印象，实在是深刻，伟大，神秘到了不可以言语来形容。直到了十余年后的现在，我一想起当时的情景，还会得打一个寒颤而吐一口清气，如同在钓鱼台溪旁立着的一瞬间一样。

北国的冬宵，更是一个特别适合于看书，写信，追思过去，与作闲谈说废话的绝妙时间。记得当时我们弟兄三人，都住在北京，每到了冬天的晚上，总不远千里地走拢来聚在一道，会谈少年时候在故乡所遇所见的事事物物。小孩们上床去了，佣人们也都去睡觉了，我们弟兄三个，还会得再加一次煤再加一次煤地长谈下去。有几宵因为屋外面风紧天寒之故，到了后半夜的一二点钟的时候，便不约而同地会说出索性坐坐到天亮的话来。像这一种可宝贵的记忆，像这一种最深沉的情调，本来也就是一生中不能够多享受几次的昙花佳境，可是若不是在北平的冬天的夜里，那趣味也一定不会得像如此的悠长。

总而言之，北平的冬季，是想赏识赏识北方异味者之唯一的机会；这一季里的好处，这一季里的琐事杂忆，若要详细地写起来，总也有一部《帝京景物略》那么大的书好做；我只记下了一点点自身的经历，就觉得过长了，下面只能再来略写一点春和夏以及秋季的感怀梦境，聊作我的对这日就沦亡的故国的哀歌。

春与秋，本来是在什么地方都属可爱的时节，但在北平，却与别的地方也有点儿两样。北国的春，来得较迟，所以时间也比较得短。西北风停后，积雪渐渐地消了，赶牲口的车夫身上，看不见那件光板老羊皮的大袄的时候，你就得预备着游春的服饰与金钱；因为春来也无信，春去也无踪，眼睛一眨，在北平市内，春光就会得同飞马似的溜过。屋内的炉子，刚拆去不久，说不定你就马上得去叫盖凉棚的才行。

而北方春天的最值得记忆的痕迹，是城厢内外的那一层新绿，同洪水似的新绿。北京城，本来就是一个只见树木不见屋顶的绿色的都会，一踏出九城的门户，四面的黄土坡上，更是杂树丛生的森林地了；在日光里颤抖着的嫩绿的波浪，油光光，亮晶晶，若是神经系统不十分健全的人，骤然间身入到这一个淡绿色的海洋涛浪里去一看，包管你要张不开眼，立不住脚，而昏厥过去。

北京市内外的新绿，琼岛春阴，西山挹翠诸景里的新绿，真是一幅何等奇伟的外光派的妙画！但是这画的框子，或者简直说这画的画布，现在却已经完全掌握在一只满长着黑毛的巨魔的手里了！北望中原，究竟要到哪一日才能够重见得到天日呢?

从地势纬度上讲来，北方的夏天，当然要比南方的夏天来得凉爽。在北平城里过夏，实在是并没有上北戴河或西山去避暑的必要。一天到晚，最热的时候，只有中午到午后三四点钟的几个钟头，晚上太阳一下山，总没有一处不是凉阴阴要穿单衫才能过去的；半夜以后，更是非盖薄棉被不可了。而北平的天然冰的便宜耐久，又是夏天住过北平的人所忘不了的一件恩惠。

我在北平，曾经过过三个夏天；像什刹海，菱角沟，二闸等暑天游耍的地方，当然是都到过的；但是在三伏的当中，不问是白天或是晚上，你只教有一张藤榻，搬到院子里的葡萄架下或藤花阴处去躺着，吃吃冰茶雪藕，听听盲人的鼓词与树上的蝉鸣，也可以一点儿也感不到炎热与薰蒸。而夏天最热的时候，在北平顶多总不过九十四五度[1]，这一种大热的天气，全夏顶多顶多又不过十日的样子。

在北平，春夏秋的三季，是连成一片；一年之中，仿佛只有一段寒冷的时期，和一段比较得温暖的时期相对立。由春到夏，是短短的一瞬间，自夏到秋，也只觉得是过了一次午睡，就有点儿凉冷起来了。因此，北方的秋季也特别的觉得长，而秋天的回味，也更觉得比别处来得浓厚。前两年，因去北戴河回来，我曾在北平过过一个秋，在那时候，已经写过一篇《故都的秋》，对这北平的秋季颂赞过了一遍了，所以在这里不想再来重复；可是北平近郊的秋色，实在也正像是一册百读不厌的奇书，使你愈翻

1. 编注：此处为华氏度，九十四五华氏度为三十四五摄氏度。

愈会感到兴趣。

秋高气爽，风日晴和的早晨，你且骑着一匹驴子，上西山八大处或玉泉山碧云寺去走走看；山上的红柿，远处的烟树人家，郊野里的芦苇黍稷，以及在驴背上驮着生果进城来卖的农户佃家，包管你看一个月也不会看厌。春秋两季，本来是到处都好的，但是北方的秋空，看起来似乎更高一点，北方的空气，吸起来似乎更干燥健全一点。而那一种草木摇落，金风肃杀之感，在北方似乎也更觉得要严肃，凄凉，沉静得多。你若不信，你且去西山脚下，农民的家里或古寺的殿前，自阴历八月至十月下旬，去住它三个月看看。古人的“悲哉秋之为气”以及“胡笳互动，牧马悲鸣”的那一种哀感，在南方是不大感觉得到的，但在北平，尤其是在郊外，你真会得感至极而涕零，思千里兮命驾。所以我说，北平的秋，才是真正的秋；南方的秋天，不过是英国话里所说的 Indian Summer 或叫作小春天气而已。

统观北平的四季，每季每节，都有它的特别的好处；冬天是室内饮食奄息的时期，秋天是郊外走马调鹰的日子，春天好看新绿，夏天饱受清凉。至于各节各季，正当移换中的一段时间哩，又是别一种情趣，是一种两不相连，而又两都相合的中间风味，如雍和宫的打鬼，净业庵的放灯，丰台的看芍药，万牲园的寻梅花之类。

五六百年来文化所聚萃的北平，一年四季无一月不好的北平，我在遥忆，我也在深祝，祝她的平安进展，永久地为我们黄帝子孙所保有的旧都城！

一九三六年五月廿七日

（原载于1936年7月1日《宇宙风》半月刊第二十期）

第三章

北平风物

20

荷塘月色

朱自清

（1898—1948）

这几天心里颇不宁静。今晚在院子里坐着乘凉，忽然想起日日走过的荷塘，在这满月的光里，总该另有一番样子吧。月亮渐渐地升高了，墙外马路上孩子们的欢笑，已经听不见了；妻在屋里拍着闰儿，迷迷糊糊地哼着眠歌。我悄悄地披了大衫，带上门出去。

沿着荷塘，是一条曲折的小煤屑路。这是一条幽僻的路；白天也少人走，夜晚更加寂寞。荷塘四面，长着许多树，蓊蓊郁郁的。路的一旁，是些杨柳，和一些不知道名字的树。没有月光的晚上，这路上阴森森的，有些怕人。今晚却很好，虽然月光也还是淡淡的。

路上只我一个人，背着手踱着。这一片天地好像是我的；我也像超出了平常的自己，到了另一世界里。我爱热闹，也爱冷静；爱群居，也爱独处。像今晚上，一个人在这苍茫的月下，什么都可以想，什么都可以不想，便觉是个自由的人。白天里一定要做的事，一定要说的话，现在都可不理。这是独处的妙处，我且受用这无边的荷香月色好了。

曲曲折折的荷塘上面，弥望的是田田的叶子。叶子出水很高，像亭亭的舞女的裙。层层的叶子中间，零星地点缀着些白花，有袅娜地开着的，有羞涩地打着朵儿的；正如一粒粒的明珠，又如碧天里的星星，又如刚出浴的美人。微风过处，送来缕缕清香，仿佛远处高楼上渺茫的歌声似的。这时候叶子与花也有一丝的颤动，像闪电般，霎时传过荷塘的那边去了。叶子本是肩并肩密密地挨着，这便宛然有了一道凝碧的波痕。叶子底下是脉脉的流水，遮住了，不能见一些颜色；而叶子却更见风致了。

月光如流水一般，静静地泻在这一片叶子和花上。薄薄的青雾浮起在荷塘里。叶子和花仿佛在牛乳中洗过一样；又像笼着轻纱的梦。虽然是满月，天上却有一层淡淡的云，所以不能朗照；但我以为这恰是到了好处——酣眠固不可少，小睡也别有风味的。月光是隔了树照过来的，高处丛生的灌木，落下参差的斑驳的黑影，峭楞楞如鬼一般；弯弯的杨柳的稀疏的倩影，却又像是画在荷叶上。塘中的月色并不均匀；但光与影有着和谐的旋律，如梵婀玲上奏着的名曲。

荷塘的四面，远远近近，高高低低都是树，而杨柳最多。这些树将一片荷塘重重围住；只在小路一旁，漏着几段空隙，像是特为月光留下的。树色一例是阴阴的，乍看像一团烟雾；但杨柳的丰姿，便在烟雾里也辨得出。树梢上隐隐约约的是一带远山，只有些大意罢了。树缝里也漏着一两点路灯光，没精打采的，是渴睡人的眼。这时候最热闹的，要数树上的蝉声与水里的蛙声；但热闹是它们的，我什么也没有。

忽然想起采莲的事情来了。采莲是江南的旧俗，似乎很早就有，而六朝时为盛；从诗歌里可以约略知道。采莲的是少年的女子，她们是荡着小船，唱着艳歌去的。采莲人不用说很多，还有看采莲的人。那是一个热闹的季节，也是一个风流的季节。梁元帝《采莲赋》里说得好：

于是妖童媛女，荡舟心许；鹢首徐回，兼传羽杯；棹将移而藻挂，船欲动而萍开。尔其纤腰束素，迁延顾步；夏始春余，叶嫩花初，恐沾裳而浅笑，畏倾船而敛裾。

可见当时嬉游的光景了。这真是有趣的事，可惜我们现在早已无福消受了。

于是又记起《西洲曲》里的句子：

采莲南塘秋，莲花过人头；
低头弄莲子，莲子清如水。

今晚若有采莲人，这儿的莲花也算得“过人头”了；只不见一些流水的影子，是不行的。这令我到底惦着江南了。——这样想着，猛一抬头，不觉已是自己的门前；轻轻地推门进去，什么声息也没有，妻已睡熟好久了。

1927年7月，北京清华园

21

潭柘寺戒坛寺

朱自清

（1898—1948）

早就知道潭柘寺，戒坛寺。在商务印书馆的《北平指南》上，见过潭柘的铜图，小小的一块，模模糊糊的，看了一点没有想去的意思。后来不断地听人说起这两座庙；有时候说路上不平静，有时候说路上红叶好。说红叶好的劝我秋天去；但也有人劝我夏天去。有一回骑驴上八大处，赶驴的问逛过潭柘没有，我说没有。他说潭柘风景好，那儿满是老道，他去过，离八大处七八十里地，坐轿骑驴都成。我不大喜欢老道的装束，尤其是那满蓄着的长头发，看上去啰里啰唆，龌里龌龊的。更不想骑驴走七八十里地，因为我知道驴子与我都受不了。真打动我的倒是“潭柘寺”这个名字。不懂不是？就是不懂的妙。躲懒的人念成“潭拓寺”，那更莫名其妙了。这怕是中国文法的花样；要是来个欧化，说是“潭和柘的寺”，那就用不着咬嚼或吟味了。还有在一部诗话里看见近人咏戒坛松的七古，诗腾挪夭矫，想来松也如此。所以去。但是在夏秋之前的春天，而且是早春；北平的早春是没有花的。

这才认真打听去过的人。有的说住潭柘好，有的说住戒坛好。有的人说路太难走，走到了筋疲力尽，再没兴致玩儿；有人说走路有意思。又有人说，去时坐了轿子，半路上前后两个轿夫吵起来，把轿子搁下，直说不抬了。于是心中暗自决定，不坐轿，也不走路；取中道，骑驴子。又按普通说法，总是潭柘寺在前，戒坛寺在后，想着戒坛寺一定远些；于是决定住潭柘，因为一天回不来，必得住。门头沟下车时，想着人多，怕雇不着许多驴，但是并不然——雇驴的时候，才知道戒坛去便宜一半，那就是说近一半。这时候自己忽然逞起能来，要走路。走吧。

这一段路可够瞧的。像是河床，怎么也挑不出没有石子的地方，脚底下老是绊来绊去的，教人心烦。又没有树木，甚至于没有一根草。这一带原是煤窑，拉煤的大车往来不绝，尘土里饱和着煤屑，变成黯淡的深灰色，教人看了透不出气来。走一点钟光景。自己觉得已经有点办不了，怕没有走到便筋疲力尽；幸而山上下来一条驴，如获至宝似地雇下，骑上去。这一天东风特别大。平常骑驴就不稳，风一大真是祸不单行。山上东西都有路，很窄，下面是斜坡；本来从西边走，驴夫看风势太猛，将驴拉上东路。就这么着，有一回还几乎让风将驴吹倒；若走西边，没有准儿会驴我同归哪。想起从前人画风雪骑驴图，极是雅事；大概那不是上潭柘寺去的。驴背上照例该有些诗意，但是我，下有驴子，上有帽子眼镜，都要照管；又有迎风下泪的毛病，常要掏手巾擦干。当其时真恨不得生出第三只手来才好。

东边山峰渐起，风是过不来了；可是驴也骑不得了，说是坎儿多。坎儿可真多。这时候精神倒好起来了：崎岖的路正可以练腰脚，处处要眼到心到脚到，不像平地上。人多更有点竞赛的心理，总想走上最前头去，再则这儿的山势虽然说不上险，可是突兀，丑怪，巉刻的地方有的是。我们说这才有点儿山的意思；老像八大处那样，真教人气闷闷的。于是一直走到潭柘寺后门；这段坎儿路比风里走过的长一半，小驴毫无用处，驴夫说：“咳，这不过给您做个伴儿！”

墙外先看见竹子，且不想进去。又密，又粗，虽然不够绿。北平看竹子，真不易。又想到八大处了，大悲庵殿前那一溜儿，薄得可怜，细得也可怜，比起这儿，真是小巫见大巫了。进去过一道角门，门旁突然亭亭地矗立着两竿粗竹子，在墙上紧紧地挨着；要用批文章的成语，这两竿竹子足称得起“天外飞来之笔”。

正殿屋角上两座琉璃瓦的鸱吻，在台阶下看，值得徘徊一下。神话说殿基本是青龙潭，一夕风雨，顿成平地，涌出两鸱吻。只可惜现在的两座太新鲜，与神话的朦胧幽秘的境界不相称。但是还值得看，为的是大得好，在太阳里嫩黄得好，闪亮得好；那拴着的四条黄铜链子也映衬得好。寺里殿很多，层层折折高上去，走起来已经不平凡，每殿大小又不一样，塑像摆设也各出心裁。看完了，还觉得无穷无尽似的。正殿下延清阁是待客的地方，远处群山像屏障似的。屋子结构甚巧，穿来穿去，不知有多少间，好像一所大宅子。可惜尘封不扫，我们住不着。话说回来，这种屋子原也不是预备给我们这么多人挤着住的。寺门前一道深沟，上有石桥；那时没有水，若是现在去，倚在桥上听潺潺的水声，倒也可以忘我忘世。过桥四株马尾松，枝枝覆盖，叶叶交通，另成一个境界。西边小山上有个古观音洞。洞无可看，但上去时在山坡上看潭柘的侧面，宛如仇十洲的《仙山楼阁图》；往下看是陡峭的沟岸，越显得深深无极，潭柘简直有海上蓬莱的意味了。寺以泉水著名，到处有石槽引水长流，倒也涓涓可爱。只是流觞亭雅得那样俗，在石地上楞刻着蚰蜒般的槽；那样流觞，怕只有孩子们愿意干。现在兰亭的“流觞曲水”也和这儿的一鼻孔出气，不过规模大些。晚上因为带的铺盖薄，冻得睁着眼，却听了一夜的泉声；心里想要不冻着，这泉声够多清雅啊！寺里并无一个老道，但那几个和尚，满身铜臭，满眼势利，教人老不能忘记，倒也麻烦的。

第二天清早，二十多人满雇了牲口，向戒坛而去，颇有浩浩荡荡之势。我的是一匹骡子，据说稳得多。这是第一回，高高兴兴骑上去。这一路要翻罗喉岭。只是土山，可是道儿窄，又曲折；虽不高，老那么凸凸凹凹的。许多处只容得一匹牲口过去。平心说，是险点儿。想起古来用兵，从间道袭敌人，许也是这种光景吧。

戒坛在半山上，山门是向东的。一进去就觉得平旷；南面只有一道低低的砖栏，下边是一片平原，平原尽处才是山，与众山屏蔽的潭柘气象便不同。进二门，更觉得空阔疏朗，仰看正殿前的平台，仿佛汪洋千顷。这平台东西很长，是戒坛最胜处，眼界最宽，教人想起“振衣千仞冈”的诗句。三株名松都在这里。“卧龙松”与“抱塔松”同是偃仆的姿势，身躯奇伟，鳞甲苍然，有飞动之意。“九龙松”老干槎枒，如张牙舞爪一般。若在月光底下，森森然的松影当更有可看。此地最宜低徊流连，不是匆匆一览所可领略。潭柘以层折胜，戒坛以开朗胜；但潭柘似乎更幽静些。戒坛的和尚，春风满面，却远胜于潭柘的；我们之中颇有悔不该在潭柘的。戒坛后山上也有个观音洞。洞宽大而深，大家点了火把嚷嚷闹闹地下去；半里光景的洞满是油烟，满是声音。洞里有石虎，石龟，上天梯，海眼等等，无非是凑凑人的热闹而已。

还是骑骡子。回到长辛店的时候，两条腿几乎不是我的了。

1934年8月3日作

（原载于1934年8月6日《清华暑期周刊》第9卷第3、4合刊）

22

初到清华记

朱自清

（1898—1948）

从前在北平读书的时候，老在城圈儿里待着。四年中虽也游过三五回西山，却从没来过清华；说起清华，只觉得很远很远而已。那时也不认识清华人，有一回北大和清华学生在青年会举行英语辩论，我也去听。清华的英语确是流利得多，他们胜了。那回的题目和内容，已忘记干净；只记得复辩时，清华那位领袖很神气，引着孔子的什么话。北大答辩时，开头就用了 furiously 一个字叙述这位领袖的态度。这个字也许太过，但也道着一点儿。那天清华学生是坐大汽车进城的，车便停在青年会前头；那时大汽车还很少。那是冬末春初，天很冷。一位清华学生在屋里只穿单大褂，将出门却套上厚厚的皮大氅。这种“行”和“衣”的路数，在当时却透着一股标劲儿。

初来清华，在十四年夏天。刚从南方来北平，住在朝阳门边一个朋友家。那时教务长是张仲述先生，我们没见面。我写信给他，约定第三天上午去看他。写信时也和那位朋友商量过，十点赶得到清华么，从朝阳门那儿？他那时已经来过一次，但似乎只记得“长林碧草”——他写到南方给我的信这么说——说不出路上究竟要多少时候。他劝我八点动身，雇洋车直到西直门换车，免得老等电车，又换来换去的，耽误事。那时西直门到清华只有洋车直达；后来知道也可以搭香山汽车到海甸再乘洋车，但那是后来的事了。

第三天到了，不知是起得晚了些还是别的，跨出朋友家，已经九点挂零。心里不免有点儿急，车夫走的也特别慢似的。到西直门换了车。据车夫说本有条小路，雨后积水，不通了；那只得由正道了。刚出城一段儿还认识，因为也是去万牲园的路；以后就茫然。到黄庄的时候，瞧着些屋子，以为一定是海甸了；心里想清华也就快到了吧，自己安慰着。快到真的海甸时，问车夫，“到了吧？”“没哪。这是海——甸。”这一下更茫然了。海甸这么难到，清华要何年何月呢？而车夫说饿了，非得买点儿吃的。吃吧，反正豁出去了。这一吃又是十来分钟。说还有三里多路呢。那时没有燕京大学，路上没什么看的，只有远处淡淡的西山——那天没有太阳——略略可解闷儿。好容易过了红桥，喇嘛庙，渐渐看见两行高柳，像穹门一般。十刹海的垂杨虽好，但没有这么多这么深，那时路上只有我一辆车，大有长驱直入的神气。柳树前一面牌子，写着“入校车马缓行”；这才真到了，心里想，可是大门还够远的，不用说西院门又骗了我一次，又是六七分钟，才真真到了。坐在张先生客厅里一看钟，十二点还欠十五分。

张先生住在乙所，得走过那“长林碧草”，那浓绿真可醉人。张先生客厅里挂着一副有正书局印的邓完白隶书长联。我有一个会写字的同学，他喜欢邓完白，他也有这一副对联；所以我这时如见故人一般。张先生出来了。他比我高得多，脸也比我长得多。一眼看出是个顶能干的人。我向他道歉来得太晚，他也向我道歉，说刚好有个约会，不能留我吃饭。谈了不大工夫，十二点过了，我告辞。到门口，原车还在，坐着回北平吃饭去。过了一两天，我就搬行李来了。这回却坐了火车，是从环城铁路朝阳门站上车的。

以后城内城外来往的多了，得着一个诀窍；就是在西直门一上洋车，且别想“到”清华，不想着不想着也就到了。——香山汽车也搭过一两次，可真够瞧的。两条腿有时候简直无放处，恨不得不是自己的。有一回，在海甸下了汽车，在现在“西园”后面那个小饭馆里，拣了临街一张四方桌，坐在长凳上，要一碟苜蓿肉，两张家常饼，二两白玫瑰，吃着喝着，也怪有意思；而且还在那桌上写了《我的南方》一首歪诗。那时海甸到清华一路常有穷女人或孩子跟着车要钱。他们除“您修好”等常用语句外，有时会说“您将来做校长”，这是别处听不见的。

1936年3月

（原载于1936年《清华周刊》副刊第44卷第3期）

23

兔儿爷

老舍

（1899—1966）

我好静，故怕旅行。自然，到过的地方就不多了。到的地方少，看的东西自然也就少。就是对于兔儿爷这玩艺也没有看过多少种。

稍为熟习的只有北方几座城：北平，天津，济南，和青岛。在这四个名城里，一到中秋，街上便摆出兔儿爷来——就是山东人称为兔子王的泥人。兔儿爷或兔子王都是泥做的。兔脸人身，有的背后还插上纸旗，头上罩着纸伞。种类多，做工细，要算北平。山东的兔子王样式既少，手工也很糙。

泥人本有多种，可是因为不结实，所以做得都不太精细；给小儿女买玩意儿，谁也不愿多花钱买一碰即碎的呀。兔儿爷虽也系泥人，但售出的时间只在八月节前的半个月左右，与月饼同为迎时当令的东西，故不妨做得精细一些。况且小儿女们每愿给兔儿爷上供，置之桌上，不像对待别种泥娃娃那么随便，于是也就略为减少碰碎的危险。这样，兔儿爷便获得较优越的地位，而能每年一度很漂亮地出现于街头。

中秋又到了，北平等处的兔儿爷怎样呢？

我可以想象到：那些粉脸彩衣，插旗打伞的泥人们一定还是一行行地摆在街头，为暴敌粉饰升平啊！

听说敌人这些日子，正在北平大量地焚书，几乎凡不是木板的图书都可以遭到被投入火里的厄运。学校里，人家里，都没有了书，而街头上到处摆出兔儿爷，多么好的一种布置呢！暴敌要的是傀儡呀！

友人来信，说平津大雨，连韭菜都卖到三吊钱（与重庆的“吊”同值）一束，粗粮也卖到一毛多一斤。谁还买得起兔儿爷呢？大概也就是在市上摆几天，给大家热闹热闹眼睛吧？

因而就想到那些高等汉奸，到时候，他们就必出来。正如桂花一开，兔子王便上市。他们的脸很体面，油光水滑的，只可惜鼻下有个三瓣子嘴，而头上有一对长耳朵。他们的身上也花花绿绿，足下蹬起粉底高靴。身腔里可是空空的，脊背有个泥团儿，为插旗伞之用；旗伞都是纸做的。他们多体面，多空虚，多没有心肝呢！他们唯一的好处似乎只在有两个泥膝，跪下很方便。

兔儿爷怕遇上淘气的孩子，左搬右弄，它脸上的粉，身上的彩，便被弄污；不幸而孩子一失手，全身便变成若干小片片了。孩子并不十分伤心，有钱便能再买一个呀。幸而支持过了中秋，并未粉碎；可又时节已过，谁还有心玩兔子王呢？最聪明的傀儡也不过是些小土片呀！那些带活气的兔子王，越漂亮，我就越替他们担心；小日本鬼子不但淘气，而且是世上最凶狠的孩子啊。兔子王的寿命无论如何过不去中秋，我真想为那些粉墨登场的傀儡们落泪了。

抗战建国须凭真实本领与浩然正气，只能迎时当令充兔子王的，不做汉奸，也是废物。那么，我们不仅当北望平津，似乎也当自省一下吧？

（原载于1938年10月30日《弹花》第二卷第一期）

24

卢沟晓月

王统照

（1897—1957）

“苍凉自是长安日，呜咽原非陇头水。”这是清代诗人咏卢沟桥的佳句，也许，长安日与陇头水六字有过分的古典气息，读来有点碍口？但，如果你们明了这六个字的起源，用联想与想象的力量凑合起，提示起这地方的环境，风物，以及历代的变化，你自然感到像这样“古典”的应用确能增加卢沟桥的伟大与美丽。

打开一本详明的地图，自现在的河北省、清代的京兆区域里你可找得那条历史上著名的桑干河。在往古的战史上，在多少吊古伤今的诗人的笔下，桑干河三字并不生疏。但，说到治水，隰水，㶟水这三个专名似乎就不是一般人所知了。还有，凡是到过北平的人，谁不记得北平城外的永定河——即不记得永定河，而外城的正南门，永定门，大概可说是“无人不晓”罢。我虽不来与大家谈考证，讲水经，因为要叙述卢沟桥，却不能不谈到桥下的水流。

治水，隰水，㶟水，以及俗名的永定河，其实都是那一道河流——桑干。

还有，河名不甚生疏，而在普通地理书上不大注意的是另外一道大流——浑河。浑河源出浑源，距离有名的恒山不远，水色浑浊，所以又有小黄河之称。在山西境内已经混入桑干河，经怀仁，大同，委弯曲折，至河北的怀来县。向东南流入长城，在昌平县境的大山中如黄龙似地转入宛平县境，二百多里，才到这条巨大雄壮的古桥下。

原非陇头水，是不错的，这桥下的汤汤流水，原是桑干与浑河的合流；也就是所谓的治水，隰水，灅水，永定河与浑河，小黄河，黑水河（浑水河的俗名）的合流。

桥工的建造既不在北宋时代，也不开始于蒙古人的占据北平。金人与南宋南北相争时，于大定二十九年六月方将运河上的木桥换了，用石料造成。这是见之于金代的诏书，据说："明昌二年三月桥成，敕命名广利，并建东西廊以便旅客。"马可·孛罗来游中国，服官于元代初年时，他已看见这雄伟的工程，曾在他的游记里赞美过。

经过元明两代都有重修，但以正统九年的加工比较伟大，桥上的石栏、石狮，大约都是这一次重修的成绩。清代对此桥的大工役也有数次。乾隆十七年与五十年两次的动工确为此桥增色不少。

"东西长六十六丈，南北宽二丈四尺，两栏宽二尺四寸，石栏一百四十，桥孔十有一，第六孔适当河之中流。"

按清乾隆五十年重修的统计，对此桥的长短大小有此说明，使人（没有到过的）可以想象它的雄伟。

从前以北平左近的县分属顺天府，也就是所谓京兆区。经过名人题咏的，京兆区内有八种胜景：例如西山霁雪，居庸叠翠，玉泉垂虹等，都是很幽美的山川风物，卢沟桥不过有一道大桥，却居然也与西山居庸关一样刊入八景之一，便是极富诗意的“卢沟晓月”。

本来，“杨柳岸晓风残月”是最容易引动从前旅人的感喟与欣赏的凌晨早发的光景；何况在远来的巨流上有一道雄伟的壮丽的石桥；又是出入京都的孔道，多少官吏，士人，商贾，农工，为了事业，为了生活，为了游览，他们不能不到这名利所萃的京城，也不能不在夕阳返照，或东方未明时打从这古代的桥上经过。你想：在交通工具还没有如今迅速便利的时候，车马，担簦，来往奔驰，再加上每个行人谁没有忧、喜、欣、戚的真感横在心头，谁不为“生之活动”在精神上负一份重担？盛景当前，把一片壮美的感觉移入渗化于自己的忧喜欣戚之中，无论他是有怎样的观照，由于时间与空间的变化错综，面对着这个具有崇美的压迫力的建筑物，行人如非白痴，自然以其鉴赏力的差别，与环境的相异，生发出种种触感，于是留在他们心中，或留在借文字绘画表达出的作品中，对卢沟桥三字真是有很多的酬报。

不过，单以“晓月”形容卢沟桥之美，据传是另有原因：每当旧历的月尽头（晦日），天快晓时，下弦的钩月在别处还看不分明，如有人到此桥上，他偏先得清光。这俗传的道理是否可靠，不能不令人疑惑。其实，卢沟桥也不过高起一些，难道同一时间在西山山顶，或北平城内的白塔（北海山上）上，看那晦晓的月亮，会比卢沟桥不如？不过，话还是不这么拘板说为妙，用“晓月”陪衬卢沟桥的实在是一位善于想象而又身经的艺术家的妙语，本来不预备后人去作科学的测验。你想，“一日之计在于晨”，何况是行人的早发。潮气清蒙，烘托出那钩人思感的月亮——上浮青天，下嵌白石的巨桥。京城的雉堞若隐若现，西山的云翳似近似远，大野无边，黄流激奔……这样光，这样色彩，这样地点与建筑，不管是料峭的春晨，凄冷的秋晓，景物虽然随时有变，但如无雨雪的降临，每月末五更头的月亮，白石桥，大野，黄流，总可凑成一幅佳画，渲染飘浮于行旅者的心灵深处，生发出多少样反射的美感。

你说，偏以这“晓月”陪衬这“碧草卢沟”（清刘履芬的《鸥梦词》中有长亭怨一阕，起语是：叹销春间关轮铁，碧草卢沟，短长程接。），不是最相称的“妙境”么？无论你是否身经其地，现在，你对于这名标历史的胜迹，大约不止于“发思古之幽情”罢？其实，即以思古而论也尽够你深思，咏叹，有无穷的兴趣！何况，血痕染过的那些石狮的鬈鬣，白骨在桥上的轮迹里腐化，漠漠风沙，呜咽河流，自然会造成一篇悲壮的史诗。就是万古长存的“晓月”也必定对你惨笑，对你冷觑，不是昔日的温柔，幽丽，只引动你的“清念”。

桥下的黄流，日夜呜咽，泛挹着青空的灏气，伴守着沉默的郊原……

他们都等待着有明光大来与洪涛冲荡的一日——那一日的清晓。

（初发表于1938年《少年读物》第5期）

25

北平的豆汁儿之类

纪庸

（1909—1965）

一切生活趣味，都得慢慢的汲取，才能体会到那种异样的感觉。故听不惯京戏的人，只觉得大锣大鼓震得耳聋，黑脸白脸，耀得眼花，但在两厢暗陬，却尽有闭上眼睛，在那儿用两个手指敲板眼的人，听到会意处，忽然一声“好”，真会使人瞿然惊讶，而他却慢慢的啜起茶来了。这种事，在有着六七百年首都历史的北平，尤为普遍，故一些外方人，乍到此地，皆感到一种没落，麻木；但一住过半年以上，就有了种种脱不开的“瘾头儿”捆住你，使你又感到这真是一个各等人全能活得很舒适的大都会了。

喝“豆汁儿”也是这种“瘾”之一。午后，小胡同里就会听到卖“豆汁儿粥”的吆喝。这种人往往在午前卖“油炸烩”和烧饼。若说烧饼和油炸烩是早晨的点心，则豆汁儿恰当晚茶。中国人是不作兴如西洋人一般，有定时的点心和什么“下午茶”的，这等街头的担子，就是大众的咖啡馆了。豆汁儿担子一端是一个下面有着火炉的锅，另一端则当作“饭台”。古色古香的兰花瓷筒插了二三十双竹筷，中央是一大盘红色辣丝椒拌的咸菜条，也有环状的油炸烩放在另外一只木匣里，五六只白木小凳则悬置饭台四周以备食客之用。豆汁者，磨绿豆成糊状物加水而煮之使熟也，其味入口极酸臭，如隔日米泔汁。——我很想考一下这食物的起源，搜寻几册讲食物的书都没有。盖食谱膳单，都是大人先生们“郇厨”的成绩，此种只有洋车夫才是大主顾的东西，理当没有也。——初到此地的人，真觉得不敢问津，我甚至因此常骂北平人为猪，盖我乡只有猪才食米泔汁耳。首先发现他的好处的，是一位邻居的 × 太太，她每天午后必要令他的男孩到外面去“端”三大杯的，并且还得要上三片切得极薄的咸水芥（这是照例要赠送的）。起初我看了她笑，后来她总向我宣传，说这东西“清瘟去毒，散热通风”。从此我就注意起来，果然那矮矮的卖豆汁人一进胡同口，就被好多孩子以及劳苦同胞围得风雨不透，且有许多邻家穿了高跟鞋的小姐们也端进一碗来，并一小碟咸菜。我见了那绿油油的汁液，就有点头痛，但辣椒又是我所喜吃，就闭着鼻子呷了几口，辣椒吃得太多，事后只觉得口腔火烧烧而已。哪知第二天又买了，仍有辣椒咸菜，于是我又吃了些，这回就感到在臭味和酸味之余，有些清香，一如吃了王致和的臭豆腐。从此不到半月之久，一到太阳西沉，就要留心听那悠长的一声叫喊：“酸，辣，——豆汁儿粥咻！——”了。后来连我那不满三周岁的小孩子也染了这嗜好，他常常拿一个铜板坐在那饭台下面的白色小凳上，同邻家一个女孩，吃得悠然有味。有时不去喝，必要磨着他娘，大闹一场的。据《饮膳正要》《本草》一类的书，绿豆本是除烦热，和五脏，行经脉的甘寒之品。北方通常到夏天要吃“绿豆糕”，说是可以解暑。故豆汁虽不登大雅，却也不见得无裨卫生。北平的卫生局长方颐积先生还在报纸上发表过一篇豆汁与精致豆浆的比较，虽未承认此物有绝对滋补之效，但到底也没说他有害。只是说这东西没经“消毒”或者有不洁之弊！啊呀！我真怕所谓消毒二字。盖在中国所谓消毒者，即卖的要特别贵之谓也。若使豆汁亦经消毒，如清华园校模范奶厂的牛奶之类，不是什么 Hood 氏的热蒸气法，便是什么双层纸罩的瓶子等等，怕也得用银色的牛奶车向大红色的门口里送，每月账单上要十几块了；拉车小子，更安能问津哉？

与豆汁同类的街头小吃，又有豆腐浆与杏仁茶。这都在清晨才有。豆腐浆即作豆腐时豆腐凝结后所余之浆。杏仁茶则用杏仁粉和糯米粉淀粉之类熬成。惯睡早觉的人常常在梦中就被这种小贩叫醒。担子总是那么简单，一头是“浆”一头是“茶”，下面都有火炉，故其吆喝声为“杏仁儿茶来，——豆腐浆——开嗳锅啊——”。一端锅盖上放一大盘晶洁的白糖，看了它一定会引起你的食欲的。若在冬日，一闻此声，开门外出，先“哈”的一声呼出一口白色水蒸气，以示天气之冷；用铜圆五大枚买一大碗杏仁茶，加糖，调好，缩颈而吸之，其悠然之味，真有为吃牛尾番茄汤的人们所不及知者。豆腐浆也加糖，且有一种较嫩的豆腐，搅碎在内，故亦别具风味，尤妙在其热得烫嘴，非口中作吸吸溜溜之声不能吞入，遂使冷冻之意全消。我顶喜欢那种在街口摆设固定摊头的杏仁茶，因其品质较好，且一旁必有一专炸“馃子”（油炸烩）的小贩，故可佐刚出油釜的热馃子而吸之，或将馃子夹入烧饼食之尤妙，北平人呼如此食法为“一套儿”。卖馃子的人总问你：“您夹几套儿？”即指此。烧饼亦分两种，一种用酵面加芝麻油作的，名曰麻酱烧饼。一种虽也用酵面作，中无油且层少，只有两面皮子，中则空，此种名曰“马蹄儿”。以我之意，马蹄儿更好，因其中空易于夹放油炸烩之故。油炸烩，在北平往往指那种炸得焦酥的，其形细长，即南人所称油条也。若馃子则较粗，且不酥而有韧性，这种韧性吃起来格外有劲。我在上大学时顶喜欢吃西单牌楼白庙胡同口那一个摊头的烧饼和馃子，因为他做得极干净且极热也。前门大街珠宝市北口那个卖杏仁茶的贩子，生意极好，有时驻足于此，一面吃着“茶”，一面看着早晨起来就栖栖惶惶的芸芸众生，心里真说不出是怎么个味儿了。

卖小儿零吃物事者每天不知要有多少。以一种不四不六的糖担为最可厌，吹干了的面包，冒牌的朱古律糖，东洋劣质的橡胶玩具，另外还有抓彩设备，看起会让人“恶心杀”。大约中国人之糟，喜欢“不四不六”的皮毛也是原因之一，故有外面是洋楼门面而里面是暗无天日旧房的建筑，有不中不西的广告画，有西服裤而长袍的服装，此皆前述糖担子之流也。挑这种担子的人，也往往有些土头土脑的市侩气，与其营业一致，而照顾他的也就是一些不上不下的孩子。我到底是中国人，觉得“中国本位”有时是必要。有一种打小锣卖豌豆糕的零食贩我就感到有趣，一天，只有我和小孩子在家，外面小锣敲动，孩子就说：“买鱼！买鱼！”我很怪，只好说：“没有卖的！”但他仍是固执着闹，后来只好开门出去，我开玩笑似的问那小贩：“有鱼吗？”我想我一定要被讥笑了，谁知他却说：“有！”我倒怪起来，问他多少钱一条，他说只要一大枚呢。随即一面取下一个小凳，放下他的篮子，掀开手巾，我才看到里面是蒸熟的豌豆粉，他坐下，挖出一块粉，灵巧地捏成一个鱼，如果你喜欢呢，肚子里还可以放芝麻或糖的馅子，捏完，用旧梳子打上一些鱼鳞般的细痕，又用细竹枝在头部按了一个洼洞，将一小块粉嵌进去，就成了很生动的“龙睛鱼”了，我心中实不胜欣喜，觉得一个铜板会买这么多把戏看；就又叫他给捏一个兔子，孩子跳跳蹦蹦拿进门来，可惜是不到一分钟，一尾鱼和一头兔子早都进了他的食道了。

从此我才知道街头有许多巧妙的艺人。

一次，又是孩子向我要求，说要吃“江米糕”。这又使我莫明所以了，还是他母亲告诉我外面就有卖的，也只要一大枚一块。我到外面一看，果然有一付担子，一头有个铜瓶一般的锅炉，那一端则仿佛馄饨担的盛面和馅子的二屉桌。这纯朴的小贩接了我的钱，用小勺盛了一下糯米粉，打开铜瓶上面的塞子，原来是一个有着小洞的蒸笼，不过只有瓶颈一般大小，瓶腹中则盛满沸水，下面也有火炉，他将一种梅花形的木型放在瓶颈上，把米粉倒入，盖了盖子，水蒸气立刻发出丝丝的细声，一分钟左右，他打开盖，那梅花式的粉糕已成熟了，他又洒上些糖，还放了两三条山楂丝，向一块纸上一倒，这滚烫的糕就在我手中了。我诧异他那繁杂的手续，但并不见有几个小孩子买他的糕吃，况即买也不过一两个铜板，然则这种艰难的生意，又如何来维持他那生活呢？

夜生活的象征者是馄饨担，炸豆腐担，和硬面饽饽小贩。年节前后，更有桂花元宵。深夜，远远望到大街上豆样大的灯光，和水锅里蓬勃的白色蒸气，一个人幽手幽脚地走回家去，这真是一首不能写出的诗。据说这种夜食贩都是给赌徒预备的，或亦经验之论。卖硬面饽饽的叫卖声往往在三更左右，时常是我已睡醒一觉的时候。听了那幽厉的声音，不由得浮起一个寒伧老者瑟缩在风寒中的影象。有人说这种小贩专替人家抛弃私生子，只要将孩子缚置在门前，并附以相当报酬，他自会给你掩灭得无踪无迹。若然，则这种人是残忍的抑是慈善的？真不好说。

这古老的城池曾经过几度沧桑了，但这些微渺的人事却依然。而今我们又陷在极度苦痛的低气压下，想到什么胃活，太阳牌橡胶鞋，大学眼药之类布遍了全市，这些可怀念的而又极贫俭的食物，或者也要到了末日吗？……

一九三五岁尾，写于城头号角呜呜之声中

26

北平的“味儿”

纪庸

（1909—1965）

若想以一个单词形容北平的话，那只有“味儿”一字。朋友们一提到北平，总是说：“北平有味儿。”或是说：“够味儿。”什么是“味儿”？我倒先要问你，我们吃沙锅鱼翅或是烤涮羊肉，大家抢着说：“有点味儿，不错！”这里味儿当什么讲？你明白了吃饭的所谓味儿，则生活的所谓味儿，亦复如是——不，北平的味儿，并非专像“沙锅鱼翅”，或是烤涮羊肉，倒有些像嚼橄榄，颇有回甘，又有些像吃惯了的香烟，无论何时都离不了。要把菜来比附，还是北平自己出产而天下人人爱吃的“黄芽菜”有点近似吧。因为它是真正人人可以享受的妙品。

闲园鞠农《一岁货声》把北平一年到头卖东西的叫卖声都记出来了，冬晚灯下阅读，好像又回到胡同儿里，围着火炉谈笑一般。我想，“货声”也要算北平的“味儿”代表之一，其特点是悠然而不忙，隽永而顿挫，绝不让人想到他家里有七八口人等他卖了钱吃饭等等，这就给人一种舒适。有时还要排成韵律，于幽默之中，寓广告之用，有时加上许多有声无义的字，大有一唱三叹的风致，例如早晨刚起床，就有卖杏仁茶的，其声曰：“杏仁！哎！茶呦！”那是很好的早点，在别处很少吃得到。卖粥的铺子都代卖油条，北平叫“油炸烩”，《一岁货声》记其叫卖声云：“喝粥咧，喝粥咧，十里香粥热的咧；炸了一个焦咧，烹了一个脆……好大的个儿来油炸的果咧！”（果，即脍之谐音）又云：“油又香咧，面又白咧，扔在锅里漂起来咧，白又胖咧，胖又白咧，赛过烧鹅的咧，一个大的油炸的果咧。”一个大，即一文钱，亦即后来之一个铜板，而可抵今日之法币五角者也。北平之油条，要炸得脆松，故云云，但亦别有一种，是较软的，内城多不卖，而前门及宣武门一带有之，常与豆腐浆杏仁茶合组一摊，应早市者也。区区一粥一油条，而有如许花样，这就是北平的“味儿”。照此例极多，再说两个，以为参考，卖冰激凌云：“你要喝，我就盛，解暑代凉冰激凌。”卖桃云：“玛瑙红的蜜桃来噎哎……块儿大，瓤儿就多，错认的蜜蜂儿去搭窝。”卖枣云：“枣儿来，糖的咯哒喽，尝一个再来哎，一个光板来。”又衬字多的如卖酪：“咿喓嗷……酪……喂。”卖沙锅：“咿喓咦喓呕喔渥逅沙锅呦逅。”后者真是喷薄以出之，有点儿像言菊朋的戏词了。

观察北平的特点，总是在细微地方着眼才有发现。如吃饭，北平人是不愁没米没面的，有小米面，棒子面（即包芦）黄米面等等，小米面可以蒸“丝糕”，名字满好听，吃起来也不难吃，道地的北平人，可以在里面放了枣，赤糖，格外甜美；还有一种街头摊子，专用小米面作成厚约半寸的饼，放在锅边烘熟，上面是软的，下面有一层焦黄皮，很好吃；棒子面可以煮成粥，蒸为“窝头”，又可以切成小块，煮熟加一点青菜，好像我们吃汤面似的，北京叫“嘎嘎儿”。老实说，在北方，只有这些才是“人间味”，大米白面只有付之“天上”了。不过是像这些琐屑的食品，北平人也要弄出一个“谱儿”，使他格外适口些，好看些。从先我常看见贫苦的老太太到油盐店买调料及青菜（北平每胡同口皆有油盐店肉店，而油盐店都代卖青菜，或代米面，不像南方之买小菜动辄奔走数里以外也），一个铜板，要香菜（即芫荽），要虾米皮，要油，要醋，要酱油都全了，回家用开水一冲，就是一碗极好的清汤，普通常叫这种汤为“神仙汤”，一个铜板而包罗万象，真是“神仙”！吃韭菜饺子必须佐以芥末，吃烤羊肉必有糖蒜，吃打卤面必须有羊肉卤，吃炸酱面之酱，必须有“天源”或六必居，抽烟要“豫丰”，买布则八大“祥”，烧酒须东路或涞水，老酒要绍陈，甚至死了人，杠房要哪一家，饭庄要哪一家，执事要全份半份，都要细细考虑，不然总会给人讪笑，这就是所谓“谱儿”，而我们在旁边的人看了，便觉得有味儿。

请放弃功利的观点，有闲的人在茶馆以一局围棋或象棋消磨五十岁以后的光阴，大约不算十分罪过吧。我觉得至少比年轻有为而姘了七八个歌女什么的对人类有益处。若然，则北平是老年人好的颐养所在了。好唱的，可以入票房，或是带玩票的茶馆，从前像什刹海一溜河沿的戏茶馆，坐半日才六至十个铜板，远处有水有山，有古刹，近处有垂杨有荷香有市声，饿了吃一套烧饼油条不过四大枚，老旗人给你说谭鑫培的佚史，说刘赶三的滑稽，说什刹海摆冰山的掌故。伙计有礼貌，不酸不大，说话可以叫人回味：“三爷，你早，沏壶香片吧？你再来段，我真爱听你那几口反调！”亲切，而不包含虚伪。养鸟或养虫鱼北平也有不少行家，大清早一起先带鸟笼子到城根去遛遛，有未成名的伶人在喊嗓子，有空阔的野地，有高朗的晴空，鸽子成群的飞来，脆而悠长的哨子声划破了空气的沉寂，然后到茶馆吃杯茶，用热手巾揩把脸，假定世界不是非有航空母舰和轰炸机活不下去的话，像这样的生活还不是顶理想的境界吗？

在北平有一句话非记熟不可，是什么？就是“劳驾”。这在日文，可说是“敬语”，一定要加“果杂依妈死”的。北平的劳驾一语，应用很广，并不一定是托人作了什么事，就要表示谢意的说句“劳驾”，大街上脚踏车和包车互撞了，打得头破血流，旁人或警察来劝架，一造必说：“不是，您不知道，这小子撞了人连劳驾都不道，简直不是东西！”那一造就说：“他妈的，谁先撞谁，我凭什么给你道劳驾，你还应该给我道劳驾呢。”外乡人听了，会疑心到劳驾是什么宝贝东西，要不为什么争得这样厉害？其实劳驾不过一句空话，可是北平人就非常在乎这句代表礼貌的空话，所以，欠了债还不出固然可以道劳驾，就是和人借钱，也未尝不说劳驾，于是劳驾之声，“洋洋乎盈耳哉”。这种表现，十足证明了北平人之讲礼貌，好体面。七百年帝都，贵族，巨宦，达官，学者，哪一条胡同里没有几个？把这块位置在沙漠地带的北狄之国，涵茹成文教之邦，也是势有必至，理有固然的了。在《探亲相骂》一戏中，乡下亲家大受城内亲家之揶揄，这里所说城内，当即暗指北平，北平骂人常以“乡下人”三字代表之，意即谓其无礼貌与鲁莽也。有时我看见担了担子卖酪的旗人，在通衢遇见长亲，立即放下担子请一个“蹲安”，“您好，大叔！”又响亮又柔和，冲口而出，从容而不勉强，雍容而不小气，此亦他处看不到之“王化遗风”也。比邻而住，昨天晚上还见面来的，今天一清早，第一次相会，一定要问：“您好，您吃茶啦？”这也是旗人的规矩，而侵淫至于一般住户者。但此风在商店里更明显，无论多大的门面，只要你进去，一定很客气的招待，即如瑞蚨祥，是北平第一等绸缎店，顾客进去敬烟敬茶，虽然翻阅许久，一点东西不买，也绝不会被骂为“猪猡”。况且，在这样殷勤招待之下，随你什么人，也不好意思不买他一点，这也未尝不是最好的广告术呢。最近十年，海派作风，才渐有流入北方者，如 ×× 实业社，×× 公司，×× 商店之类，都是带理不理，眼高于顶，道地北平人，很少有人愿意看这副嘴脸，除非大减价，一块钱可以买一条全幅被单的时候。

除去上述特殊的味道以外，北平可以咀嚼的东西太多了，最老的大学，最老的书店，仅存的皇宫苑囿，这是代表文物的；最讲究的戏剧，最漂亮的言语，最温厚的人情，这可以代表生活的艺术……《越缦堂日记》云："都中风物有三恶：臭虫、老鸦、土妓；天苦多疾风，地苦多浮埃，人苦多贵官；三绝无：好茶绝无，好烟绝无，好诗绝无；三尚可，书尚可买，花尚可看，戏尚可听；三便：火炉、裱房、邸钞；三可吃：牛奶蒲桃、炒栗子、大白菜；三可爱：歌郎、冰桶、芦席棚。凡所区品，悬之国门，当无能易一字者矣。……"李氏说话是以刻薄著称的，又特别回护其家乡（绍兴）的好处，然此处亦不能不标举可爱尚可数点，且李氏后半生几乎三十年的光阴，都住在这古老的城内，光绪以后的日记，很少谈到京师之可厌。现在去李氏之死，又五十年，他所认为多的、恶的，如今亦大都变作供人回想的对象了，所以，不要就别的说，只就历史一项说，北平已经是比任何城市"够味儿"了。

北平的味儿，不知何日再享受一番。

十二月十七日

（选自《两都集》，上海太平书局1944年4月出版）

27

北游记

纪庸

（1909—1965）

瑞普·凡·温克尔（*Rip Van Winkle*）一睡二十年，马可·波罗（*Marco Polo*）离家二十年，回到家里人都不识，丁令威化鹤归来，殆亦不过如是。世变剧繁，城郭人民之异，岂待数十年，我才四年没回北平，虽然曾经一住十五年，竟处处都生疏起来了。小胡同里夹杂着工厂的大烟囱，电车卖票生换了草绿色的制服，前门西车站已经废除，东车站也分成入口与降车口，乱乱糟糟，要让我自己去买票恐怕都摸不清头脑，只这下了火车刚刚接触到的几点，已够说明变化之大。我很幸运，自启程那天起，车站已经普遍停止检查，翻箱倒箧的罪总算没受，可是也许是沾了头等票的光，因为我在下关分明看见排了队轧上车的人，宛如乡村的庙会戏台之下。更可异的是我登车之后，发现第一个挤上车的就是我的近邻某跑单帮的小贩，据说走单帮一次，可有数百数千数万的赢利，是则我之仍存传统观念，以为“满朝朱紫贵都是读书人”者，理应受罚了。闲话休提，这次北行，我坐的直达天津的快车，为什么不坐直抵北平的车呢，理由很简单，普通北平的车，徐州至济南一段适在夜间，容易有阻碍，乱世人命如草，自己并未看得多么值钱，然君子不处夫岩墙之下，亦是古训，而我尤有一最大理由，即想在白天看看泰山孔林的风光是也。因为无论南下或北上的车，都是一样，泰山虽然巍巍，孔林纵然郁郁，夕阳西下，车上就得扯下胶布窗帘，休想看见外面毫分。犹忆我南来时，抱着一肚子希望，可一览名山，不意路上扫兴如此。车至兖州，前途发生障碍，自半夜一直停到次晨八时，初春寒风料峭，站有几株老柳，映着黄月一弯，旅人心中，不禁想起樊山翁“一弯月更黄于柳，愁杀桥南系马人”的名句，增加无限感伤。那一次真是别扭，车到蚌埠，不再前进，亏得在途结识朱先立君，到蚌埠合两人之力，找到半间小旅馆，不然也许就要露宿终宵呢。因之此次北行，颇怀戒心，当我看到徐州以北一路连续不断的碉堡时，深叹交通当局防护工作之伟大，同时，崔峨的泰岱，也在车上领略到一点意思，远远有一纪念塔式的东西，恐怕说是冯焕章将军所立的滦州首义纪念碑吧！人事沧桑，徒惹凭吊，古人多少历史，在后人想来颇有些“何必”之意，轻轻淡淡，在纪载上不过占去几行，在当时便不知流了若干人的血汗。后之视今，亦犹今之视昔，一切推广开去，觉得越是现实越空虚，真要动散发入山之念。但是我们坐的是每小时九十里的快车，来往的地方都是百万人口的大都会，忙乱，烦嚣，物质的、机械的，营营扰扰，与我们心中所思，委实相去太远了。

徐州以北走入华北平原，广大，单纯，质朴。平田敻远，一望无边的黄土，好像还是原始的样子，因为极目四望，看不到多少村庄。与京沪沪杭路上，茅村三五，野艇柳堤，疏落清秀的味道，大不相同。用不着踏上故乡的土地，就这个我好像已经到了家中。过泺口铁桥时，看见田边几个穿大红大绿的乡下女子，在慢慢走着，好像对于奔腾怒吼的火车，熟视无睹。中国固有生活与物质文明之不易调合如此，令人奇异。沧州以北，天渐昏黑，幸有月色，洒在薄薄的积雪上，“明月照积雪”，虽然羌无故实，那境况可真是动人。深夜二时到天津。我随便掣了一纸十元的联银券付给脚夫，他千恩万谢的跑开去，我正奇怪于为什么不和我争长较短，恍然忆及这已是中储券的六十元，不觉又爽然若失了。在南方花钱惯了，乍到北方，若不时时算计，必致后悔。即如我和杨显周兄出车站雇车至法租界佛照楼旅馆，这本是顶近的距离，只要走过铁桥就到了，但车夫却索了五元，我们下意识的觉得五元算不了什么，马上答应，岂知一下子就出了麻烦，一位高个子的英雄，硬拦住拉我的车夫不肯放松，说生意是他讲的，不能被别人抢了去，争持得难解难分，后来径自抢了我的皮箱，我下车大闹，他说：“我和这小子拼了，说吗你也走不了！”拖我的车夫看着惹不起，终于答应分给他两块才肯放行。北方人本是讲礼貌的，可是这次给我的印象却太坏，也难怪，谁让我们放了这样响的大炮呢。不过这种不快之感，当我在北京一下车的时候就校正过来了，首先是脚行的客客气气，其次便是车站以外车夫的厚道。出站后我本即雇妥一辆洋车，预备到西四以北的一位朋友家去，价三元，同时我忽然发现了很多三轮车，为好奇心所动，于是我又问价钱，结果也是三元，拉车的车夫听了：“您随便，三轮快点，您坐三轮吧。”我心中有了南京上海以及天津的老例，想着这一定得是纠纷，谁知却是这般的“礼让为国”，弄得我倒不好意思了。及至我乘上三轮车后，中途忽然想到这位朋友也许在他服务的学校里，尚未回家，于是令车夫绕道学校，不料学校又搬家了，我的意思是不再去找，以免麻烦，车夫说：“离这儿不远，您去一趟得啦，没关系。”果然我在学校的新址会见了朋友。这许多客气、和蔼，使我们好像得到意外的收获，有些感到非分似的，然而住在北平的人，这乃是家常便饭。

几年没有会晤的友人，忽然见面，话简直不知从何处说起好。在西单牌楼乘电车北行，一个人一角五分钱，听着多么使人不能相信的价钱！南方一角钱的票子送给叫花子都不要了。西单牌楼是近十五年来北平最繁华的地方，十字路口也开辟了相当大的广场，我常常买菜和吃饭的宝元斋兴茂号都将门面缩到顶小，而且向后退了很多，从前在报子街转角的一家大纸店叫作同懋增的，现在竟不见了。纸店南边的土药店等，则“巍然尚存”，名字好像是“千里香”。朋友的家，是西北城很恬静的一隅，北京特有的四合院式平房，雅洁，整齐，适用。可惜隔壁便是一个新设的造纸厂，马达声音彻夜不停，连电灯的光都显着黯淡。造纸厂的原址，本是果园，在内城有几十亩的园林，不算稀奇，桑田沧海，此亦一感慨也。午饭后去洗澡，还是五年前常去的华宾园。提起洗澡，大约没有比北平再价廉物美的了，两个人，雅座盆浴，加理发修脚等等，不到联券十元钱，伙计招待得令人心意不安，倒在沙发上困一觉，两日夜的旅途疲困完全恢复，我每夸赞北平生活之简易舒适，这不能不算一件事实。但晚饭后又坐了洋车访友时，车夫却一连串的叨叨着：“您说，棒子面（即玉蜀黍粉）今天两块三了，昨儿个还一块八，怎么混！”其实一块八就是南京的十块，我老忘不了折合，要让他知道了这种数字，恐怕更要瞠目结舌了。北方的粮食问题的确严重，像样子的面粉要二百多元，大米须七百元以上一石，即以此刻现在的上海粮价为比，折算起来还要高出许多，又何怪过惯了低廉生活的北京市民终日愁眉苦脸呢！

因为生活的困顿，北平人也丧失了往日的悠闲与从容，而向生活斗争线上去挣扎，有的公务员在晚上租辆三轮车，以体力劳动补助精神劳动。说来可惨，北平的事，是不论钟点的，只以距离计值。始而我感觉车价甚廉，不到几天光景，已经比南京还贵了，物价指数的反映，有如此者。听说一部三轮车每天除去十元上下的车租，可以收入四五十元，比之公务员每月收入不过二百元，恰似霄壤。头脑更锐敏的，学了上海人的样子，囤积商品，待价而沽。如大五福纱布，各种橡胶制品，尤其是车胎，皂烛颜料，与南方一致为投机家眼红的目标。五福布在中秋节前后不过二百元，年节已逾千，北平人无论多么老实，也禁不起这种诱惑呀。朋友说，距离北平一百华里以内的县份，治安情形稍好的，商人都在做着棉纱及粮食买空卖空的生意，有人白手成家，忽然发几百万的财，礼失而求诸野，现在都市的人反而要向乡下人请教。我看见所有的文化界朋友人人都是一副消瘦的面容，浑身不整饬的衣服，不用说话，已十足代表出生活的苦闷。有的头发白了，眼睛凹陷了，几乎与前判若两人，魏文帝《与吴质书》所云"行自念也"，读书人的命运殊足忧虑，而可爱的北平，所给我的印象，殆以此为最足撄怀。北平的小学教学，在全国可称最整齐，最有成绩，现今教师们也为了生活的磨难，不得不向学生家庭乞怜，或则索米，或则要煤，也有直截了当要钱的，有一小学校长且为此被家长控告，锒铛入狱，内幕如何，不得详知，但其可悯，则人所感同。老友中作小学教师的也不少，平时都是孜孜不辍，目下看光景意兴阑珊，有的直至上午十时，还未到校，听说这也算家常便饭，小学教育如此，大学中学如何可以期待，想到将来，不容我们不"惄焉如捣"！北平公务员的待遇比较起来与南京相差不多，下级的除正薪外，津贴一百元，以上递增至二百元止，物资配给，每人每月不过面粉一包，至于烟糖，只能算是外快，不能并入正用的。以此谋兼事的极多，目的不在薪水而在面粉耳。除食粮外，其他日用品一般说来，总比南京上海廉些，若是他们听见火柴一盒售至若干元，恐不知诧异到何等程度了。

在北平一住三十日，几乎天天在忙乱中，连北海公园都无缘一入，事后想来，何等怅怅，但在当时，不知为什么那么无心无绪，走在大街上仿佛处处都变了样子，曾因往某官署之便，特地走到十年前自己所寄居的一家公寓门前去看，大门业已封闭，旁一纸上书云，“华北电电第 × 寮”，低回久之，空余惘惘，这怕比不去北海公园的心情更不相同。又在西城，路过我在变后赁居的小房子数次，红门紧闭，阒其无人，晚上连路灯都节约了，远方还断续传来夙所熟悉的卖萝卜和半空儿的叫卖声，使人愈益沉入往日的梦忆；有人在痛骂我们这些没出息的人，不看现实，只想过去，理当被世人所鄙唾，无奈感情到底是感情，或即古人“谁能遣此”之意乎？还希望诸位理智特强勇力胜我的人们原谅。对于防空防火防盗，北平也比南方更为热烈，家家门上贴着“防空设备已齐”“献铜讫”等标记，此外还有用粉笔写上的“查”字，证明这儿已经通过官方的许可。又有许多门上还存着“卫生责任者 × × ×”的残纸，或是“捕蝇”字样的纸贴，而“蝇”则用画图代替。这大约是去年霍乱的遗迹，知堂老人诗云：

“近来吃菜如吃药，蹙额无端学圣人；不比端阳和酒饮，菖蒲虽苦好安神。”

由这些遗迹，亦不难推断市民生活之一斑。对于不了解不熟悉的人，每种新的施设都是苦恼，我看到偌多事物，不免又有点没出息的叹息了。

于削面北风中两次访谒知堂老人，苦茶庵有与先生散文一样的清净无尘的风格。可惜我未得机会到书室去谈，客厅中书并不多，只有书道全集之类的大部头书，仿佛是摆在那里而不是看的。此外则有画像一帧，极为神似，又晋砖数事，殆即无端所玩之古董欤，也很使我注意。对于我北行的事，因为先生事前无闻，颇觉诧异，我动身时，曾接先生信，说尤炳圻兄要乘寒假之便南来，嘱加招待，并问我自己的文字，有无结成一集之意，可以交艺文社出版，我适已辑得十万字交给柳雨生兄，致无以应，现在我忽然会出现于八道湾道上，岂不是奇怪呢？先生家居，好像老是那件蓝色罩袍，朴素得正好。谈到武者小路、久米正雄诸先生的事，同时给了我新年号的《艺文杂志》，特别翻出我的文字来告诉我已经发表了，大约很明白作稿人的心理，无论何时均以先睹自己的作品为快罢？所以才首先指给我那不成气候的东西。我顺便报告了南中一切，有许多事是先生素所关心的，听了似很感兴趣。又谈到买书的事，南京书价使先生大吃一惊，实则北平也不小了。但却告诉我近来杭州的书店常可以买到零星而少见的东西，价亦不贵，战后殊为难得。这时适有他客来访，辞出，第二次去乃是旧历的正月初二，和杜南星兄一同去的，南星说他有二年不到苦雨斋了，他也是一位畸人，天才的诗家，有回胡兰成先生同我说，只要能写出南星在文学集刊所作的《流水外二章》那样的诗一两首就很知足了，可以证明此公被人倾倒的程度。这回苦雨斋可真热闹，恰合高朋满座一句话，大约都是为贺年而来的，玩弄着小型旱烟管的赵憩之（可能就是赵荫棠，恽注）兄，说话总是那么风趣；还有徐祖正先生，比去年春天在南京会面时似稍胖了，后来启无兄同词曲家郑英伯先生也来了，人太多，椅子不足，我们遂提前告辞。这样直到我起身回来，没有工夫再去一见，说来很为歉仄。

启无兄的家比苦雨斋更其寂静偏僻。去访他是晚上，我的车夫地理不熟，过去北池子便一路打听，亏了北平人有帮助别人的热忱，每次总是往北、往西、小庙后面，过桥……一大串的解释着，反而详细得令人糊涂。走来走去，果然发现了桥和庙，我记起西板桥这个地名来了，马幼渔先生不是住在这里吗？刚才路尽头那个声势颇豪富的院落，有几位如虎的仆人站在门房外的，不是先生的故居吗？修理一新，里面也增加了花木，而且建筑了回廊什么的，灯烛辉煌，气象千万，盛衰之感，不由得又是一声喟叹，后来才知道这儿改作“住友洋行”了。在想时，车已过桥，小巷无灯，昏黑莫辨，车夫很谨慎的划了火柴，照着门牌上的字，经过两次转折，竟碰对了，是南北向的胡同，在口外可以望见北海的白塔，的确是一个诗人理想的家，闲步庵盖可以天天闲步而不会厌烦也。启无的书室很宽大，藏书甚多而整齐，在我所见到的友人中，要算最可观了。我吃着芝麻糖和甜杏仁，听启无讲这房子的历史，一个老年的太监是主人，并告诉我这一带的房子，并不都是寺人的产业，我要能住在这里，听他们说说开天遗事，是如何幸运呢！即此区区，北京已比其他城市 Poetic（诗意）得多了。从启无家走出来，夜已极深，走在神武门沿御河一带路上，大高殿“孔绥皇祚”的牌坊好像又新加丹雘了，景山的影子在星空中矗立着，人世几回伤往事，而这些阅历兴亡的遗迹，还在那里独对残照，愁怨西风呢！

尤炳圻兄是笃厚君子，最近才知道原来还是我在大学时的同班，好像是半年之后就转到清华去了。矮矮的身材，胖胖的面孔，我到苦茶庵后不久就来找我，并约我到他家去吃饭，我是简质的人，毫不客气地去了。房子是西式的，在故都很不多睹，外面几竿翠竹，凌雪青葱，格外可爱。藏书也很富，尤其是日本书籍，无如我是连假名也认不周全的，故说不出其轮廓。同座有周丰一兄，和傅惜华先生等，丰一去年见过，惜华先生则正是渴慕的人，深沉和蔼，典型的学者。我读《正仓院考古记》，极感趣味，很希望傅先生扩大范围，多讲一点这样的事，中国人忘掉祖先的太多，似亦可以稍增其自信心也。尤兄一二日内就要南行，我未在南京尽招待之责，反而在北平受了招待，人事无常，何可逆料。尤巧者，我回南京之后，尤兄尚未北返，忽然他又来找我，并告诉我柳雨生兄在是日北去，连次打电话给我均未叫通云云，一似尤公专门有益于我，而我却不能替他服务，感激之外，不免歉然，何况又赠我以金属民先生刻的印章，和彩印了白石翁法绘的月历呢。他走了，我祝福这笃厚的朋友。

在旧京到处皆是可敬佩的学者，每一个学者都有可爱的、朴实的家，如谢刚主兄，房子既幽静深邃，书籍更插架琳琅。我也是晚上去的，上弦月色正好，小水车胡同已极近西城根，我从先在北平的住所亦邻近此处，知堂先生曾说，西城比东城特别安静，读书似较合适，这是体验的话，我个人对于东城的印象就不及西城好，也许是各有所蔽，但直觉的观念是不可抹杀的。刚主好游，去年在京，曾盘桓数日，我很希望他春天再到南京来一次，看看孝陵的梅花。在谢宅见到瞿兑之先生，刚主太太做的一手好菜，吃毕饭谈起来，才想到就是段无染君的令姊，萧县世家，我和无染在京，差不多是朝夕谋面的。兑之先生谈风甚健，很愿介我见徐一士先生，老同学牛文青君原与一士先生在中国大词典编纂处同事，早就约我见徐公，我更是天天想要见这位仰止已久的老前辈，且我临走的前一天，兑之先生还专函约去吃饭，徐先生当然可以乘机相会了，无如我的忙碌简直顾不到学问上的事，竟抽不出片暇到词典编纂处一行，而瞿翁之约，又为行期所迫，不能不辞谢，至今想来，诚属此行最大缺憾，还希望兑之先生和徐先生原谅我。刚主正在计划写他的伟著《丛书考》，这种著述也只有像刚主那样细心的人，住在文献中心的北平市才可着手，“带甲满天地”，许久看不见一本像样子的书，盼此作早日杀青，使我们这些俭腹的人饱餐一顿。刚主和我谈到生活问题，相与咨嗟久之，给我看了两种从厂甸买来的旧书，还有两种是岁暮在厂肆购得的，上系长跋，颇多感慨，但像刚主这样，能够枕图葄史，尚有余资可以阅厂寄情，已是文化人中最幸运的了。是晚同席的有赵憩之、刘植源和启无诸兄，谈笑风生，至今如在目前。谢五知先生要办一种像《古今》相同作风的杂志，定名《逸风》，托刚主转嘱写稿，我想这刊物在北平一定可以独树一帜，惜我尚未得暇握笔。

在异乡单身度岁，还是第一次。从前在北平过年，好歹有个家。除夕前夜，一人独坐寓舍，想南中此时，不知正作何状，翻翻买来的几册破书，一点也没有情绪，写了一封家信，上床颓然入睡，不想在平常最怀念的第二故乡，却作了分离之梦。年的味道虽不如前，但北平终于保持着旧时的况味，卖财神爷的沿门叫唤，卖松柏枝的也满街都是，这全是使离人瞿然一惊的，杜审言诗："独有宦游人，偏惊物候新"，正此意耳。除夕元旦，还可听到历乱的爆竹声，在老友李抒纯兄家里度除夕，李兄对我招待得太周到，我差不多把他那里看做老家的，因为他恰是我的近同乡。南星兄也找我去过年，天正降雪，他住东城，但其宁静也不减于八道湾水车胡同等，和他整四年不见，小孩已经四岁，杜诗所谓"儿女忽成行"，诗人也垂垂老矣，且生活正慢慢逼走灵感，这年头儿，什么话也不必讲了！他的小孩很可爱，会讲英语，望着我这陌生人不免有些诧怪。他一面教读，一面主持着《文学集刊》的编务，我答应写一篇随笔，动手了二千字，尚未完卷就跑到北平来，还不知何时可以交卷！南星乃真是诗人，如前所云，不是这样时代，他是不会关心到许多与诗无关的事的。他找出 PH 自花溪寄来的信，也有提到我的话，说起这位朋友，我心中便有写不出的空虚，前几天我看他的父亲，七十岁而尚为生活奔走，也是把花溪的信从口袋里掏出来给我看，这差不多是从前我一见到他时必有的举动，信上写着在花溪梦见了我，已经有四个孩子，实则我并未增加一个孩子，而他却由未结婚变成两个孩子的父亲了。PH 乃是我和南星以及任何认识他的人们的怀念对象，自他走后，我们不知写了多少文字寄怀，南星更作了不少诗篇，然而花溪远在天涯，又怎么可以看见呢，"寄书长不达，况乃未休兵！"我黯然，南星更黯然了。

到东安市场买点东西，顺便访同文书店主人刘君，此店为松筠阁支店，新旧兼收。刘君奔走平京沪杭各埠，人极干练，我在北平买书，差不多完全托他。书价虽涨，我们还是对于书商顶有好感，因为按照上涨的比例说，书籍要算最少之故。刘君告诉我北平正禁止图书外运，书业因此颇感不便，这事文载道兄曾写信给我发牢骚，但也不怪政府当局，因为去年夏天南北纸价悬殊，敏锐的商人就将北方的书籍当作废纸扫数运到上海，始而是邮寄，继而是包了车皮，成吨的走起来，试想北平能有多少书禁得这样糟蹋呢？则其被禁，责任还是要商人自己负了。我在市场的书摊巡礼一番，也看不见什么好的书，而且价钱奇贵，《支那名画宝鉴》索价联银九百元，商务版的《燕京胜迹》亦在千元左右，连《故都文物略》都要百元，陈宗蕃的《燕都丛考》三小册非十二元不卖，讲了半天也未买成，后来在一小摊上看到一本《光社年鉴》，是刘半农先生题字送给马幼渔先生的，感到非常有趣，以五元钱的代价买下来，翻出看看，照相是无所谓，有好些帧乃是孔德学校的学生，面孔还有点熟识，这是我消磨了四年教学光阴的所在，其兴味又非刘先生题字所可及，故深为喜悦，除夕无聊，曾写一长跋在扉页，临行时把他丢在北中，也记不起来了。又用五元钱买一大畴孙师郑自用的诗史阁稿纸，这位先生毁誉甚不一致，然而总是可纪念的前辈，且纸质也好，印的格子不俗气，现在自己去印不来的。市场这个地方很奇妙，自开办以来几已六十年，老是那么堂皇富丽，就是城郭人民如何变迁，好像他也不曾受到影响，从前是摆摊的人，都会讲几句英语，美国兵、英国兵、安南兵、义国兵，经常作那些卖假古董的主顾；如今呢，似乎店员都会讲日语了，我正看见一位伙友向顾客结结巴巴的说着。有几种东西，似乎没有卖的了，如江西瓷器、福建漆器、照相用具等。上海的刊物，占着相当重要的地位，《古今》是老牌，他如《天地》《天下》《大众》《万象》《杂志》等，无一不备，唯价钱太贵，在北平出版的刊物如国民杂志之类，起价格不过一元，而《古今》却须五元光景，在普及的程度上，自然相去远矣。不过由事实证明，刊物卖得太贱，也不见得对于读者有好处，因为听说有人大批的包了去，卖给废纸商了，文化云云，今日正复难言。

我寓所外面就是厂甸，日子又是正月，多么好的机会，我亲眼看见席棚搭起来了，书摊子都用红纸签条预占了地位，而我一直到第四五天才有闲去看看，没有遇见什么有意思的书，更没有可以一谈的人，只见到张少元先生在那里彳亍而行，张先生是我的旧老师，收藏韵书很有名，也向我叹息着失望，又嗟讶着书价的昂贵，我看见一部石印的《粤雅堂丛书》索价五百，《大清畿辅先哲传》索二百，都是很吓人的。勉强花六块钱买一部《桂林梁贞端公遗书》，因记得《感劬山房日记》有些可作史料的；梁氏也算得狷介，其文字颇阘琐，但恳挚动人，《别竹辞花记》写得最好，有一段好像说爱听夏日中午的卖菱角声，可以引人入梦，与我的感觉完全一致，我也曾将此事写入文字的。除此书外，我可谓一无所得，满目所见，尽是些破烂不整的经卷，劝善和宣传的印刷物，零星的杂志画报等等。想买一部东沙驿程记，那里有许多记家乡景物的文字，议价未协，终不顾而去；买书和心情大有关系，若是闲暇无事，没有什么牵挂，或者虽穷也要努力一二，我在当时，心里正乱如棼丝，即使看见自己寤寐以求的东西，似亦不足珍贵，一身以外无余物，老觉着在北平一天，便泛若不系之舟，境随心造，于是连北平的美丽，也不免大为减色了。

阅厂是风雅的事，往日士大夫，不必说了，事变以前，大学教授还是厂肆的好顾客，此刻大学教授连苜蓿都不能饱，还谈得到什么买书，于是书籍也成了商人囤积的对象，越是时髦的古书，愈是有人搜罗，他们不是为了应用，而是为了易得善价。年前如《越缦堂日记》，已有五千元的行市，到北平说给书贾，大家争说不贵，因为北平早已逾千了！越缦在当年，有时连几两银子的花费都仰屋兴嗟，不意死后日记贵至如此！文人岂可不作日记乎？一日我踱到富晋书社，看看插架诸品，殊少可购之件，问问什么书都是断档，连《窸斋集古录》这种书全没有货，然则故都的文献，其贫乏亦相当可观了。商务印书馆只仗着辞源辞典之类卖了钱支持日用，苟延残喘，狼狈可怜，像开明等，早已关门大吉，有的书店原址，已改为土药店、洋货店等，更属啼笑皆非。我曾于清晨自厂西门走至杨梅竹斜街，凭吊那些老店，尤其是许多可以怀念的名人榜书，伫立观玩，徘徊不能去，许多扫街夫都看我可笑，我记得的人物如李文田、陈孚恩、李鸿藻、李鸿章、费屺怀、陆凤石等，皆有吉光片羽，写得最多的是朱益藩、郑孝胥、姚茫父等，朱的字雅丽而沉着，尤可爱玩。我想似此意境，大约也只有北平可以享受罢？

生活的担负这般重，我们还在讲风雅，恐又蹈于罪孽深重之嫌，可是不说又怎么样吧？西单和东单电车站上的叫化子，追出一里地来讨一角钱，说是:“您可怜可怜，我买一个豆腐渣吃罢！”连窝头都不敢提起，可见窝头也算得奢侈品了。又随地都看见老太婆和小孩子在叫卖着配给纸烟，没包皮，只有一层伶仃的油纸，“烟卷来，北海的，天坛的，一毛钱一支。”这些牌子既不为我们所熟悉，这现象尤为南方所无有，南方的配给烟早有人成总的趸了去变成囤积品了，人情之不同，岂非又一例乎？在南京和上海，教书似已公认为低能的事，大学的课程，百计拉人而无有，理由很简单，钱既少又呆板，而在北平，则虽不能维持生活仍然非常拥挤，人才过剩呢？头脑不能如上海人士之锐敏呢？我也不能立刻答复。不过我想留在北平的朋友们，何妨也“变则通”一下，至少到上海南京，教书是绝对没有问题的呀。

我原想在北平停留十天，不想人事牵缠，一下延迟了月余，天天在为许多不能清理的事焦急，每日总要夜深两点才入睡，看书几为不可能，勉强读了两薄册的《清代野记》，还有三分之一是在归途火车上看的。易宗夔《新世说》也借到一部，未能读毕，因离京先为归还。二月五日，决定南来，计算起来，恰恰三十日。大雪甫过，天气寒湿，多谢几位友人，送我上车，不意自是日起，月台票停卖，有一位朋友答应送给我路上吃的点心和水果的，我到车站后，并未遇见，后来接到他的信，在站上等了许久，才失望而回，不免更是抱憾。车上拥挤的情形，一言难尽，我是既没的吃，又没的喝，车上水汀奇热，汗液分泌过多，对水更感需要，幸而过天津时，老友李灵甫送给我十几个梨子，一路全仗它不至干死，大旱云霓，不啻甘霖。车出永定门，遥望夕照寺和天坛，既留恋又迷茫，想不出此行之所以然；自北平至德州，沿途无食品可买，只有“甘栗”生梨，我好几回要到饭车上去，都因经过的车太多，人太挤而中道折回。只好嚼着梨子，以息饥焰。到德县天已昏黑，才买到一只鸡十个烧饼，打发一顿晚餐。我虽买了头等票而没有卧铺，车上又无专用头等车，我们所坐的就是寝台，再三和车僮通融，不得允许，车将抵济南，把我们都赶出来，他们要料理寝床，而实际上床位并未全部售出，我气得坐在一边，向他们说：“你无论如何坐的地方总是要替我设法的吧！”后来一个家伙来了，问我要不要寝台，联券百元，我想这竹杠未免太厉害，实所不甘，遂毅然拒绝，他也没有办法，只好将我安置在另一间空房里，和一位去上海的某君，我们纳头便睡，倒也同样享受了寝台的待遇。天明车抵徐州，心中甚爽，沿线雪甚大，直到滁县犹然。滁县附近，水流草长，大有春意，且景物亦有江南之风，无怪文忠公对此地颇为眷恋。到浦口下午五时，误时两点许，在近日各班客车中，算是最准确的一次，我们都在庆幸着运气不错。

一下车始知南京物价比去时大不相同，不免令人有隔世之叹！我搭了马车，直到六点多才揽足坐客，迟迟开行，城门检查，入城又像设卡抽厘一般的分段检查了。

“柴门鸟雀噪，归客千里至”，我又在家中温暖的灯火下了，谢谢上帝的保佑。

二月廿四日，灯下

28

北京旧书铺

张恨水

（1895—1967）

北京琉璃厂隆福寺各旧书店，以卖旧书著名于国内。说者谓彼等虽出身市井，然凡一书也，内容如何、著者如何、纸如何、版如何，知之极真，辨之极详，看书索价，大有研究。且其对购书者之性情与身份，亦洞烛无遗。因知购者非此书不可，故高其价，宁可交易不成，而勿容易脱手也，予闻此言，亦颇韪之。佣书之余，辄好涉足书摊，以搜索断简残篇为乐。至古色古香，整洁完好之书，则不敢问价。不但不敢问价，且亦不敢翻阅，明知商人以古董视之，多此一摩抚，亦殊无味耳。

然盘桓既久，则觉其闭门造车之定价，有时颇涉于不经。稍稍与讨论之，而漏洞愈多。苟欲某书，吾持以不屑之状态，略略论价，而其值又未尝不可大让。于是知彼等内行之称，究亦银样镴枪头耳，大抵彼等于书之研究，皆耳食与传统之训练，初非自能辨白书之高下。世人相传曰名著，曰好书，彼即以为内容佳矣。作者为翰林公为状元公，彼即以为名作矣。版或精细，纸或暗，彼即以为宋版明版矣（按近来伪造古版书者甚多）。

至于书之是否为遗书，版之是否为绝版，苟未经人道，彼不知也。而遗书与绝版大抵又不常经人道，故真搜罗好书者，仍不乏在书上得便宜货了。

新春厂甸开市，全北京小书商，遂各各列摊于海王村之东偏。计其摊，约在百数外，不啻为一旧书展会也。予每届春节，必在此处有数度之徘徊。经验所得，固知书商为不识货矣。试数事证之。

（一）抄本书，亦彼等所珍视者也。有毛边纸抄本两册，装订整齐，字则蝇头小楷，亦楚楚有致。询其价，则告以十元，予大笑。盖所抄者非他，乃人家窗课，所选《古文观止》《东莱博议》等之文。

（二）清代文人笔记，虽已刻版，至今荡然无存者，为数甚多。苟有残篇，吉光片羽，自可宝贵。予无意中得乾隆年间某文人笔记续篇一本，约三四十页，绝版书也。予度价必不小，姑闻之，则索值一毛五，予铜子二十四枚即得之。真是拿着蜡烛当柴卖矣。

（三）有相术书一部，约十册，予遇一老人持卷把玩爱不忍释。询价，告以十元，还四元而不售，老人怏怏去。越一日，又遇老人在彼议价中，老人出六元，而书贩非十二元不可，老人拂袖而去。此书除此等人不售，虽存十年无人问可也，而竟交臂失之。

由是以言，则北京旧书者之负有盛名，一经研究，技至此耳。于是知经验所得来之本领，究不如书本上所得为佳也。

（原载于1928年2月4日、5日北平《益世报》）

29

乱苇隐寒塘

张恨水

（1895 — 1967）

在三十年前的京华游记上，十有七八，必会提到陶然亭。没到过北平的人，总以为这里是一所了不起的名胜。就以我而论，在作小孩子的时候，就在小说上看到了陶然亭，把它当了西湖一般的心向往之。及至我到了故都，不满一星期，我就去拜访陶然亭，才大为失望。这倒也不是说那里毫无可取，只是盛名之下，其实难副罢了。

然则陶然亭何以享有这大的盛名？这有点原故：第一，在帝制时代，北京的一切伟大建筑，宫殿园林，全未开放，供给墨客骚人欣赏的地方，可以说等于没有，只有二闸、什刹海、菱角坑、陶然亭，两三处有天然风景的地方，聊可一顾，而陶然亭是更好一点。第二，名胜的流传，始终赖于我们这支笔的夸大，这是我们值得自傲的。北京的南镇，是当年上京求名的举子麇集之处，他们很容易走向那里，所以天南地北的举子，把这个名字带到八方。第三，我看过一百多年前的一张《江亭揽胜图》，上面所写的陶然亭，水土萧疏，实在也不坏。古人赏鉴着，后人跟着起哄，陶然亭虽非故我，那盛名是不朽的。

那么，现在的陶然亭怎么样呢？这里，我应当有个较简明的介绍。它在内城宣武门外，外城永定门内，南下洼子以南。那里没有人家，只是旷野上，一片苇塘子，有几堆野坟而已。长芦苇的低地，不问有水无水，北人叫着苇塘子。春天是草，夏天像高粱地，秋天来了，芦苇变成了赭黄色。芦苇叶子上，伸出杆子，上面有成球的花。花被风一吹，像鸭绒，也像雪花，满空乱飞。苇丛中间，有一条人行土路，车马通行，我们若是秋天去，就可以在这悄无人声漫天晴雪的环境里前往。

陶然亭不是一个亭子，是一座庙宇，立在高土坡上。石板砌着土坡上去。门口有块匾，写了“陶然亭”三个字。是什么庙？至今我还莫名其妙，为什么又叫江亭呢？据说这是一个姓江的人盖的，故云，并非江边之亭也。三十年前，庙里还有些干净的轩树，可以歇足。和尚泡一壶茶末，坐在高坡栏杆边，看万株黄芦之中，三三两两，伸了几棵老柳。缺口处，有那浅水野塘，露着几块白影。在红尘十丈之外，却也不无一点意思。北望是人家十万，雾气腾腾，其上略有略无，抹一带西山青影。南望却是一道高高的城墙，远远两个箭楼，立在白云下，如是而已。

我在北平将近二十年，在南城几乎勾留一半的时间，每当人事烦扰的时候，常是一个人跑去陶然亭，在芦苇丛中，找一个野水浅塘，徘徊一小时，若遇到一棵半落黄叶的柳树，那更好，可以手攀枯条，看水里的青天。这里没有人，没有一切市声，虽无长处，洗涤繁华场中的烦恼，却是可能的。

（原载于1944年10月17日重庆《新民报》）

30

清华园之菊（节选）

孙福熙

（1898—1962）

归途中，我屡屡计划回来后画中国的花鸟，我的热度是很高的。不料回到中国，事事不合心意，虽然我相信这是我偷懒之故，但总觉得在中国的花鸟与在中国的人一样的不易亲近，是个大原因。现在竟得与这许多的菊花亲近而且画来的也有六十二种，我意外的恢复对我自己的希望。

承佩弦兄之邀，我第一次游清华学校，在与澳青君一公君三人殷勤的招待中，我得到很好的印象，我在回国途中渴望的中国式的风景中的中国式人情，到此最浓厚的体味了；而且他们兼有法国富有的活泼与喜悦，这也是我回国后第一次遇见的。

在这环境中我想念法国的友人，因为他们是活泼而喜悦的，尤其因为他们是如此爱慕中国的风景人情的。在信中我报告他们的第一句就说我在看菊花；实在，大半为了将来可以给他们看的缘故，我尽量的画了下来。

从这个机会以后，我与菊花结了极好的感情，于是凡提到清华就想起菊花，而遇到菊花又必想见清华了。

在我们和乐的谈话中，电灯光底下，科学馆、公事厅与古月堂等处，满是各种秀丽的菊花，为我新得的清华的印象做美。然而我在清华所见的菊花，大部并不在此而在西园。

广大的西园中，大小的柳树，带了一半未落的黄叶，杂立其间，我们在这曲折的路径中且走且等待未曾想象过的美景。走到水田的旁边，芦苇已转为黄色，小雀们在这里飞起而又在稍远处投下。就在这旁边，有一道篱笆，我们推开柴门进去。龙畦很整齐的排列着，其中有一条是北面较高中间洼下的，上面半遮芦帘。许多菊花从这帘中探头向外，呵，我的心花怒放了！

然而引导者并不停足，径向前面的一所茅屋进行。屋向南，三面有土墙，就是挖窝中的泥所筑的，正可利用。留南面，日光可以射入。当我一步一步的从土阶下去时，骤然间满室高低有序的花朵印上我的心头，我惊惧似的喘息，比初次对大众演说时更是害羞，听演说的人的心理究竟还容易推测，因为他们只是与我仿佛的人；而众菊花则不然，只要看他们能竭尽心力的表现出各个的特长，可见他们不如大多数人的浅薄的，我疑惧他们不知如何的在窃笑我的丑陋呢。可是，我静下心来体察，满室的庄严与和蔼，他们个个在接纳我。在温和而清丽的气流中，众香轻扑过来，更不必说叶片的向我招展与花头的向我顾盼了。于是我证明在归航中所渴望的画中国花鸟不只是梦想了。

等我上城来带了画具第二次到清华时，再见菊花，知道已变了些样子，半放者已较放大，有几朵的花瓣已稍下垂了。我着急，知道我的生命的迫促，而且珍惜我与花的因缘之难得，于是恨不得两手并画恨不得两眼分看的忙乱开工了。

可是，我敢相信第一次拥抱爱人时所发情感的活痒：满心包围着快乐的畏惧，想立刻得到安慰，又怕亵渎了爱人的尊严，我对于我所爱慕的花将怎样的下笔呢！我深深的体味：此后，这样富有的花将永远保藏在我的纸上，虽然不敢说他将为我所主有；然而我将怎样能使他保留在我的纸上呢？我九分九的相信我不能画像他。试想一想，在一百笔二三百笔始能完成的一幅画中何难有一笔两笔的败笔呢。

所以，在这短促不及踌躇中我该留神使这一二百笔丝毫没有污点，我敢说，这比第一次拥抱爱人时之戚戚为将来一生中的交际的污点而担忧者更甚了，因为时间是这样的短促，于是，虽然很急，却因为爱他而不敢轻试，我尽管拿了笔擎在纸上不敢放下去。

（选自《北京乎》，开明书店 1927年出版）

31

北京的茶食

周作人

（1885—1967）

在东安市场的旧书摊上买到一本日本文章家五十岚力的《我的书翰》，中间说起东京的茶食店的点心都不好吃了，只有几家如上野山下的空也，还做得好点心，吃起来馅和糖及果实浑然融合，在舌头上分不出各自的味来。想起德川时代江户的二百五十年的繁华，当然有这一种享乐的流风余韵留传到今日，虽然比起京都来自然有点不及。北京建都已有五百余年之久，论理于衣食住方面应有多少精微的造就，但实际似乎并不如此，即以茶食而论，就不曾知道什么特殊的有滋味的东西。固然我们对于北京情形不甚熟悉，只是随便撞进一家饽饽铺里去买一点来吃，但是就撞过的经验来说，总没有很好吃的点心买到过。难道北京竟是没有好的茶食，还是有而我们不知道呢？这也未必全是为贪口腹之欲，总觉得住在古老的京城里吃不到包含历史的精炼的或颓废的点心是一个很大的缺陷。北京的朋友们，能够告诉我两三家做得上好点心的饽饽铺么？

我对于二十世纪的中国货色，有点不大喜欢，粗恶的模仿品，美其名曰国货，要卖得比外国货更贵些。新房子里卖的东西，便不免都有点怀疑，虽然这样说好像遗老的口吻，但总之关于风流享乐的事我是颇迷信传统的。我在西四牌楼以南走过，望着异馥斋的丈许高的独木招牌，不禁神往，因为这不但表示他是义和团以前的老店，那模糊阴暗的字迹又引起我一种焚香静坐的安闲而丰腴的生活的幻想。我不曾焚过什么香，却对于这件事很有趣味，然而终于不敢进香店去，因为怕他们在香合上已放着花露水与日光皂了。我们于日用必需的东西以外，必须还有一点无用的游戏与享乐，生活才觉得有意思。我们看夕阳，看秋河，看花，听雨，闻香，喝不求解渴的酒，吃不求饱的点心，都是生活上必要的——虽然是无用的装点，而且是愈精炼愈好。可怜现在的中国生活，却是极端地干燥粗鄙，别的不说，我在北京彷徨了十年，终未曾吃到好点心。

（选自《雨天的书》，1924年2月作）

32

北平的好坏

周作人

（1885—1967）

不佞住在北平已有二十个年头了。其间曾经回绍兴去三次，往日本去三次，时间不过一两个月，又到过济南一次，定县一次，保定两次，天津四次，通州三次，多则五六日，少或一天而已。因此北平于我的确可以算是第二故乡，与我很有些情分，虽然此外还有绍兴、南京，以及日本东京，我也住过颇久。绍兴是我生长的地方，有许多山水风物至今还时时记起，如有闲暇很想记述一点下来，可是那里天气不好，寒暑水旱的时候都有困难，不甚适于住家。南京的六年学生生活也留下好些影响与感慨，背景却是那么模糊的，我对于龙蟠虎踞的钟山与浩荡奔流的长江总没有什么感情，自从一九〇六年肩铺盖出仪凤门之后，一直没有进城去瞻礼过，虽似薄情实在也无怪的。东京到底是人家的国土，那是另外的一件事情。归根结蒂在现今说来还是北平与我最有关系，从前我曾自称京兆人，盖非无故也，不过这已是十年前的事了，现在不但不是国都，而且还变了边塞，但是我们也能爱边塞，所以对于北京仍是喜欢，小孩们坐惯的破椅子被决定将丢在门外，落在打小鼓的手里，然而小孩的舍不得之情故自深深地存在也。

我说喜欢北平，究竟北平的好处在哪里呢？这条策问我一时有点答不上来，北平实在没有什么了不得的好处。我们可以说的，大约第一是气候好吧。据人家说，北平的天色特别蓝，太阳特别猛，月亮也特别亮。习惯了不觉得，有朋友到江浙去一走，或是往德法留学，便很感着这个不同了。其次是空气干燥，没有那泛潮时的不愉快，于人的身体总当有些益处。民国初年我在绍兴的时候，每到夏天，玻璃箱里的几本洋书都长上白毛，有些很费心思去搜求来的如育珂的《白蔷薇》，因此书面上便有了“白云风”似的瘢痕，至今看了还是不高兴。搬到北京来以后，这种毛病是没有了，虽然瘢痕不会消灭，那也是没法的事。第二，北平的人情也好，至少总可以说是大方。大方，这是很不容易的，因为这里边包含着宽容与自由。我觉得世间最可怕的是狭隘，一切的干涉与迫害就都从这里出来的。中国人的宿疾是外强中干，表面要摆架子，内心却无自信，随时怀着恐怖，看见别人一言一动，便疑心是在骂他或是要危害他，说是度量窄排斥异己，其实是精神不健全的缘故。小时候遇见远亲里会拳术的人，因为有恃无恐，取人己两不犯的态度，便很显得大方，从容。北平的人难道都会打拳，但是总有那么一种空气，使居住的人觉得安心，不像在别的都市仿佛已严密地办好了保甲法，个人的举动都受着街坊的督察，仪式起居的一点独异也会有被窥伺或告发的可能。中国的上上下下的社会都不扫自己门前的雪，却专管人家屋上的霜，不惜踏碎邻家的瓦或爬坍了墙头，因此如有不是那么做的，也总是难得而可贵了。从别一方面说，也可以说这正是北平的落伍，没有统制。不过天下事本不能一律而论，有喜欢统制人或被统制的，也有都不喜欢的，这有如宗教信仰，信徒对了菩萨叩头如捣蒜，用神方去医老太爷的病，在少信的人无妨看作泥塑木雕的偶像，根据保护信教自由的法令，固然未便上前捣毁，看了走开，回到无神的古庙去歇宿，只好各行其是耳。

北平也有我所不喜欢的东西，第一就是京戏。小时候看过些敬神的社戏，戏台搭在旷野中间，不但看的人自由来去，锣鼓声也不大喧闹，乡下人又只懂得看，即使不单赏识斤斗翻得多，也总要看这里边的故事，唱得怎么是不大有人理会的。乙巳（一九〇五）的冬天与二十三个同学到北京练兵处来应留学考试，在西河沿住过一个月，曾经看了几次戏，租看的红纸戏目，木棍一样窄的板凳，台上扮演的丫鬟手淫，都还约略有点记得。查那时很简单的《北行日记》，还剩有这几条记录：

“十二月初九日，下午偕公岐采卿椒如至中和园观剧，见小叫天演时，已昏黑矣。”

“初十日，下午偕公岐椒如至广德楼观剧，朱素云演《黄鹤楼》，朱颇通文墨云。”

“十六日，下午同采卿访榆荪，见永嘉胡俨庄君，同至广德楼观剧。”

三十二年中人事变迁得很多，榆荪当防疫处长，染疫而殁，已在十多年前，椒如为渤海舰队司令，为张宗昌所杀，徐柯二君亦久不通音信了，我自己有三十年以上不曾进戏园，也可以算是一种改变吧。

我厌恶中国旧剧的理由有好几个：其一，中国超阶级的升官发财多妻的腐败思想随处皆是，而在小说戏文里最为浓厚显著。其二，虚伪的仪式，装腔作势，我都不喜欢，觉得肉麻，戏台上的动作无论怎么有人赞美，我总看了不愉快。其三，唱戏的音调，特别是非戏子的在街上在房中的清唱，不知怎的我总觉得与八股鸦片等有什么关系，有一种麻痹性，胃里不受用。至于金革之音，如德国性学大师希耳息弗尔特在他的游记《男与女》第二十四节中所说，“乐人在铜锣上打出最高音”，或者倒还在其次，因为这在中国不算最闹也。游记同节中云：

“中国人的听觉神经一定同我们构造得不同，这在一个中国旅馆里比在中国戏园还更容易看出来。”由是观之，铜锣的最高音究竟还是乐人所打的，比旅馆里的通夜蜜蜂窠似地哄哄然终要胜一筹也。

我反对旧剧的意见不始于今日，不过这只是我个人的意见，自己避开戏园就是了，也本不必大声疾呼，想去警世传道，因为如上文所说，趣味感觉各人不同，往往非人力所能改变，固不特鸦片小脚为然也。但是现在情形有点不同了，自从无线电广播发达以来，出门一望但见四面多是歪斜碎裂的竹竿，街头巷尾充满着非人世的怪声，而其中以戏文为多，简直使人无所逃于天地之间，非硬听京戏不可，此种压迫实在比苛捐杂税还要难受。中国不知从哪一年起，唱歌的技术永远失传了，唐宋时妓女能歌绝句和词，明有《擘破玉》《打草竿》《挂枝儿》等，清朝窑姐儿也有窑调的小曲，后来忽地消灭，至今自上至下都只会唱戏，我无闲去打茶围，惭愧不知道八大胡同唱些什么，但看酒宴余兴，士大夫无复念唐诗或试帖者，大都高歌某种戏剧一段，此外白昼无聊以及黑夜怕鬼的走路人口中哼哼有词，也全是西皮二黄而非十杯酒儿，可知京戏已经统制了中国国民的感情了。无线电台专门转播戏园里的音乐正无足怪，而且本是很顺舆情的事，不幸城门失火殃及池鱼，要叫我硬听这些我所不要听的东西，即使如德国老博士在旅馆一样用棉花塞了耳朵孔也还是没用，有时真使人感到道地的绝望。俗语云，黄连树下弹琴，苦中作乐。中国人很有这样精神，大家装上无线电，那些收音机却似乎都从天桥地摊上买来的，恐怕不过三四毛一个，发出来的声音老是那么古怪，似非人间世所有。这不但是戏文，便是报告也都是如此，声音苍哑涩滞，声调局促呆板，语句固然难听懂，只觉得嘈杂不好过。看画报上所载，电台里有好几位漂亮的女士管放送的事，不知道什么时候才开口，为什么我们现在所听见的总是这样难听的古怪话呢。我有时候不禁消极，心想中国话果真是如此难听的一种言语么？我不敢相信，但耳边听着这样的话，实在觉得十分难听。我想到，中国现今各方面似乎都缺少人。我又想到，中国接收外来文化往往不善利用，弄得反而丑恶讨厌。无线电是顶好的一个例。这并不限定是北平一地方的事，但是因北平的事实而感到，所以也就算在他的账上了。

总而言之，我对于北平大体上是很喜欢的，他的气候与人情比别处要好些，宜于居住，虽然也有缺点，如无线电广播的难听，其次是多风尘，变成了边塞。这真是一把破椅子了，放在门外边，预备给打小鼓的拿去，这个时候有人来出北平特辑，未免有点不识时务吧，但是我们在北平的人总是很感激的，我之不得不于烦忙中特为写此小文者盖亦即以表此感激之意也。

廿五年五月九日，于北平

33

北京的戏

周作人

（1885—1967）

北京的戏是向来有名的，我在上文说过潘姨太太在影抄石印小本的《二进宫》，伯升的每星期往城南看粉菊花，这似乎含有双重意义，因为在这里有着对于北京的“乡愁”，是生长在北京的人所特别有的，此外则是对于那声调的迷恋，这却是很普遍的情形了。我们在北京这几天里，一总看了三回戏，据日记里说：

十一月初九日下午，偕采卿公岐至中和园观剧，见小叫天演时，已昏黑矣。

初十日下午，偕公岐椒如至广德楼观剧，朱素云演《黄鹤楼》，朱颇通文墨。

此外十六日还同了采卿榆荪至广德楼，和温州胡君看过一回戏。三回看的不算多，但我看到了京戏的精华，同时也看了糟粕，给我一个很深的印象。京戏的精华是什么呢？简单的回答是：小叫天的演戏，这总是不大会错吧。谭鑫培别号“叫天”，大概是说他的唱声响彻云霄吧，他是清末的有名京剧演员，我居然能够听见他的唱戏，不能不说是三生有幸了。鲁迅在他的《社戏》这一篇小说里，竭力表扬野外演出的地方戏，同时却对于戏园里做的京戏给予一个极不客气的批评。他说在近二十年中只看过两次京戏，但不是没有看成，便是看得极不愉快。第一次他的耳朵被戏场里的“咚咚喤喤”吓慌了，而且又忍受不住狭而高的凳子的优待，所以不看而出来了。第二次呢，因为决心听谭叫天，虽然也仍是“咚咚喤喤”，但是从九点钟忍耐到十二点，“然而叫天竟还没有来”，结果他也只得走了。那么他终于没有能够听见叫天的戏，而我却是看见了，虽然那时已是昏黑，看不清他的相貌，然而模样还是约略可辨的。那天因为演的是白天戏，照例不点灯，台上已是一片黑暗，望过去只见一个人黑须红袍，逛荡着唱着。唱的怎么样呢，这是外行是不能赞一辞的。老实说，我平常也很厌恶那京戏里的拿了一个字的子音拉长了唱，嗳嗳嗳或呜呜呜的纠缠不清，感到一种近于生理上的不愉快，但那谭老板的唱声却是总没有这样的反感的。

所谓糟粕一面乃是什么呢？这是戏剧上淫亵的做作。在小说戏剧上色情的描写是不可避免的，但作公开的表演的时候这似乎总应该有个斟酌才对。京戏里的，特别那时我所看到的，那可真是太难了。我记不清是在中和园或广德楼的哪一处了，也记不得戏名，可是仿佛是一出《水浒》里的偷情戏吧，台上挂起帐子来，帐子乱动着，而且里面伸出一条白腿来，还有一场是丫环伴送小姐去会情人，自己在窗外窃听，一面实行着自慰。这些在我用文字表白，还在几费踌躇，酌量用字，真亏演员能在台上表现得出来。这一面与那时盛行的“像姑”制度也有关系，所以这种人材也不难找，若在后来恐怕就找不到肯演这样的戏的人了。说到底，这糟粕也只是一时的事，但是在我的印象上却仍是深刻，虽然知道这和京戏完全是分得开的事情，但是因为当初发生在一起，也就一时分拆不开了。我第二次来北京以后，已经有四十余年，不曾一次看过京戏，而且听见“嗳嗳嗳”那个唱声，便衷心发生厌恶之感，这便是那时候在北京看戏所种的病根，有如吃贝类中了毒，以后便是看见蛎黄也是要头痛了。

（选自《知堂回想录》）

34

北京的外国书价

周作人

（1885—1967）

听说庚子的时候有人拿着一本地图，就要被指为二毛子，有性命之忧，即使侥表时偶有幸免，也就够受惊吓了。到了现在不过二十多年，情形却大不同，不但是地图之类，便是有原版外国书的人也是很多，不可不说是一个极大进步：这个事实，只要看北京贩卖外国书的店铺逐年增加，就可以明白。我六年前初到北京，只知道灯市口台吉厂和琉璃厂有卖英文书的地方，但是现在至少已有十二处，此外不曾知道的大约还有。

但是书店的数目虽多，却有两个共通的缺点。其一是货色缺乏：大抵店里的书可以分作两类，一是供给学生用的教科书，一是供给旅京商人看的通俗小说，此外想找一点学问艺术上的名著便很不容易。其二是价钱太贵：一先令的定价算作银洋七角，一圆美金算作二元半，都是普通的行市，先前金价较贱的时候也是如此，现在更不必说了。虽然上海伊文思书店的定价并不比这里为廉，不能单独非难北京的商人，但在我们买书的人总是一件不平而且颇感痛苦的事。

就北京的这几家书店说来，东交民巷的万国图书公司比较的稍为公道，譬如美金二元的《哥德传》卖价四元，美金一元七五的黑人小说《巴托华拉》（*Batouala*）卖价三元七角，还不能算贵，虽然在那里卖的《现代丛书》和“叨息尼支（*Tauihnitz*）版”的书比别处要更贵一点。我曾经在台吉厂用两元七角买过一本三先令半的契诃夫小说集可以说是最高纪录，别的同价的书籍大抵算作两元一角以至五角罢了。

各书店既然这样的算了，却又似乎觉得有点惭愧，往往将书面包皮上的价目用橡皮擦去，或者用剪刀挖去，这种办法固然近于欺骗，不很正当，但总比强硬主张的稍好，因为那种态度更令人不快了。

我在灯市口西头的一家书店里见到一本塞利著的《儿童时代的研究》，问要多少钱，答说八元四角六分。我看见书上写着定价美金二元半，便问他为什么折算得这样的贵，他答得极妙，“我们不知道这些事，票上写着要卖多少钱，就要卖多少。”

又有一回，在灯市口的别一家里，问摩尔敦著的《世界文学》卖价若干，我明明看见标着照伊文思定价加一的四元一角三分，他却当面把它用铅笔改作五元的整数。在这些时候我们要同他据理力争是无效的，只有两条路可行，倘若不是回过头来就走，便只好忍一口气（并多少损失）买了回来。那一本儿童研究的书因为实在看了喜欢，终于买了，但是一圆美金要算到三元四角弱，恐怕是自有美金以来的未曾有过的高价了。

我的一个朋友到一家大公司（非书店）去买东西（眼镜？），问他有没有稍廉的，公司里的伙计说“那边有哩”，便开门指挥他出去，在没有商业道德的中国，这些事或者算不得什么也未可知，现在不过举出来当作谈资罢了。

在现今想同新的学问艺术接触，不得不去看外国文书，但是因为在中国不容易买到，而且价钱又异常的贵，读书界很受一种障碍，这是自明的事实。要补救这个缺点，我希望教育界有热诚的人们出来合资组织一个书店，贩卖各国的好书，以灌输文化，便利读者为第一目的，营利放在第二。这种事业决不是可以轻视的，他的效力实在要比五分钟的文化运动更大而且坚实，很值得去做。北京卖外国书的店铺是否都是商人，或有教育界的分子在内，我全不明了，但是照他们的很贵的卖价看来，都不是以灌输文化便利读者为第一目的，那是总可以断言了。我们虽然感谢他能够接济一点救急的口粮，但是日常的供给，不能不望有别的来源，丰富而且公平的分配给我们精神的粮食。

十二年一月

（原载于1923年1月30日《晨报副刊》，收入《谈虎集》）

35

厂甸

周作人

（1885 — 1967）

琉璃厂是我们很熟的一条街。那里有好些书店，纸店，卖印章墨合子的店，而且中间东首有信远斋，专卖蜜饯糖食，那有名的酸梅汤十多年来还未喝过，但是杏脯蜜枣有时却买点来吃，到底不错。不过这路也实在远，至少有十里罢，因此我也不常到琉璃厂去，虽说是很熟，也只是一个月一回或三个月两回而已。然而厂甸又当别论。厂甸云者，阴历元旦至上元十五日间琉璃厂附近一带的市集，游人众多，如南京的夫子庙、吾乡的大善寺也。南新华街自和平门至琉璃厂中间一段，东西路旁皆书摊，西边土地祠中亦书摊而较整齐，东边为海王村公园，杂售儿童食物玩具，最特殊者有长四五尺之糖胡卢及数十成群之风车，凡玩厂甸归之妇孺几乎人手一串。自琉璃厂中间往南一段则古玩摊咸在焉，厂东门内有火神庙，为高级古玩摊书摊所荟萃，至于琉璃厂则自东至西一如平日，只是各店关门休息五天罢了。厂甸的情形真是五光十色，游人中各色人等都有，摆摊的也种种不同，适应他们的需要，儿歌中说得好：

新年来到，糖瓜祭灶。

姑娘要花，小子要炮。

老头子要戴新呢帽，

老婆子要吃大花糕。

至于我呢，我自己只想去看看几册破书，所以行踪总只在南新华街的北半截，迤南一带就不去看，若是火神庙那简直是十里洋场，自然更不敢去一问津了。

说到厂甸，当然要想起旧历新年来。旧历新年之为世诟病也久矣，维新志士大有灭此朝食之概，鄙见以为可不必也。问这有多少害处？大抵答语是废时失业，花钱。其实最享乐旧历新年的农工商，他们在中国是最勤勉的人，平日不像官吏教员学生有七日一休沐，真是所谓终岁作苦，这时候闲散几天也不为过，还有那些小贩趁这热闹要大做一批生意，那么正是他们工作最力之时了。过年的消费据人家统计也有多少万，其中除神马炮仗等在我看了也觉得有点无谓外，大都是吃的穿的看的玩的东西，一方面需要者愿意花这些钱换去快乐，一方面供给者出卖货物得点利润，交易而退，各得其所，不见得有什么地方不对。假如说这钱花得冤了，那么一年里人要吃一千多顿饭，算是每顿一毛共计大洋百元，结果只做了几大缸粪，岂不也是冤枉透了么？饭是活命的，所以大家以为应该吃，但是生命之外还该有点生趣，小姑娘穿了布衫还要朵花戴戴，老头子吃了中饭还想买块大花糕，就是为此。旧新年除与正朔不合外别无什么害处，为保存万民一点生趣起见还是应当存留，不妨如从前那样称为春节，民间一切自由，公署与学校都该放假三天以至七天。——话说得太远了，还是回过头来谈厂甸买书的事情罢。

厂甸的路还是有那么远，但是在半个月中我去了四次，这与玄同半农诸公比较不免是小巫之尤，不过在我总是一年里的最高记录了。二月十四日是旧元旦，下午去看一次，十八十九廿五这三天又去，所走过的只是所谓书摊的东路西路，再加上土地祠，大约每走一转要花费三小时以上。所得的结果并不很好，原因是近年较大的书店都矜重起来，不来摆摊，摊上书少而价高，像我这样“爬螺蛳船”的渔人无可下网。然而也获得几册小书，觉得聊堪自慰。

其一是《戴氏注论语》二十卷合订一册，大约是戴子高送给谭仲修的罢，上边有“复堂所藏”及“谭献”这两方印。这书摆在东路南头的一个摊上，我问一位小伙计要多少钱，他一查书后粘着的纸片上所写“美元”字样，答说五元。我嫌贵，他说他也觉得有点贵，但是定价要五元。我给了两元半，他让到四元半，当时就走散了。后来把这件事告诉玄同，请他去巡阅的时候留心一问，承他买来送我，书末写了一段题跋云：

“民国廿三年二月廿日启明游旧都厂甸肆，于东莞伦氏之通学斋书摊见此谭仲修丈所藏之戴子高先生《论语注》，悦之，以告玄同，翌日廿一玄同往游，遂购而赠启明。”

跋中廿日实是十九，盖廿日系我写信给玄同之日耳。

其二是《白华绛柎阁集》十卷，二册一函。此书我以前有，今偶然看见，问其价亦不贵，遂以一元得之。《越缦堂诗话》的编者虽然曾说：“清季诗家以吾越李莼客先生为冠，《白华绛柎阁集》近百年来无与辈者”，我于旧诗是门外汉，对于作者自己“夸诩殆绝”的七古更不知道其好处，今买此集亦只是乡曲之见，诗中多言及故乡景物殊有意思，如卷二《夏日行柯山里村》一首云：“溪桥才渡庳篷船，村落阴阴不见天。两岸屏山浓绿底，家家凉阁听鸣蝉。”很能写出山乡水村的风景，但是不到过的也看不出好来罢。

其三是两册丛书零种，都是关于陆氏《草木鸟兽虫鱼疏》的，即焦循的《诗陆氏疏疏》，南菁丛刻本，与赵佑的《毛诗陆疏校正》，聚学轩本。我向来很喜欢陆氏的虫鱼疏，只是难得好本子，所有的就是毛晋的《陆疏广要》和罗振玉的新校正本，而罗本又是不大好看的仿宋排印的，很觉得美中不足。赵本据《郘亭书目》说它好，焦本列举引用书名，其次序又依《诗经》重排，也有他的特长，不过收在大部丛书中，无从抽取，这回都得到了，正是极不易遇的偶然。翻阅一过，至“流离之子”一条，赵氏案语中云：“窃以鹗枭自是一物，今俗所谓猫头鹰，……哺其子既长，母老不能取食以应子求，则挂身树上，子争啖之飞去，其头悬着枝，故字从木上鸟，而枭首之象取之。”猫头鹰之被诬千余年矣，近代学者也还承旧说，上文更是疏状详明有若目击，未免可笑。学者笺经非不勤苦，于格物欠下工夫，往往以耳为目，赵书成于乾隆末，距今百五十年矣，或者亦不足怪，但不知现在何如，相信枭不食母与乌不反哺者现在可有多少人也。

廿三年三月

36

前门遇马队记

周作人

（1885—1967）

中华民国八年六月五日下午三时后，我从北池子往南走，想出前门买点什物。走到宗人府夹道，看见行人非常的多，我就觉得有点古怪。到了警察厅前面，两旁的步道都挤满了，马路中间立站许多军警。再往前看，见有几队穿长衫的少年，每队里有一张国旗，站在街心，周围也都是军警。我还想上前，就被几个兵拦住。人家提起兵来，便觉很害怕。但我想兵和我同是一样的中国人，有什么可怕呢？那几位兵士果然很和气，说请你不要再上前去。我对他说，“那班人都是我们中国的公民，又没有拿着武器，我走过去有什么危险呢？”他说，“你别要见怪，我们也是没法，请你略候一候，就可以过去了。”

我听了也便安心站着，却不料忽听得一声怪叫，说道什么“往北走！”后面就是一阵铁蹄声，我仿佛见我的右肩旁边，撞到了一个黄的马头。那时大家发了慌，一齐向北直奔，后面还听得一阵马蹄声和怪叫。等到觉得危险已过，立定看时，已经在“履中”两个字的牌楼底下了。我定一定神，再计算出前门的方法，不知如何是好，须得向那里走才免得被马队冲散。于是便去请教那站岗的警察，他很和善的指导我，教我从天安门往南走，穿过中华门，可以安全出去。我谢了他，便照他指导的走去，果然毫无危险。我在甬道上走着，一面想着，照我今天遇到的情形，那兵警都待我很好，确是本国人的样子，只有那一队马煞是可怕。

那马是无知的畜生，他自然直冲过来，不知道什么是共和，什么是法律。但我仿佛记得那马上似乎也骑着人，当然是个兵士或警察了。那些人虽然骑在马上，也应该还有自己的思想和主意，何至任凭马匹来践踏我们自己的人呢？我当时理应不要逃走，该去和马上的“人”说话，谅他也一定很和善，懂得道理，能够保护我们。我很懊悔没有这样做，被马吓慌了，只顾逃命，把我衣袋里的十几个铜元都掉了。想到这里，不觉已经到了天安门外第三十九个帐篷的面前，要再回过去和他们说，也来不及了。

晚上坐在家里，回想下午的事，似乎又气又喜。气的是自己没用，不和骑马的人说话；喜的是侥幸没有被马踏坏，也是一件幸事。于是提起笔来，写这一篇，做个纪念。从前中国文人遇到一番危险，事后往往做一篇《思痛记》或《虎口余生记》之类。我这一回虽然算不得什么了不得的大事，但在我却是初次。我从前在外国走路，也不曾受过兵警的呵叱驱逐，至于性命交关的追赶，更是没有遇着。如今在本国的首都，却吃了这一大惊吓，真是“出人意表之外”，所以不免大惊小怪，写了这许多话。可是我决不悔此一行，因为这一回所得的教训与觉悟比所受的侮辱更大。

1919年3月

37

胡同

朱湘

（1904—1933）

我曾经向子惠说过，词不仅本身有高度的美，就是它的牌名，都精巧之至。即如《渡江云》《荷叶杯》《摸鱼儿》《真珠帘》《眼儿媚》《好事近》这些词牌名，一个就是一首好词。我常时翻开词集，并不读它，只是拿着这些词牌名慢慢的咀嚼。那时我所得的乐趣，真不下似读绝句或是嚼橄榄。京中胡同的名称，与词牌名一样，也常时在寥寥的两三字里面，充满了色彩与暗示，好像龙头井、骑河楼等名字，它们的美是毫不差似《夜行船》《恋绣衾》等词牌名的。

胡同是衚衕的省写。据文字学者说，是与上海的弄一同源自巷字。元人李好古作的《张生煮海》一曲之内，曾经提到羊市角头砖塔儿衚衕，这两个字入文，恐怕要算此曲最早了。各胡同中，最为国人所知的，要算八大胡同；这与唐代长安的北里，清末上海的四马路的出名，是一个道理。

京中的胡同有一点最引人注意，这便是名称的重复：口袋胡同、苏州胡同、梯子胡同、马神庙、弓弦胡同，到处都是，与王麻子、乐家老铺之多一样，令初来京中的人，极其感到不便，然而等我们知道了口袋胡同是此路不通的死胡同，与“闷葫芦瓜儿”“蒙福禄馆”是一件东西。苏州胡同是京人替住有南方人不管他们的籍贯是杭州或是无锡的街巷取的名字。弓弦胡同是与弓背胡同相对而定的象形的名称。以后我们便会觉得这些名字是多么有色彩，是多么胜似纽约的那些单调的什么 Fifth Avenue、Fourteenth Street，以及上海的侮辱我国的按通商五口取名的什么南京路、九江路。那时候就是被全国中最稳最快的京中人力车夫说一句：“先儿，你多给两子儿。”也是得偿所失的。尤其是苏州胡同一名，它的暗示力极大。因为在当初，交通不便的时候，南方人很少来京，除去举子；并且很少住京，除去京官。南边话同京白又相差的那般远，也难怪那些生于斯、卒于斯，眼里只有北京、耳里只有北京的居民，将他们聚居的胡同，定名为苏州胡同了。（苏州的土白，是南边活中最特彩的；女子是全国中最柔媚的。）梯子胡同之多，可以看出当初有许多房屋是因山而筑，那街道看去是如梯子似的。京中有很多的马神庙，也可令我们深思，何以龙王庙不多，偏多马神庙呢？何以北京有这么多马神庙，南京却一个也不见呢？南人乘舟，北人乘马，我们记得北京是元代的都城，那铁蹄直踏进中欧的鞑靼，正是修建这些庙宇的人呢？燕昭王为骏骨筑黄金台，那可以说是京中的第一座马神庙了。

京中的胡同有许多以井得名。如上文提及的龙头井以及甜水井、苦水井、二眼井、三眼井、四眼井、井儿胡同、南井胡同、北井胡同、高井胡同、王府井等等，这是因为北方水份稀少，煮饭、烹茶、洗衣、沐面，水的用途又极大，所以当时的人，用了很笨缓的方法，凿出了一口井之后，他们的快乐是不可言状的，于是以井名街，纪念成功。

胡同的名称，不特暗示出京人的生活与想象，还有取灯胡同、妞妞房等类的胡同。不懂京话的人，是不知何所取意的。并且指点出京城的沿革与区分：羊市、猪市、骡马市、驴市、礼士胡同、菜市、缸瓦市，这些街名之内，除去猪市尚存旧意之外，其余的都已改头换面，只能让后来者凭了一些虚名来悬拟当初这几处地方的情形了。户部街、太仆寺街、兵马司、缎司、銮舆卫、织机卫、细砖厂、箭厂，谁看到了这些名字，能不联想起那辉煌的过去，而感觉一种超现实的兴趣？

黄龙瓦、朱垩墙的皇城，如今已将拆毁尽了。将来的人，只好凭了皇城根这一类的街名，来揣想那内城之内、禁城之外的一圈皇城的位置罢？那丹青照耀的两座单牌楼呢？那形影深嵌在我童年想象中的壮伟的牌楼呢？它们那里去了？看看那驼背龟皮的四牌楼，它们手拄着拐杖，身躯不支的，不久也要追随早夭的兄弟于地下了！

破坏的风沙，卷过这全个古都，甚至不与人争韬声匿影如街名的物件，都不能免于此厄。那富于暗示力的劈柴胡同，被改作辟才胡同了；那有传说作背景的烂面胡同，被改作烂缦胡同了；那地方色彩浓厚的蝎子庙，被改作协资庙了。没有一个不是由新奇降为平庸，由优美流为劣下。狗尾巴胡同改作高义伯胡同，鬼门关改作贵人关，勾阑胡同改作钩帘胡同，大脚胡同改作达教胡同：这些说不定都是巷内居者要改的，然而他们也未免太不达教了。阮大铖住南京的袴裆巷，伦敦的 Botten Row 为贵族所居之街，都不曾听说他们要改街名，难道能达观的只有古人与西人吗？内丰的人，外啬一点，并无轻重。司马相如是一代的文人，他的小名却叫犬子。《子不语》书中说，当时有狗氏兄弟中举。庄子自己愿意为龟。颐和园中慈禧后居住的乐寿堂前立有龟石。古人的达观，真是值得深思的。

（选自1934年10月上海生活出版社《中书集》）

38

上景山

许地山

（1893—1941）

无论哪一季，登景山最合宜的时间是在清早或下午三点以后。晴天，眼界可以望到天涯的朦胧处；雨天，可以赏雨脚的长度和电光的迅射；雪天，可以令人咀嚼着无色界的滋味。

在万春亭上坐着，定神看北上门后的马路（从前路在门前，如今路在门后）尽是行人和车马，路边的梓树都已掉了叶子。不错，已经立冬了，今年天气可有点怪，到现在还没冻冰。多谢芰荷的业主把残茎都去掉，教我们能看见紫禁城外护城河的水光还在闪烁着。

神武门上是关闭得严严地。最讨厌是楼前那枝很长的旗竿，侮辱了整个建筑的庄严。门楼两旁树它一对，不成吗？禁城上时时有人在走着，恐怕都是外国的旅人。

皇宫一所一所排列着非常整齐。怎么一个那么不讲纪律的民族，会建筑这么严整的宫廷？我对着一片黄瓦这样想着。不，说不讲纪律未免有点过火，我们可以说这民族是把旧的纪律忘掉，正在找一个新的咧。新的找不着，终久还要回来的。北京房子，皇宫也算在里头，主要的建筑都是向南的，谁也没有这样强迫过建筑者，说非这样修不可。但纪律因为利益所在，在不言中被遵守了。夏天受着解愠的熏风，冬天接着可爱的暖日，只要守着盖房子的法则，这利益是不用争而自来的。所以我们要问，在我们的政治社会里有这样的熏风和暖日吗？

最初在崖壁上写大字铭功的是强盗底老师，我眼睛看着神武门上底几个大字，心里想着李斯。皇帝也是强盗一种，是个白痴强盗。他抢了天下，把自己监禁在宫中，把一切宝物聚在身边，以为他是富有天下。这样一代一代，到头来还是被他底糊涂奴仆，或贪、讨、瞒、偷、换，到连性命也不定保得住。这岂不是个白痴强盗？在白痴强盗底下才会产出大盗和小偷来。一个小偷，多少总要有一点跳女墙钻狗洞的本领，有他的禁忌，有他的信仰和道德。大盗只会利用他的奴性去请托攀缘，自赞赞他，禁忌固然没有，道德更不必提。谁也不能不认盗贼是寄生人类的一种，但最可杀的是那班为大盗之一的斯文贼。他们不像小偷为延命去营鼠雀的生活；也不像一般的大盗，凭着自己的勇敢去抢天下。所以明火打劫的强盗最恨的是斯文贼。这里我又联想到张献忠。有一次他开科取士，檄诸州举贡生员，后至者妻女充院，本犯剥皮，有司教官斩，连坐十家。诸生到时，他要他们在一丈见方的大黄旗上写个帅字，字画要像斗的粗大，还要一笔写成。一个生员王志道缚草为笔，用大缸贮默汁将草笔泡在缸里，三天，再取出来写。果然一笔写成了。他以为讨献忠的喜欢，谁知献忠说："他日图我必定是你。"立即把他杀来祭旗。献忠对待念书人是多么痛快。他知道他们是寄生的寄生。他的使命是来杀他们。

东城西城的天空中，时见一群一群旋飞的鸽子。除去打麻雀、逛窑子、上酒楼以外，这也是一种古典的娱乐。这种娱乐也来得群众化一点。

它能在空中发出和悦的响声，翩翩地飞绕着，教人觉得在一个灰白色的冷天，满天乱飞乱叫的老鸹的讨厌。然而在刮大风的时候，若是你有勇气上景山的最高处，看看天安门楼屋脊上的鸦群，噪叫的声音是听不见，它们随风飞扬，直像从什么大树飘下来的败叶，凌乱得有意思。

万春亭周围被挖得东一沟，西一窟。据说是管宫的当局挖来试看煤山是不是个大煤堆，像历来的传说所传的，我心里暗笑信这说的人们。是不是因为北宋亡国的时候，很多人在城被围时，折毁艮岳的建筑木材去充柴火，所以计划建筑北京的人预先堆起一大堆煤，万一都城被围的时候，人民可以不拆宫殿。这是笨想头。若是我来计划，最好来一个米山。米在万急的时候，也可以生吃，煤可无论如何吃不得。又有人说景山是太行的最终一峰。这也是瞎说。从西山往东几十里平原，可怎么不偏不颇在北京城当中出了一座景山？若说北京的建设就是对着景山的子午，为什么不对北海的琼岛？我想景山明是开紫禁城外的护河所积的土，琼岛也是垒积从北海挖出来的土而成的。

从亭后的树缝里远远看见鼓楼。地安门前后的大街，人马默默地走，城市的喧嚣声，一点也听不见。鼓楼是不让正阳门那样雄壮地挺着。它的名字，改了又改，一会是明耻楼，一会又是齐政楼，现在大概又是明耻楼吧。明耻不难，雪耻得努力。只怕市民能明白那耻的还不多，想来是多么可怜。记得前几年“三民主义”“帝国主义”这套名词随着北伐军到北平的时候，市民看这些篆字标语，好像都明白各人蒙着无上的耻辱，而这耻辱是由于帝国主义的压迫。所以大家也随声附和唱着打倒和推翻。

从山上下来，崇祯殉国地方依然是那棵半死的槐树。据说树上原有一条链子锁着，庚子联军入京以后就不见了。现在那枯槁的部分，还有一个大洞，当时的链痕还隐约可以看见。义和团运动的结果，从解放这棵树发展到解放这民族。这是一件多么可以发人深思的对象呢？山后的柏树发出幽恬的香气，好像是对于这地方的永远供物。

寿皇殿锁闭得严严的，因为谁也不愿意努尔哈赤的种类再做白痴的梦。每年的祭祀不举行了，庄严的神乐再也不能听见，只有从乡间进城来唱秧歌的孩子们，在墙外打的锣鼓，有时还可以送到殿前。

到景山门，回头仰望顶上方才所坐的地方，人都下来了。树上几只很面熟却不认得的鸟在叫着。亭里残破的古佛还坐在那，还有那没人能懂的手印。

（初刊于1934年12月《太白》第1卷第6期）

39

好聪明的北平商人!

刘半农

(1891—1934)

现在的刘半农本来不愿意多管闲事，但到了国难临头国家民族生死存亡之际，心火在内中燃燎着，要叫我不说话，自己抑厄不住。

在北平住了十多年，觉得北平的商人是世界上最聪明，最富于弹性，最不会吃亏，最不会跌倒的理性动物!

二十年来的军阀战斗，北平地方此去彼来，此来彼去，商人先生们照例是对来者即欢迎，对去者即欢送，从来没有过些些的表示。

这且不必说，因为军阀究竟还是我们本国人，胡打过了一阵也就算了。

可是，自从“五卅”以后，抵制日货的口号叫了两三年，各商店始终没有摸摸良心，多卖些本国货，少卖些日本货，所以到了今天，十家铺子里九家堆满了日本货，一旦说声要封存，真要他们的命。

于是乎商会也开会了，请求缓封的代表也派出了。

当真，一旦把这些货物封存了，他们的血本一定要大受损失。但你们的是血本，难道南京上海等处的商人的资本就是叫屁本！若然你们的反对封存是聪明，他们的赞成封存就应该当是傻子。呜呼，智愚之别，其在斯乎！其在斯乎！

但我对于这一点，不十分坚持，只须你们能向负责任的机关做到可以缓封，我也不再多说。我所要研究的是：

到了今天，你们已经有了切实反对日本的决心没有？

我敢斩钉截铁地说：没有，没有！其证据就在你们所用的“仇货”两个字。

夫所谓仇货云者，诚不胜其滑头之至，对于中国人，可以说：“仇国当然是日本，日本以外还有哪一国是咱们的仇国。”对于日本人（假定是日本兵来到了北平），却又可以说：“我们所说的仇国另有所指，并不是你们贵国大日本。瞧，我们铺子里不满是你们贵国货吗？”真聪明，不知道开会的时候哪一位先生绞尽了脑汁才想出来这一个好字眼，谁谓商人不通文墨耶！

不说日本而说仇国，不说日本货而说仇货，这与挖去“打倒日本帝国主义”中“日本”两字而成两个窟窿一样的滑稽，一样的卑劣，一样的无耻。

我索性教会了你们罢！你们可以赶快多开办些日文商业讲习班。目前对于中国人，可以说“我们因为要对付日本，所以不得不加紧学习日本的语言文字”，将来日本兵来到了北平，却可以用为招待贵客的工具，看见日本人进门，可以不说“您来啦”而说“空尼溪瓦”，送日本人出门，可以不说“您走啦”而说“阿里阿笃”，这是何等的方便啊！

朝鲜、安南、印度三个亡国区域我都到过，境内愚蠢的小商人大都只能说土话，必须是聪明人，能说征服国的语言的，才能开设大商店，聪明的北平商人乎，其亦有见及此乎？

第四章

北平杂忆

40

买书

朱自清

（1898—1948）

买书也是我的嗜好，和抽烟一样。但这两件事我其实都不在行，尤其是买书。在北平这地方，像我那样买，像我买的那些书，说出来真寒碜死人；不过本文所要说的既非诀窍，也算不得经验，只是些小小的故事，想来也无妨的。

在家乡中学时候，家里每月给零用一元。大部分都报效了一家广益书局，取回些杂志及新书。那老板姓张，有点儿抽肩膀，老是捧着水烟袋；可是人好，我们不觉得他有市侩气。他肯给我们这班孩子记账。每到节下，我总欠他一元多钱。他催得并不怎么紧；向家里商量商量，先还个一元也就成了。那时候最爱读的一本《佛学易解》（贾丰臻著，中华书局印行）就是从张手里买的。那时候不买旧书，因为家里有。只有一回，不知哪儿来捡《文心雕龙》的名字，急着想看，便去旧书铺访求：有一家拿出一部广州套版的，要一元钱，买不起；后来另买到一部，书品也还好，纸墨差些，却只花了小洋三角。这部书还在，两三年前给换上了磁青纸的皮儿，却显得配不上。

到北平来上学入了哲学系，还是喜欢找佛学书看。那时候佛经流通处在西城卧佛寺街鹫峰寺。在街口下了车，一直走，快到城根儿了，才看见那个寺。那是个阴沉沉的秋天下午，街上只有我一个人。到寺里买了《因明入正理论疏》《百法明门论疏》《翻译名义集》等。这股傻劲儿回味起来颇有意思；正像那回从天坛出来，挨着城根，独自个儿，探险似地穿过许多没人走的碱地去访陶然亭一样。在毕业的那年，到琉璃厂华洋书庄去，看见新版韦伯斯特大字典，定价才十四元。可是十四元并不容易找。想来想去，只好硬了心肠将结婚时候父亲给做的一件紫毛（猫皮）水獭领大氅亲手拿着，走到后门一家当铺里去，说当十四元钱。柜上人似乎没有什么留难就答应了。这件大氅是布面子，土式样，领子小而毛杂——原是用了两副“马蹄袖”拼凑起来的。父亲给做这件衣服，可很费了点张罗。拿去当的时候，也踌躇了一下，却终于舍不得那本字典。想着将来准赎出来就是了。想不到竟不能赎出来，这是直到现在翻那本字典时常引为遗憾的。

重来北平之后，有一年忽然想搜集一些杜诗。一家小书铺叫文雅堂的给找了不少，都不算贵；那伙计是个麻子，一脸笑，是铺子里少掌柜的。铺子靠他父亲支持，并没有什么好书；去年他父亲死了，他本人不大内行，让伙计吃了，现在长远不来了，他不知怎么样。说起杜诗，有一回，一家书铺送来高丽本《杜律分韵》，两本书，索价三百元。书极不相干而索价如此之高，荒谬之至，况且书面上原购者明明写着“以银二两得之”。第二天另一家送来一样的书，只要二元钱，我立刻买下。北平的书价，离奇有如此者。

旧历正月里厂甸的书摊值得看，有些人天天巡礼去。我住得远，每年只去一个下午——上午摊儿少。土地祠内外人山人海摩肩接踵地来往。也买过些零碎东西；其中有一本是《伦敦竹枝词》，花了三毛钱。买来以后，恰好《论语》要稿子，选抄了些寄去，加上一点说明，居然得着五元稿费。这是仅有的一次，买的书赚了钱。

在伦敦的时候，从寓所出来，走过近旁小街。有一家小书店门口摆着一架旧书。上前去徘徊了一下，看见一本《牛津书话选》（*The Book Lovers' Anthology*），烫花布面，装订不马虎，四百多面，本子也不小，准有七八成新，才一先令六便士，那时合中国一元三毛钱，比东安市场旧洋书还贱些。这选本节录许多名家诗文，说到书的各方面的；性质有点像叶德辉氏《书林清话》，但不像《清话》有系统；他们旨趣原是两样的。因为买这本书，结识了那掌柜的；他以后给我找了不少便宜的旧书。有一种书，他找不到旧的，便和我说，他们批购新书按七五扣，他愿意少赚一扣，按九扣卖给我。我没有要他这么办，但是很感谢他的好意。

（原载于1935年1月10日《水星》第1卷第4期）

41

回来杂记

朱自清

（1898—1948）

回到北平来，回到原来服务的学校里，好些老工友见了面用道地的北平话道：“您回来啦！”是的，回来啦。去年刚一胜利，不用说是想回来的。可是这一年来的情形使我回来的心淡了，想象中的北平，物价像潮水一般涨，整个的北平也像在潮水里晃荡着。然而我终于回来了。飞机过北平城上时，那棋盘似的房屋，那点缀着的绿树，那紫禁城，那一片黄琉璃瓦，在晚秋的夕阳里，真美。在飞机上看北平市，我还是第一次。这一看使我联带的想起北平的多少老好处，我忘怀一切，重新爱起北平来了。

在西南接到北平朋友的信，说生活虽艰难，还不至如传说之甚，说北平的街上还跟从前差不多的样子。是的，北平就是粮食贵得凶，别的还差不离儿。因为只有粮食贵得凶，所以从上海来的人，简直松了一大口气，只说“便宜呀！便宜呀！”我们从重庆来的，却没有这样胃口。再说虽然只有粮食贵得凶，然而粮食是人人要吃日日要吃的。这是一个浓重的阴影，罩着北平的将来。但是现在谁都有点儿且顾眼前，将来，管得它呢！

粮食以外，日常生活的必需品，大致看来不算少；不是必需而带点儿古色古香的那就更多。旧家具，小玩意儿，在小市里，地摊上，有得挑选的，价钱合式，有时候并且很贱。这是北平老味道，就是不大有耐心去逛小市和地摊的我，也深深在领略着。从这方面看，北平算得是“有”的都市，西南几个大城比起来真寒碜相了。再去故宫一看，吓，可了不得！虽然曾游过多少次，可是从西南回来这是第一次。东西真多，小市和地摊儿自然不在话下。逛故宫简直使人不想买东西，买来买去，买多买少，算得什么玩意儿！北平真“有”，真“有”它的！

北平不但在这方面和从前一样“有”，并且在整个生活上也差不多和从前一样闲。本来有电车，又加上了公共汽车，然而大家还是悠悠儿的。电车有时来得很慢，要等得很久。从前似乎不至如此，也许是线路加多，车辆并没有比例的加多吧？公共汽车也是来得慢，也要等得久。好在大家有的是闲工夫，慢点儿无妨，多等点时候也无妨。可是刚从重庆来的却有些不耐烦。别瞧现在重庆的公共汽车不漂亮，可是快，上车，卖票，下车都快。也许是无事忙，可是快是真的。就是在排班等着罢，眼看着一辆辆来车片刻间上满了客开了走，也觉痛快，比望眼欲穿的看不到来车的影子总好受些。重庆的公共汽车有时也挤，可是从来没有像我那回坐宣武门到前门的公共汽车那样，一面挤得不堪，一面卖票人还在中途站从容的给争着上车的客人排难解纷。这真闲得可以。

现在北平几家大型报都有几种副刊，中型报也有在拉人办副刊的。副刊的水准很高，学术气非常重。各报又都特别注重学校消息，往往专辟一栏登载。前一种现象别处似乎没有，后一种现象别处虽然有，却不像这儿的认真——几乎有闻必录。北平早就被称为“大学城”和“文化城”，这原是旧调重弹，不过似乎弹得更响了。学校消息多，也许还可以认为有点生意经；也许北平学生多，这么着报可以多销些？副刊多却决不是生意经，因为有些副刊的有些论文似乎只有一些大学教授和研究院学生能懂。这种论文原应该出现在专门杂志上，但目前出不起专门杂志，只好暂时委屈在日报的余幅上：这在编副刊的人是有理由的。在报馆方面，反正可以登载的材料不多，北平的广告又未必太多，多来它几个副刊，一面配合着这古城里看重读书人的传统，一面也可以镇静镇静这多少有点儿晃荡的北平市，自然也不错。学校消息多，似乎也有点儿配合着看重读书人的传统的意思。研究学术本来要悠闲，这古城里向来看重的读书人正是那悠闲的读书人。我也爱北平的学术空气。自己也只是一个悠闲的读书人，并且最近也主编了一个带学术性的副刊，不过还是觉得这么多的这么学术的副刊确是北平特有的闲味儿。

然而北平究竟有些和从前不一样了。说它“有”罢，它“有”贵重的古董玩器，据说现在主顾太少了。从前买古董玩器送礼，可以巴结个一官半职的。现在据说懂得爱古董玩器的就太少了。礼还是得送，可是上了句古话，什么人爱钞，什么人都爱钞了。这一来倒是简单明了，不过不是老味道了。古董玩器的冷落还不足奇，更使我注意的是中山公园和北海等名胜的地方，也萧条起来了。我刚回来的时候，天气还不冷，有一天带着孩子们去逛北海。大礼拜的，漪澜堂的茶座上却只寥寥的几个人。听隔家茶座的伙计在向一位客人说没有点心卖，他说因为客人少，不敢预备。这些原是中等经济的人物常到的地方；他们少来，大概是手头不宽心头也不宽了吧。

中等经济的人家确乎是紧起来了。一位老住北平的朋友的太太，原来是大家小姐，不会做家里粗事，只会做做诗，画画画。这回见了面，瞧着她可真忙。她告诉我，佣人减少了，许多事只得自己干；她笑着说现在操练出来了。她帮忙我捆书，既麻利，也还结实；想不到她真操练出来了。这固然也是好事，可是北平到底不和从前一样了。穷得没办法的人似乎也更多了。我太太有一晚九点来钟带着两个孩子走进宣武门里一个小胡同，刚进口不远，就听见一声："站住！"向前一看，十步外站着一个人，正在从黑色的上装里掏什么，说时迟，那时快，顺着灯光一瞥，掏出来的乃是一把明晃晃的尖刀！我太太大声怪叫，赶紧转身向胡同口跑，孩子们也跟着怪叫，跟着跑。绊了石头，母子三个都摔倒；起来回头一看，那人也转了身向胡同里跑。这个人穿得似乎还不寒碜，白白的脸，年轻轻的。想来是刚走这个道儿，要不然，他该在胡同中间等着，等来人近身再喊"站住！"这也许真是到了无可奈何才来走险的。近来报上常见路劫的记载，想来这种新手该不少罢。从前自然也有路劫，可没有听说这么多。北平是不一样了。

电车和公共汽车虽然不算快，三轮车却的确比洋车快得多。这两种车子的竞争是机械和人力的竞争，洋车显然落后。洋车夫只好更贱卖自己的劳力。有一回雇三轮儿，出价四百元，三轮儿定要五百元。一个洋车夫赶上来说："我去，我去。"上了车他向我说要不是三轮儿，这么远这个价他是不干的。还有在雇三轮儿的时候常有洋车夫赶上来，若是不理他，他会说："不是一样吗？"可是，就不一样！三轮车以外，自行车也大大的增加了。骑自行车可以省下一大笔交通费。出钱的人少，出力的人就多了。省下的交通费可以帮补帮补肚子，虽然是小补，到底是小补啊。可是现在北平街上可不是闹着玩儿的，骑车不但得出力，有时候还得拼命。按说北平的街道够宽的，可是近来常出事儿。我刚回来的一礼拜，就死伤了五六个人。其中王振华律师就是在自行车上被撞死的。这种交通的混乱情形，美国军车自然该负最大的责任。但是据报载，交通警察也很怕咱们自己的军车。警察却不怕自行车，更不怕洋车和三轮儿。他们对洋车和三轮儿倒是一视同仁，一个不顺眼就拳脚一齐来。曾在宣武门里一个胡同口看见一辆三轮儿横在口儿上和人讲价，一个警察走来，不问三七二十一，抓住三轮车夫一顿拳打脚踢。拳打脚踢倒从来如此，他却骂得怪，他骂道：“×你有民主思想的妈妈！”那车夫挨着拳脚不说话，也是从来如此。可是他也怪，到底是三轮车夫罢，在警察去后，却向着背影责问道：“你有权利打人吗？”这儿看出了时代的影子，北平是有点儿晃荡了。

别提这些了，我是贪吃得了胃病的人，还是来点儿吃的。在西南大家常谈到北平的吃食，这呀那的，一大堆。我心里却还惦记一样不登大雅的东西，就是马蹄儿烧饼夹果子。那是一清早在胡同里提着筐子叫卖的。这回回来却还没有吃到。打听住家人，也说少听见了。这马蹄儿烧饼用硬面做，用吊炉烤，薄薄的，却有点儿韧，夹果子（就是脆而细的油条）最是相得益彰，也脆，也有咬嚼，比起有心子的芝麻酱烧饼有意思得多。可是现在劈柴贵了，吊炉少了，做马蹄儿并不能多卖钱，谁乐意再做下去！于是大家一律用芝麻酱烧饼来夹果子了。芝麻酱烧饼厚，倒更管饱些。然而，然而不一样了。

1946年10月28日作

（原载于1946年11月10日《大公报》副刊《星期文艺》第5期）

42

“死城”（北京的一晚）

徐志摩

（1897—1931）

廉枫站在前门大街上发怔。正当上灯的时候，西河沿的那一头还漏着一片焦黄。风算是刮过了，但一路来往的车辆总不能让道上的灰土安息。他们忙的是什么？翻着皮耳朵的巡警不仅得用手指，还得用口嚷，还得旋着身体向左右转。翻了车，碰了人，还不是他的事？声响是杂极了的，但你果然当心听的话，这匀匀的一片也未始没有它的节奏;有起伏，有波折，也有间歇。人海里的潮声。廉枫觉得他自己坐着一叶小艇从一个涛峰上颠渡到又一个涛峰上。他的脚尖在站着的地方不由的往下一按，仿佛信不过他站着的是坚实的地土。

在灰土狂舞的青空兀突着前门的城楼，像一个脑袋，像一个骷髅。青底白字的方块像是骷髅脸上的窟窿，显著无限的忧郁，廉枫从不曾想到前门会有这样的面目。它有什么忧郁？它能有什么忧郁。可也难说，明陵的石人石马，公园的公理战胜碑，有时不也看得发愁？总像是有满肚的话无从说起似的。这类东西果然有灵性，能说话，能冲着来往人们打哈哈，那多有意思？但前门现在只能沉默，只能忍受——忍受黑暗，忍受漫漫的长夜。它即使有话也得过些时候再说，况且它自己的脑壳都已让给蝙蝠们、耗子们做了家，这时候它们正在活动——它即使能说话也不能说。这年头一座城门都有难言的隐衷，真是的！在黑夜的逼近中，它那壮伟，它那博大，看得多么远，多么孤寂，多么冷。

大街上的神情可是一点也不见孤寂，不见冷。这才是红尘，颜色与光亮的一个斗胜场，够好看的。你要是拿一块绸绢盖在你的脸上再望这一街的红艳，那完全另是一番景象。你没有见过威尼市大运河上的晚照不是？你没有见过纳尔逊大将在地中海口轰打拿破仑舰队不是？你也没有见过四川青城山的朝霞，英伦泰晤士河上雾景不是？好了，这来用手绢一护眼看前门大街——你全见着了。一转手解开了无穷的想象的境界，多巧！廉枫搓弄着他那方绸绢。不是不得意他的不期的发现。但他一转身又瞥见了前门城楼的一角，在灰苍中隐现着。

进城吧。大街有什么好看的？那外表的热闹正使人想起丧事人家的鼓吹，越喧阗越显得凄凉。况且他自己的心上又横着一大饼的凉，凉得发痛。仿佛他内心的世界也下了雪，路旁的树枝都蘸着银霜似的。道旁树上的冰花可真是美；直条的，横条的，肥的瘦的，梅花也欠他几分晶莹，又是那恬静的神情，受苦还是含笑。可不是受苦，小小的生命躲在枝干最中心的纤维里耐着风雪的侵凌——它们那心窝里也有一大饼的凉，但它们可不怨；它们明白，它们等着，春风一到它们就可抬头，它们知道，荣华是不断的，生命是悠久的。

生命是悠久的。这大冷天，雪风在你的颈根上直刺，虫子潜伏在泥土里等打雷，心窝里带着一饼子的凉，你往哪儿去？

上城墙去望望不好吗？屋顶上满铺着银，僵白的树木上也不见恼人的春色，况且那东南角上亮亮的不是上弦的月正在升起吗？

月与雪是有默契的。残破的城砖上停留着残雪的斑点，像是无名的伤痕，月光淡淡的斜着来，如同有手指似的抚摩着它的荒凉的伙伴。猎夫星正从天边翻身起来，腰间翘着箭囊，卖弄着他的英勇。西山的屏峦竟许也望得到，青青的几条发丝勾勒着沉郁的暝色，这上面悬照着太白星耀眼的宝光。灵光寺的木叶，秘魔岩的沉寂，香山的冻泉，碧云山的云气，山坳间或有一星二星的火光；在雪意的惨淡里点缀着惨淡的人迹……这算计不错，上城墙去，犯着寒，冒着夜。黑黑的，孤零零的，看月光怎样把我的身影安置到雪地里去，廉枫正走近交民巷一边的城根，听着美国兵营的溜冰场里的一阵笑响，忽然记起这边是帝国主义的禁地，中国人怕不让上去。果然，那一个长六尺高一脸糟瘢守门兵只对他摇了摇脑袋，磨着他满口的橡皮，挺着胸脯来回走他的路。

不让进去，辜负了，这荒城，这凉月，这一地的银霜。心头那一饼还是不得疏散。郁得更凉了。不到一个适当的境地你就不敢拿你自己尽量的往外放，你不敢面对你自己；不敢自剖。仿佛也有个糟瘢脸的把着门哪。他不让进去。有人得喝够了酒才敢打倒那糟瘢脸的。有人得仰仗迷醉的月色。人是这软弱。什么都怕，什么都不敢当面认一个清切；最怕看见自己。得！还有什么地方可去的？敢去吗？

廉枫抬头望瞭望星。疏疏的没有几颗。也不显亮。七姊妹倒看得见，挨得紧紧的，像一球珠花。顺着往东去不好吗？往东是顺的。地球也是这么走。但这陌生的胡同在夜晚。觉得多深沉，多窈远。单这静就怕人。半天也不见一副卖萝卜或是卖杂吃的小担。他们那一个小火，照出红是红青是青的，在深巷里显得多可亲，多玲珑，还有他们那叫卖声，虽则有时曳长得叫人听了悲酸，也是深巷里不可少的点缀。就像是空白的墙壁上挂上了字画，不论精粗，多少添上一点人间的趣味。你看他们把担子歇在一家门口，站直了身子，昂着脑袋，咧着大口唱——唱得脖子里筋都暴起了。这来邻近哪家都不能不听见。那调儿且在那空气里转着哪——他们自个儿的口鼻间蓬蓬的晃着一团的白云。

今晚什么都没有。狗都不见一只。家门全是关得紧紧的。

墙壁上的油灯——一小米的火——活像是鬼给点上的。方便鬼的。骡马车碾烂的雪地，在这鬼火的影映下，都满是鬼意。鬼来跳舞过的。化子们叫雪给埋了。口袋里有的是铜子，要见着化子，在这年头，还有不布施的？静：空虚的静，墓底的静。这胡同简直没有个底。方才拐了没有？廉枫望了望星知道方向没有变。总得有个尽头，赶着走吧。

走完了胡同到了一个旷场。白茫茫的。头顶星显得更多更亮了。猎夫早就全身披挂的支起来了，狗在那一头领着路。大熊也见了。廉枫打了一个寒噤。他走到了一座坟山。外国人的，在这城根。也不知怎么的，门没有关上。他进了门。这儿地上的雪比道上的白得多，松松的满没有斑点。月光正照着，墓碑有不少，疏朗朗的排列着，一直到黑巍巍的城根。有高的，有矮的，也有雕镂着形象的。悄悄的全戴着雪帽，盖着雪被，悄悄的全躺着。这倒有意思，月下来拜会洋鬼子，廉枫叹了一口气。他走近一个墓墩，拂去了石上的雪，坐了下去。石上刻着字，许是金的，可不易辨认。廉枫拿手指去摸那字迹。冷极了！

那雪腌过的石板啄墨纸似的猛收着他手指上的体温。冷得发僵，感觉都失了。他哈了口气再摸，仿佛人家不愿意你非得请教姓名似的。摸着了，原来是一位姑娘。FRAULEIN ELIZA BERKSON。还得问几岁，这字小更费事，可总得知道。早三年死的二十八除六是二十二。呀，一位妙年姑娘，才二十二岁的！廉枫感到一种奇异的战栗，从他的指尖上直通到发尖；仿佛身背着一个黑影子在晃动。但雪地上只有淡白的月光，黑影子是他自己的。

做梦也不易梦到这般境界。我陪着你哪，外国来的姑娘。

廉枫的肢体在夜凉里冻得发了麻，就是胸潭里一颗心热热的跳着，应和着头顶明星的闪动。人是这软弱他非得要同情。盘踞在肝肠深处的那些非得要一个尽情倾吐的机会。活的时候得不着，临死，只要一口气不曾断，还非得招承、眼珠已经褪了光，发音都不得清楚，他一样非得忏悔。非得到永别生的时候人才有胆量，才没有顾忌。每一个灵魂里都安着一点谎。谎能进天堂吗？你不是也对那穿黑长袍胸前挂金十字的老先生说了你要说的话才安心到这石块底下躺着不是，贝克生姑娘？我还不死哪。

但这静定的夜景是多大一个引诱！我觉得我的身子已经死了，就只一点子灵性在一个梦世界的浪花里浮萍似的飘着。空灵，安逸。梦世界是没有墙围的，没有涯涘的。你得宽恕我的无状，在昏夜里踞坐在你的寝次，姑娘。但我已然感到一种超凡的宁静，一种解放，一种莹澈的自由。这也许是你的灵感——你与雪地上的月影。

我不能承受你的智慧，但你却不能吝惜你的容忍。我不是你的谁，不是你的朋友，不是你的相知，但你不能不认识我现在向你诉说的忧愁，你——廉枫的手在石板的一头触到了冻僵的一束什么。一把萎谢了的花——玫瑰。有三朵，叫雪给腌僵了。他亲了亲花瓣上的冻雪。我羡慕你在人间还有未断的恩情，姑娘但这也是个累赘，说到彻底的话。这三朵香艳的花放上你的头边——他或是你的亲属或是你的知己——你不能不生感动不是？我也曾经亲自到山谷里去采集野香去安放在我的她的头边。我的热泪滴上冰冷的石块时，我不能怀疑她在泥土里或在星天外也含着悲酸在体念我的情意。但她是远在天的又一方，我今晚只能借景来抒解我的苦辛。

人生是辛苦的。最辛苦是那些在黑茫茫的天地间寻求光热的生灵。可怜的秋蛾，它永远不能忘情于火焰。在泥草间化生，在黑暗里飞行，抖擞着翅羽上的金粉——它的愿望是在万万里外的一颗星。那是我。见着光就感到激奋，见着光就顾不得粉脆的躯体，见着光就满身充满着悲惨的神异、殉献的奇丽——到火焰的底里去实现生命的意义。那是我。天让我望见那一柱光！那一个灵异的时间！“也就一半句话，甘露活了枯芽。”

我的生命顿时豁裂成一朵奇异的愿望的花。“生命是悠久的”，但花开只是朝露与晚霞间的一段插话。殷勤是夕阳的顾盼，为花事的荣悴关心。可怜这心头的一撮土，更有谁来凭吊？“你的烦恼我全知道，虽则你从不曾向我说破；你的忧愁我全明白，为你我也时常难受。”清丽的晨风，吹醒了大地的荣华！“你耐着吧，美不过这半绽的蓓蕾。”“我去了，你不必悲伤，珍重这一卷诗心，光彩常留在星月间。”她去了！光彩常在星月间。

陌生的朋友，你不嫌我话说得晦涩吧。我想你懂得。你一定懂。月光染白了我的发丝，这枯槁的形容正配与墓墟中人作伴；它也仿佛为我照出你长眠的宁静……那不是我那她的眉目？

迷离的月影，你何妨为我认真来刻划个灵通？她的眉目；我如何能遗忘你那永诀时的神情！竟许就那一度，在生死的边沿，你容许我怀抱你那生命的本真；在生死的边沿你容许我亲吻你那性灵的奥隐；在生死的边沿，你容许我哺啜你那妙眼的神辉。

那眼，那眼！爱的纯粹的精灵迸裂在神异的刹那间！你去了，但你是永远留着。从你的死，我才初次会悟到生。会悟到生死间一种幽玄的丝缕。世界是黑暗的，但我却永久存储着你的不死的灵光。

廉枫抬头望着月。月也望着他。青空添深了沉默。城墙外仿佛有一声鸦啼，像是裂帛，像是鬼啸。墙边一枝树上抛下了一捧雪，亮得辉眼。这还是人间吗？她为什么不来，像那年在山中的一夜？

“我送别她归去，与她在此分离，

在青草里飘拂，她的洁白的裙衣。”

诡异的人生！什么古怪的梦！希望在你擎上手掌估计分量时，已经从你的手指间消失，像是发珠光的青汞。什么都得变成灰，飞散，飞散，飞散……我不能不羡慕你的安逸，缄默的墓中人！我心头还有火在烧，我怀着我的宝；永没有人能探得我的痛苦的根源，永没有人知晓，到那天我也得瞑目时，我把我的宝还交给上帝：除了他更有谁能赐与，能承受这生命的生命？

我是幸福的！你不羡慕我吗，朋友？

我是幸福，因为我爱，因为我有爱。多伟大，多充实的一个字！提着它胸肋间就透着热，放着光，滋生着力量。多谢你的同情的倾听。长眠的朋友，这光阴在我是稀有的奢华。这又是北京的清静的一隅。在凉月下，在荒城边，在银霜满树时。

但北京——廉枫眼前又扯亮着那狞恶的前门。像一个脑袋，像一个骷髅。丧事人家的鼓乐。北海的芦苇。荣叶能不死吗？在晚照的金黄中，有孤鹜在冰面上飞。销沉，销沉。更有谁眷念西山的紫气？她是死了——一堆灰。北京也快死了——准备一个钵盂，到枯木林中去安排它的葬事。有什么可说的？再会吧，朋友，还有什么可说的？

他正想站起身走，一回头见进门那路上仿佛又来了一个人影。肥黑的一团在雪地上移着，迟迟的移着，向着他的一边来。

有树拦着，认不真是什么，是人吗？怪了，这是谁？在这大凉夜还有与我同志的吗？为什么不，就许你吗？可真是有些怪，它又不动了，那黑影子绞和着一棵树影，像一个大包袱。不能是鬼吧。为什么发噤，怕什么的？是人，许是又一个伤心人，是鬼，也说不定它别有怀抱。竟许是个女子，谁知道！在凉月下，在荒冢间，在银霜满地时。它伛偻着身子哪，像是捡什么东西。不能是个化子——化子化不到墓园里来。唷，他转过来了！

他过来了，那一团的黑影。走近了。站定了，他也望着坐在坟墩上的那个发楞哪。是人，还是鬼，这月光下的一堆？他也在想。“谁？”粗糙的，沉浊的口音。廉枫站起了身，哈着一双冻手。“是我，你是谁？”他是一个矮老头儿，屈着肩背，手插在他的一件破旧的破袋里。“我是这儿看门的。”

他也走到了月光下。活像《哈姆雷德》里一个掘坟的，廉枫觉得有趣，比一个妙年女子，不论是鬼是人，都更有趣。“先生，你什么时候进来的？我怕是睡着了，那门没有关严吗？”“我进来半天了。”“不凉吗您坐在这石头上？”“就你一个人看着门的？”“除了我这样的苦小老儿，谁肯来当这苦差？”“你来有几年了？”“我怎么知道有几年了！反正老佛爷没有死，我早就来了。这该有不少年份了吧，先生？我是一个在旗吃粮的，您不看我的衣服？”“这儿常有人来不？”“倒是有。除了洋人拿花来上坟的，还有学生也有来的，多半是一男一女的。天凉了就少有来的了。你不也是学生吗？”他斜着一双老眼打量廉枫的衣服。“你一个人看着这么多的洋鬼不害怕？”老头他乐了。这话问得多幼稚，准是个学生，年纪不大。“害怕？人老了，人穷了，还怕什么的！再说我这还不是靠鬼吃一口饭吗？靠鬼，先生！”“你有家不，老头儿！”“早就死完了。死干净了。”“你自己怕死不，老头儿？”老头又乐了。“先生，您又来了！人穷了，人老了，还怕死吗？你们年轻人爱玩儿，爱乐，活着有意思，咱们哪说得上？”他在口袋里掏出一块黑绢子擤着他的冻鼻子。这声音听大了。城圈里又有回音，这来坟场上倒添了不少生气。那边树上有几只老鸦也给惊醒了，亮着他们半冻的翅膀。“老头，你想是生长在北京的吧？”“一辈子就没有离开过。”“那你爱不爱北京？”老头简直想咧个大嘴笑。这学生问的话多可乐！爱不爱北京？人穷了，人老了，有什么爱不爱的？“我说给您听听吧！”他有话说。

“就在这儿东城根，多的是穷人、苦人。推土车的、推水车的、住闲的、残废的，全跟我一模一样的，生长在这城圈子里，一辈子没有离开过。一年就比一年苦，大米一年比一年贵。土堆里煤渣多捡不着多少。谁生得起火？有几顿吃得饱的？夏天还可对付，冬天可不能含糊。冻了更饿，饿了更冻。又不能吃土。就这几天天下大雪，好，狗都瘪了不少！”老头又擤了擤鼻子，“听说有钱的人都搬走了，往南，往东南，发财的、升官的，全去了。穷人苦人哪走得了？有钱人走了他们更苦了，一口冷饭都讨不着。北京就像个死城，没有气了，您知道！哪年也没有本年的冷清。您听听，什么声音都没有，狗都不叫了！前儿个我还见着一家子夫妻俩带着三个孩子饿急了，又不能做贼，就商量商量借把刀子破肚子见阎王爷去。可怜着哪，那男的一刀子捅了他媳妇的肚子，肠子漏了，血直冒，算完了一个，等他抹回头拿刀子对自个儿的肚子撩，您说怎么了，那女的眼还睁着没有死透，眼看着她丈夫拿刀扎自己，一急就拼着她那血身体向刀口直推，您说怎么了，她那手正冲着刀锋，快着哪，一只手，四根手指，就让白萝卜似的给劈了下来，脆着哪！那男的一看这神儿，一心痛就痛偏了心，掷了刀回身就往外跑，满口疯嚷嚷的喊救命，这一跑谁知他往哪儿去了，昨儿个盔甲厂派出所的巡警说起这件事都撑不住淌眼泪哪。同是人不是，人总是一条心，这苦年头谁受得了？苦人倒是爱面子，又不能偷人家的。真急了就吊，不吊就往水里淹，大雪天河沟冻了淹不了，就借把刀子抹脖子拉肚肠根。是穷末，有什么说的？好，话说回来了，您问我爱不爱北京。人穷了，人苦了，还有什么路走？爱什么！活不了，就得爱死！我不说北京就像个死城吗？我说它简直死定了！我还掏了二十个大子给那一家三小子买窝窝头吃。才可怜哪！好，爱不爱北京？北京就是这死定了，先生！还有什么说的？”

廉枫出了坟园低着头走，在月光下走了三四条老长的胡同才雇到一辆车。车往西北正顶着刀尖似的凉风。他裹紧了大衣，烤着自己的呼吸，心里什么念头都给冻僵了。有时他睁眼望望一街阴惨的街灯，又看看那上年纪的车夫在滑溜的雪道上顶着风一步一步的挨，他几回都想叫他停下来自己下去让他坐上车拉他，但总是说不出口。半圆的月在雪道上亮着它的银光。夜深了。

（原载于1929年1月《新月》第1卷第11期，收入《轮盘》）

43

故都之旅

孔另境

（1904—1972）

·一·

一所伟大的古城

从天津到北平，约二百四十里路程，有铁道直达，交通十分方便。我到天津两个月之后，即有故都之旅。

春已经烂熟了。

平津车的设备比前次的津沽好得多，可是乘客老是那么拥挤。记得从前乘平汉车的时候，乘客买了票争不到座位，于是全都挤上了车顶去，任受风吹打，一不小心还会滚落车轮下去做枉死鬼。这原因据说并不是他们不要等空一些的车再趁，而因为这平汉车是终年如此拥挤的缘故。中国路政的腐败，中国人性命的不值钱，于此可见一斑。平津车虽没有平汉车这种凄惨的情形，但车厢里的挤轧也够使人难受了。座位上固然挤得结结实实，即两条过道上也站坐的水泄不通，幸而事先争得一个座次，但结果比站着两个半钟头更其痛苦。这话怎么说呢？因为每个座位面前就站着别人的身体，你稍一动弹就会碰撞人家；甚至有的会把半个身子的重量都压住在你的肩膀或什么上面，骂斥他是没有用的，躲避也无从躲避起，结果只有用自己的气力来支持他所加的重量，等到下车的时候，不但腿足酸痛不堪，就是你的上半也仿佛已不是属于自己所有了。至于空气的恶浊，叫嚣的烦扰，尤在其次的了。所以趁一次火车，要等于和病魔恶斗一场，或者更难受些。这情形自然不是指每班车都是如此，也有比较闲空一点的时候，然而我这次的旅行却确实受到这么难堪的情形了。至于坐得起头二等的阔客们，自然闻不到这边的一点汗臭，还大可以躺在沙发上做一场春梦哩。

被这么沉浊的雾气笼罩住的我，甚么思绪都引不起来，只有诚挚的祷祝火车引擎转动得快些，把我从这难境中早点拯救出来。幸而还好，火车走了两个半钟头，已开进北平的外城了。时光恰在正午，我逃难似的挤下月台，才深长的透吸了一口气觉着很新鲜的空气。一看，是正阳门车站。

走出车站，坐上洋车（北平人呼人力车为洋车，与天津人呼胶皮又不相同了），仰头就望见正门上边的城楼，那样子，和前门牌香烟上画着的一模一样，楼凡三层，飞金画栋，庄严而又伟大。洋车从城洞中穿过，那城洞足足有好几丈深，两扇城门既厚且大。一旦把它关闭，仿佛真能挡得住大炮的轰击似的。小时候看见县城的城门，已惊羡它的伟大，现在把它来和这都城的城门一比较，又不免有小巫见大巫之羞了。

北平街道的宽度，在我所走过的城市中要算第一的，现在因为有几处的皇城已经拆卸了的缘故，那马路的宽度更其显得异常。我虽然没曾去实地测量，但目测起来，仿佛它足可容十几辆车并列起来开驶。这样宽阔的马路自然并不多，大概都是为了从前皇帝御驾经过而设，大部分的北平马路却是十分卑陋的，地上铺的是煤屑，有的甚至什么也没有铺上，在马路两旁还印着尺多深的四条槽道，这是由于往来不息的骡车的轮盘所造成。北平的泥土好似比别处特别来的松散，我们要是在马路上步行起来，那些松散的沙土就可以把你的鞋子吞没下去，天一下雨，则这些松散的沙土都变成泥浆了，所以形容北平的街道有两句俗谚说“天晴沙没胫，一雨便成浆”，的的确确是写实的呢。

北平的交通道除了马路以外，重要的还有胡同（胡同似以蒙古话，义即弄巷）。这些胡同都是弯弯曲曲，前后左右，四通八达，数目之多，名称之繁且奇，在一个初到北方的人无论如何要觉得惊异的。这种胡同，我们要把它想象得太小，有几条既阔又长，和马路大不相上下的，它里边大部自然是住家，但也有商店，甚至还有形成一条市面的，政府衙门之做在胡同里的也很多。所以北平的胡同，它负担的交通责任实在比马路更其重大，有了它，才完成了北平市的交通网。我坐的洋车，几乎没曾走什么马路，尽是跑在胡同里边，他从这条胡同进去，那条胡同出来，犹如穿梭一般。我连记认胡同的名字儿也来不及，起初还想记住所走的方向，后来索性被他穿得糊涂起来了。

车子穿越了几处十字路，那里的马路中央都建筑着高高的牌楼，有些已经十分古旧斑剥了，有些却好似经新近涂饰过的，点缀着大红大绿的颜色，显示出华贵和庄严。但要说到最给我庄严之感的，却不能不推经过紫禁城时的一瞥了。（紫禁城一名宫城，它是处于最中心的一圈城，即昔日帝王的居处，又称大内；包围它的有皇城，周十八里；在皇城之外的一圈，名内城，周四十里；环内城之南的，名外城，周二十八。故北平城共四圈，成凸字形。）这个城到现在还十分完好，虽然并不高大，但建筑得异常坚固。城之四角，都建有城楼，画栋雕梁，雄伟富丽，看去也像近日重修的。环绕城外的有一条护城河，很宽阔，水流却不顺畅。城内外的交通，全靠四个城门口的四座石桥，其他无可飞渡之处，那城门高大异常，全部都漆成了朱红色，门上满钉着闪耀金光的铁钉，中间装着有面盆大的两个铁环，也涂着一层金色。总之一看这城门，就会使人们想起帝王的尊严来。我不知北平的执政者，为什么还要把这些前朝遗下来的骨董油漆得如此新鲜，无怪有人说，一进北平城就满眼是封建意味了。

还有一点也算是北平特色的，就是沿路所见的朱色大门了，北平的住家几十之七八都漆得这种朱红大门，颜色之鲜艳，望之刺耀眼帘，看去固然是华贵悦目，但同时仿佛会暗示出一种浓厚的官僚气息来。我一路上望着这些朱门，不自觉地带出两句旧诗：“朱门酒肉臭，路有冻死骨！”

在路上看了足足个把钟头的街景，车子才停歇到我的友人的家门口，从车子上下来透了一口深长的气，这时脑膜上浮出了一个结论：北平真不愧为一所东亚最伟大的古城啊！

·二·

皇宫

到北平的第二天没有出游，原因是受了昨天火车里的挤轧，身体觉得有些软绵绵似的提不起精神来。但一到第三天，精神又完全恢复了常态了。虽然女主人还怕我跑路累乏，定要我再休息一天，可是我却仿佛“游虫”已爬到喉管口似的，无论如何也不愿意，结果他们拗不过我的顽性，只能答应我的要求。我还听见她进去换衣服的时候，叹了一口似对顽劣孩子的又可恨又爱怜的长气。我是应该多么感谢他们的挚情呵！

同行的有费先生费夫人和他们的一位小姐，她仅只十四五岁，还是一位天真烂漫的孩子。

时间还不过上午九时模样，天色晴朗。

商定先去故宫。

进故宫的路共分中东西三条，按日开放一路，券资五角。今天恰值东路开放，所以我们也只好去游玩东路的一部分故宫。据说最好玩的还是中路，有三大殿等胜迹，不过既然偏不巧，也是没有法子的事。

走进昨日车子上见过的城门——东华门——里面是一条大路，路的两旁尽是荒草没胫的旷地，这凄凉的景象，是我未入城门前所万万想不到的，和城外所见的彩色纷飞的城楼城门极不相称，可见中国人之只图外表，真不虚语呵！走过了这荒芜的长道后，才看见一座座分列着的宫殿之类，我现在已完全忘记了这许多宫和殿的名字，总之这些宫殿的形式大概都有是相仿的，不过有高大和矮小的分别罢了。这些宫殿结构的形状，和平日所见的寺院里的殿堂一般无二，不过它比较更大了一些。记得有一个殿比较是最高大，仿佛记得叫皇极殿，栋梁上都盘着金龙，中间还设着龙椅，但是光线之暗也以此殿为最甚。一般宫殿里的光线大概都是极不充分的，无怪外官来朝见天子的时候，怎么也认不清高高坐在殿里的龙颜的真面目了。

在一个什么宫里，有一间当年皇帝的卧房。房间的中央设着一张皇帝睡的龙床，四周放些并没有什么出奇的桌椅之类，据说这些陈设，都是照当时的原样，丝毫也未曾动过。但据我看来，这些布置还着实抵不过上海资产阶级家庭里的卧室，所谓龙床也绝赶不上现在的一只新式铜床，从前想象中的皇帝生活，现在眼中的也不过如此这般而已。

各个宫殿里都满设着许多宫内的用具之类东西，还有些从前各朝帝王画像，刀斧盔甲等等，所谓内宫珍宝，其实也看不见什么特别珍异的，或许都在三大殿里也未可知。后来在一个什么殿里，被我发现了一本有趣味的小簿子，它里边记着皇帝每夜的小便次数，而且还记着时刻，据同行的费先生说，这是值夜的小太监的工作。此事虽小，但也可见万民之主的皇帝，毕竟有些和常人不同的地方，然而这究竟多么无聊呵！

我们因为要赶着出来吃午饭，所以仅是走马看花地兜了一个圈子，不过我也觉得没有什么遗憾，因为从前是神怪不可侵犯的禁地——皇宫，现在终算踏过看过了，也无非是寺院式的一堆破房屋而已。

走出城门，回头一望，觉得所谓皇宫者，和一所大规模的监狱究竟有什么不同呢！

·三·
三海

现在人的福气要和从前人的比较起来，那末真可以说得上一句“宁作现代狗，不做古时人”的。这话如何说起呢？因为现代物质文明飞进的结果，从前人想不到看不见的东西，现代人却只作家常便餐了。比如汽车和火车，从前人如何能想到赶路可不用劳力而转瞬之间就可以达到目的地呢？现在却不但人，连猫狗也可享受到这种幸福了。又比如此刻要去的三海，从前只是皇帝去游乐的禁地，现在却只要身边摸得出二十枚铜元，都有进去随意赏玩的福气了。

我们在参观皇宫的午后，就去游这三海公园。所谓三海，就是太液池的俗称，共分为北海中海南海三部，现在北海和中南海已划分为二，中间有一个马路和一座御河桥把它们分隔着，我们因顺道，故先去北海。

从北海后门进去，面前就是太液池，这日因天气晴和，池里已有不少的小艇在荡漾着。我们沿了池岸的路踱去，只见古树夹道，游人三五成群，往来不绝，也有年青的男女，骈坐在树下歇椅上絮语谈笑，一种亲昵快乐的情状，仿佛告诉我们春天到了。

不错，此刻的时令确已到了暮春三月，照南方的气候说，正是还带着寒意，杨柳梢头仅只发出寥寥似豆大的几点嫩叶，所以有人说北方是没有春天的，大概也非过分的说法了。

我们一路上谈着北海风景，如濠濮涧、五龙亭、琼华岛等的掌故，一边看看游人们的那种悠闲自得的清兴，不觉自己的身也已踱到五龙亭边。五龙亭是一排五个亭子的总称，地位是处于园之西北角上，它们一个接着一个地排列着，仿佛是太液池的五颗门牙。因为亭前就是清澄澄的池水，所以景色也格外觉得玲珑，游人多喜在那里歇脚了。有一二个亭子里已摆设着茶座，生意却不见怎么好，虽有三数游客品茗，也并不能引起茶役们的兴味，他们兀自丛聚在一堆谈闲，对于这一点生意现出满不在乎的样子。

我们顺次走入每个亭子里去视察一周，觉得五个亭子的构造各个不同。它们的体积比普通的亭子大，造法也相异，每个亭里都盖着一层天花板，在天花板的小方格内，绘画着各种不同姿势的金龙。因为年久失修，这几个亭子满现出灰黯斑剥的凄凉气味来。

大概北平的一切宫殿建筑之类，说它能表现出多少伟大的气氛来，是不会错的；要说它的构造得如何美观实用，我就不能同意了。除了各种建筑的顶上，都盖着或黄或绿的圆筒形琉璃瓦，在我觉得确是特别的美丽以外，整个北平的建筑，就完全象征了目前中国的衰老贫血的姿态。

后来我们又从旧路绕到公园的下面，从石桥踱跨到琼华岛。这岛的面积极大，中间是一座由泥土堆成的山阜，在它的顶上筑着一座白塔，形状宛如葫芦。登在塔座之旁瞭望，可以把北平的全景都收入眼底。和白塔的高度相仿佛的，是北海旁的一座景山，上面建有一个亭子，说明末思宗就是自缢在这亭子里的。从白塔望去，可以把景山顶看的极其清楚，那上边，充满了一种颓败和萧条，不禁要使人引起深长的怀念来。

岛之后面为漪澜堂，面临清池。我们没走进堂里去，只从它的一条极长极长的回廊里走了一转。回廊里也设有茶座，可倚栏远眺，俯视游鱼，若夏夜能在此乘凉闲话，确也不失为人间仙子的福分了。

走出北海公园的正门，雇车抵西长安街的中南海公园的前门。中海和南海因地势的关系，合并为一个公园。听同行的费先生说，这两海的风景都是平常的很，远不及北海一角。不过我们既然走了一海，也不能不附带来把这两海过过眼了。

进门先见的是南海，海中有小岛名瀛台，清朝的孝钦后因愤变法维新，曾将德宗皇帝幽禁在这岛里边。岛的面积不大，上面盖有宫殿式的一丛房屋，因为通岛处已被锁断，故游人不能入内我们也只有遥对它瞻望了一番。

过去就是中海，海中也有一岛，现在已忘记了它的名字。南海之旁，尚有突向海中的一块半岛形的陆地，上面建筑着一个万寿殿，楼阁巍峨，昔时总统府即设于此。现在已被好几个机关占据为办事处，所以把我们想进去参观的念头也打消了。

中南海公园里虽也古木参天，风景清雅。但一来因为有北海的印象在前；二来它里面的旷地太多，使人要发生一种寂寥之感；三则它里面可以使游人歇脚瞻仰的地方，一个也不能挤进去，游人仅只在露天之下踱踱。有这种种原因，自然不能引起游人们的好评了。看它里面，仅仅几个可以数得清的游人，就可知一般人对它的兴味是多么冷淡的了。

游完了三海，四个人的腿实在也都在叫饶了，不过费先生的意思，以为时间还将近四点，何不趁此机会爽性把邻近的一个中山公园也跑完一次了。我看看费夫人和费小姐倒也还剩着一团兴致，于是首先表赞同。

中山公园原名中央公园，现在的时髦名字是国民革命军到北平以后才改的。自然在从前也是皇帝的御园，现在却和三海一例，只要二十枚铜元就可进去了。

中山公园的风味和前两个公园不同，前两者富自然形胜之美，后者却多人工纤巧之丽。我们走入前两者公园里，它们辽阔的面积和山水的布置，仿佛可使人忘记身在园中，但一入中山公园，就可突然使我们清醒过来，我们的身子是的的确确走在华贵的人类之乐园里了。

中山公园的面积并不大，但它的匠心布置，真可以说得上穷极精研四个字的。当我们一入大门的时候，最先映入眼帘来的，是朱漆的曲折游廊，异常富丽和堂皇。远望过去，则楼台亭榭，隐约于古树丛中，游人三五漫步其间，忽隐忽现，这种优美的景象，自身也会起一种仿佛走入图画之中的感觉。也只有在这里，才使我们羡慕起从前帝王的生活来。

我们越过了游廊，那里接着一所台榭之类的建筑；台榭之旁，蓄有数十大缸的异种金鱼；再几步，又有花圃，在三海里见不到一枝人工培植的花草，这里却异草奇花多不胜数。

再前行，是一座水池，池中养有一群白鸭，数对鸳鸯，浮沉仰泳，可以给人们一种生动的感觉。过此则为游道，道之两旁尽属大逾合抱的古柏，据说都是数百年前的明柏，比起三海中的古树来更见苍老伟大得多。凡在树荫空隙之地，都设有茶座。费夫人向她的丈夫提议，给我们找一处歇一歇脚的地方，我自然也巴不得这一声，只有费小姐倒还像满不在乎，结果选定了一处十字路旁边，意思是要不太寂寞，可以望得到来来往往的游人。原来走长路的秘诀是中间停歇不得，一停歇就会发生再也没有再走的勇气了。我们今天等于走了半天长距离的路程，现在一停下脚来，顿觉浑身疲备起来，腿也酸痛了，头也昏胀了，身子也有点不由自主了。全身好像患了瘫痪病一般。这时的心想，最好是躺下来睡一觉，旁的什么事情再也钻不进我的脑壳里来了。费先生还鼓着余勇来问我这里如何那里怎样，而我却只有有口无心地随声应和他几句。

这一歇，因我的要求，费夫人的原谅，足足有一点多钟。平日那种评头品足的话，也不愿意再说一句，仿佛没有这一歇，我就会路毙在公园里似的，其实这就是人类的贱骨相呵！

回出大门，自然是四辆洋车。在车上，我倒像又清醒过来似的，暗暗对中山公园的整齐的美赞叹起来。我以为北平的公园，无论是结构布置，花草树木，都比较上海的几个外国公园来得美好，即使是最不给好评的中南海公园，也较兆丰公园高强得多了。居住北平的人们，我真羡慕他们的幸福呵！

·四·
市街景

第三天的下午，和费夫人站在院子里闲谈。费先生和费小姐都有事出去了，家里除了费夫人，仅有一个男仆人留着，人一少，满院就觉凄清起来。今天我所以没曾出去，一来是为了昨日走的太累乏；二来今天天色极不正，从早晨到现在，一直就阴阳怪气欲雨不雨的样子，风沙又来的大，怕要乘兴而去，败兴而返的，因此只好坐在家里；幸有费夫人不时来和我东扯西拉地闲谈，倒也不觉寂寞。

北方的物质文明，自然不及南方，但我们倘使不想专致心于声色耳目之娱，我是无论如何劝他还是居住在北方——尤其是北平——的好。固然北方也有生活竞争，也有贫富之差，但这是一般的社会病，何处不是这样，真如友人某君所说的："举世已无净土，更从何处觅桃源？"况我们之说北平宜于居住，并非要把它当作避世的桃花源，只是在一般的比较之下，觉得它稍稍合适而已。

这话怎么讲呢？

北方的生活程度，和南方比起来要低得不少。（天津自然要除外的。那是一处充满市侩气的社会，生活程度是极高的。）这不是哪一阶级独占的福利，即使是最贫穷的阶级，在北方生活也较在南方生活容易得多。南方以米食为主，北方以面食为主，而且穷苦的阶级还可把玉蜀黍和高粱做食品，这比较在南方仅有一种食粮，自然多些伸缩性的。其次，住屋方面，北方也较南方来得舒服。北方的房屋，十分之九都是平房，而且结构形式也大多没有什么差异的，下面为上房，三间或五间，左右两翼为厢房，各一间或两间，全个房屋以五间七间为最普通。房屋的中间必定有一个院子，而且院子的面积总是很宽阔，有的更要超过房屋的总面积。在院子里大多种有树木花草，我们在南方要找一个有大院子的房屋几乎是不可能的，然而在北平随处皆是，夏可乘凉，冬可赏雪，绝没有上海房屋的那种窘促样儿，北平住房之可取也就在这一点。唯有北方房屋中的土炕，我总觉得它是太笨相的，现在一般普通的住房，土炕已渐渐减少了，只有在贫苦阶级的住房中还非常盛行。原因是贫苦阶级租不起多的房间，一有土炕，晚可作为全家卧床，白天可作坐憩工作之场，有的把褥垫一卷起，炕上还砌有锅炉，则又可作为厨房了，岂非经济之至么！总之，北平之宜于住家的还不仅是这几点，例如北平的游憩之地，在全国中就算最好的。只要你亲自到北平走去一走，就会觉得我这话是决非欺人之谈了。

我这次去北平小游，原是为拜访故都的名胜，调剂生活上的枯燥，现在一住三天以后，果然觉得这个七八百年的古城实在名不虚传，心情也为之愉畅不少。算来还只有一夜好住，过此又要回去牛马般的作工了，所以心想再不能虚掷这有限的时光才好，到街头上去走走的心因此也油然而起。

心里一决定，也不再去管欲雨不雨的天色，拿起帽子，就想开步。正在这个时候，费先生也回来了。我将心意告诉了他，要他不必陪我，但费夫人站在地主的立场上，定非要她丈夫陪行不可，结果只好同走。

临时商定，去的目的地是东安市场。

路是并不远的，但我顾虑到费先生的疲劳，所以雇了两辆洋车代步。

北平的街道上有两种东西特别会引起初到的人注意，一种是生根在沿路的参天古木，看去这些树都已经有好几百年的生命，奇桠错出，老气横秋，它的叶荫可以覆盖着好几十丈的空间；一种是来往不绝的骡车，在车轮轧轧之间，驾车者继续地喊着“噢——噢”的口号，骡子随了这些口号，或停或进，或左转或右弯，无不如意，这些车上大都载着煤块或商货，乡人坐着进城的也有。故都的道路上有这古木和骡车一点缀，更其显出一种中古时代的风趣来了。

沿路上差不多看不见的商铺，即偶然发现几家，也都是卖油盐柴米之类的日用品店，门面大多是破破碎碎，全无一点装璜，故都商业之不发达，于此可见一般。行人的步伐，老是那么慢慢腾腾，悠闲不迫的样子，像上海马路上所见的那种匆急的走法，在这古城里的马路上是找不出来的。

一进东安市场的大门，情形可有些不同了。那里有数百家的商店丛集在一处，门面也都装饰得花花绿绿，货物也陈列得整整齐齐，各式各样的商店，无不应有尽有。来来往往的顾客闲人，摩背接踵；一种买卖呼喊的声音，震耳欲聋。这市场，宛似上海的一家百货公司，场地则比百货公司还大，不过那里多是供给小市民需要的商品，买不出贵重的货品。我和费先生挤挤撞撞地绕了一个圈子，我买了一包北平特产的线香，还买了一只景泰蓝的笔筒，那种店伙对待顾客的礼貌，十分谦和的言对，为南方场面市所未见。即故都人之待人接物，也都彬彬有礼，流露出一种诚挚豪爽的气氛。这是资本主义尚未深入的社会关系的表现，我对它却特别感觉得亲切有味。

听说像这种市场，还有几处，不过都不及此处规模宏大。至于大规模的商市，则在前门大街一带。

从市场出来，已万家灯火了。

北平城内的名胜，自然不止我游过的几处。北平已经是辽、金、元、明、清各朝之故都，几乎随处都成了古迹，我所走的只不过披沙成金的一点点罢哩。有名的如内城北部的什刹海，外城南部的陶然亭、天坛、先农坛等等，都以时间来不及，只好俟之他日了。

一九三四年十一月底

44

旧书铺

齐如山

（1875—1962）

北平旧书铺的组织法，不但中国其他城池没有，世界各国也是不见的。他除在柜台上售书外，里边屋中总陈列着几张八仙桌，预备人去看书。从前吾国虽有藏书楼的组织，但多系私人所藏，间乎有公共者，然甚少，只有极讲究之书院中，偶或有之，但亦不容易借出，藏书楼中更无供人看书处的设备。则这种旧书铺，颇有现代图书馆的情形，而且比图书馆还方便。想看什么书，他就给送到桌上来。倘自己研究一件事情，记不清应看何书，可以问铺中掌柜的，他便可给你出主意。他铺中没有的书，他可以替你在其他书铺转借。看书时想吸烟，有学徒替你装烟，想喝茶有学徒给你倒茶。你若看书看饿了，他可以代你去买点心；常看书的熟人，有时他不要钱，他还可以请你。这在世界上的图书馆中是没有的吧？不但如此，你在家中想看什么书，他可以给你送去。看完了不买，是毫无关系的，比方说自己想做一篇文章，应用的参考书，家中没有，也可以去借；只管说明，我暂作一次参考，你看完了，他便取回。不但如此，倘做文章自己一时想不出应用何书参考，也可以直与书铺掌柜商量，他可以代出主意，自己书铺没有，也可以代借，看完了仍旧由他代你送还；他不但由别的商家代借，有难觅之书，他知道某学者家有，他也可以替你去借，因为有该书之家，你不一定相熟，而有书之家，总是常买书，与书铺一定相熟的，所以他去借容易得多。这于学者读书人有多么方便。如果你不认识这种书铺，你可以托朋友介绍，他一样的给你送去，看完了他便取回，也不要钱。

我问过他们，老光看不买岂不赔钱吗？这种旧书铺之掌柜，不但有道德，而且有思想，他说书铺的买卖，道路最窄，平常人不但不买，而且不看。所来往的，只有几个文人，文人多无钱，也应该帮帮他们的忙，而且常看总有买的时候，倘他给介绍一个朋友，做一批大点的买卖，也是往往有的事情，这哪能说是他白看呢？请听他这话，是多么有道德。他不但有道德——且有相当的学问，对于目录之学，比读书人知道的多得多。在前清光绪年间，琉璃厂路南，有一翰文斋，老掌柜姓韩，就知道的很多，缪莲仙、王莲生诸先生都常常问问他。张文襄之洞在他的《书目答问》一书中，曾说过读书人须要常到旧书铺中坐坐，就是这个意思。彼时如张之洞、王莲生、盛伯羲、许叶芬、王闿运等诸公，都是常去逛书铺子的。

45

茶馆子

齐如山

（1875 — 1962）

北平的茶馆子，也实在值得谈一谈，他与各大城中之茶馆，虽然相同地方不少，但特别的地方确很多。茶馆子卖茶，自然是他的正业，但北平茶馆可以分两种，一是早晨，一是夜晚。北平人最讲喝茶，尤其早晨更非喝不可，所以早晨遇到熟人，必须要问一句，“您喝了茶咧吗？”大约都是简单着说，“您喝了吗？”若到大街上碰到，则必相约同到茶馆，此定例也。五行八作除有长期工作者外，其余所有工人，大多数都得到茶馆喝茶，一则喝茶，二则也为寻觅工作。北平的规矩，所有承应工作买卖之商家，如泥瓦作、木厂子、搭棚铺、饭庄子、裁缝局子、出赁喜轿铺、杠房等等，答应下工作买卖来，次日一早，便到茶馆中去找工人，所以各行工人也都到茶馆等候。各行工人有各行的茶馆，不能随便进去，因为棚匠若到厨役的茶馆，那坐一天也找不到工作。这个名词叫作“坎子”，哪一个茶馆，是哪一行的坎子，是一定的。而且茶资也极便宜，每人每次不过茶叶钱，大个钱一枚，水钱一枚；倘自备茶叶，则只花水钱一枚便足，任凭你喝几个钟头，也没关系。大个钱一枚，合现大洋不到半分；彼时每一元现洋，约可换大个钱五百枚，请看这有多便宜。这种茶馆就等于人市，有南方之墟、北方之集的性质。有许多商家下市之后，聚谈各种生意，也都是到这种茶馆来谈，这与上海、广州各大城之茶馆，有相同之处。

夜晚的茶馆，则多是书馆。从前生活安定，大多数人夜晚无事，都要到茶馆听说书，所以各茶馆都要特请有名的说书人，前来说书。大约是大茶馆就请大名角，小茶馆就请次路角，每日茶馆门口，也都有大广告牌，写明特请某人说某种故事，以广招徕。因为间有妇人往听，所以说的都是规矩的故事，如《列国演义》《三国演义》《隋唐演义》《说唐》《杨家将》等的旧小说，都是常说。他们的说法也很有好的，在原词之外，总要加添许多有趣的言辞，提神的动作，借以吸引听众；听书的人，多数也很入迷，一天不听，心神便无寄托，每天吃过晚饭，就都赶紧往茶馆跑，其入迷程度，比观剧又高得多。从前最盛时代，北平这样的茶馆，约有一千余处。每一大街，总有几处。大一点的胡同中，也是必有的。每天的听众，最少也在二十万人以上；比戏园中的观众，要多十倍。倘教育界利用这种书馆，给听众输入些新的知识，则于社会一定有很大的益处，惜乎当年学界没有注意到此。当年中山先生使广东之卖药人，讲演关于革命事情，收效就极大，与这种局面，大致相同。

46

饭馆子

齐如山

（1875 — 1962）

北平的饭馆，亦与各处不同，极有组织，极有训练。所谓有组织者，是馆子分的种类很多，差不多是各不侵犯，如某种人应该吃某种馆子，可以说是一定，但此非仅是贵贱之分，容下边谈之。所谓有训练者，是堂倌等说话之有分寸，不卑不亢，要使人爱听；堂倌又名跑堂的，亦曰茶房，也叫伙计。兹先谈谈饭馆子之种类，及其组织法。

（一）厨行。这种没有馆子没有铺面，只在其住家处门口，挂上一个小木牌，上写“厨行”二字，专应大活，总是在办事之家去做，如办喜事、丧事、庆寿等等。在家中，在庙中，用多少桌席，他都可答应，少者一两桌，多者几十桌、几百桌乃至一千余桌，他都能办到。因为他手下，有这种种厨役，且有厨房一切应用的家具；就是没有也不要紧，因为单有出赁这种家具的商号，任凭你用多少桌都可，而且是粗细都有。他所做之菜品，与饭馆子不同，大约总是煨炖之菜最多，做出一锅来，随用随盛，不伤口味；或者做好之后，永在蒸笼内蒸着，随时用随时端，更较方便。须要知道，一顿饭之时间，前后不过两个钟头，要同时开几十桌，或几百桌，非用这种做法之菜不可；若多用炒菜，那就不能吃了，因为炒菜，要紧在火候，每勺至多炒两盘，若每勺炒十盘八盘，那是绝对不会好吃的。所以这种厨行也单有他专门的优点，大规模的红白寿事，多找这种。

（二）饭庄子。饭庄子分两种，一种名曰冷庄子，一种名曰热庄子。冷庄的情形，与厨行相近，但是他有院落房屋，大的有十个八个院子，房屋当然更多，有的且有戏楼，以便办喜庆事之家庆贺演戏之用。从前办红白寿事，多在这种饭庄之内，因其宽阔方便也，同时开几十桌，地方也足够。大家愿意在此办事者，因为在家中，事前事后，都有许多的麻烦，在此则说成之后，即可办事，办完之后，就算完事，没有善后一切之麻烦。这种庄子，平常不生火，所以名曰冷庄子。来吃饭者，必须前一二日规定，定妥之后，届时他便生火预备。办事定几十桌，他自然高兴；随便请客，定一两桌他也欢迎。

所谓热庄子者，是平常就有火，随时可以进去吃饭，所以名曰热庄子。但“冷庄子”三字是常说的话，“热庄子”三字则不恒用。这种与冷庄子，外表没什么分别，只门口挂有招牌，上写“随意便饭”“午用果酌”等字样；冷庄子则无此。至于办红白事大宴会，则一样的欢迎。从前成桌的请客，多数都在此，因为地方方便，吃一桌饭，可以占一个院，至少要占三间房屋，而且若在饭馆子中请客，大家便以不够郑重，大家说起话来，总是说：既请客就应该在饭庄子上。如今金鱼胡同之福寿堂，前门外观音寺之惠丰堂等等，从前都是小饭庄子。再者饭庄子招牌，都是堂号，如愿寿堂、燕喜堂等。

（三）饭馆子。饭馆子的组织法，种类很多，归纳着来说，可以分为三种。大的饭馆，可以零吃，也可以成席，十桌八桌均可，如泰丰楼、丰泽园等皆是。他也外会，每次几十桌也可以，但这是特别的，且与本柜外面虽是一事，内容则是两事，他永远是两本账。这种大饭馆，若三二人吃，总是不合适的，最少六七人才相宜。

中路的饭馆，只宜于零吃，偶尔也可以做成桌之席，但绝对不会太好吃，如前门外之瑞盛居、春华楼等是。

小饭馆则只能零吃，绝对不能成席。这路最多，如东来顺等，都是如此；只管他生意好，地方大，买卖多，但他确系小饭馆之组织法，而且菜也简单，除炮、涮羊肉等外，可吃的菜不过几种。

（四）饭铺。饭铺与饭馆的分别，现在有许多人不很明了。大概的说，是以各种面食为基本生意者为饭铺，以菜品为基本生意者为饭馆。这种饭铺的种类比饭馆的种类还多，各有各的拿手，各有各的优点，如馅饼周以馅饼出名，耳朵眼以饺子出名，“都一处”以炸三角出名，荟仙居以火烧炒肝出名，苟不理（在陕西巷）以包子出名，面徐以面条出名，润明楼以褡裢火烧出名。此外尚多，不必尽举。也分大中小三等。大的兼卖菜，且种类较多，如东来顺最初就是饭铺。在这种饭铺中吃饭，是最经济的，不但省钱，而且省时间，因为他食品多是现成的，而且简单，进去就吃，吃完就走，于公务员是最合适的。

饭馆饭铺种类甚多，以上不过大略谈谈，因篇幅的关系，也不能多说了。兹只再把他所谓信用谈一二事，亦非其他城池所有。从前东城隆福寺胡同路北，有一家饭馆名曰宏极轩，专卖素菜，凡认真吃素之人，都往他那儿去吃，买卖异常兴隆，尤其是各王公巨宅之老太太，每逢初一、十五，多系吃素，她们对于自己宅中之厨子信不及，以为他们用的刀勺，常做荤菜不洁净，永远派人到宏极轩去买。所以每逢初一、十五，他门口车马如市，都是来取菜的。为什么大家这样相信他呢？当然也实在可信，每天早晨派人到市上去买菜，掌柜的便坐在门口，买来之菜，他都要详细盘查，不但肉荤等物不许进门，连葱蒜薤韭等物，也绝对不许有；本铺中的人，年之久，连一点葱花都吃不到，这样的作风，安得不使人相信呢？安得不发财呢？

前门外大蒋家胡同路南，有一个宝元馆，他另有一种认真法。掌柜的终日坐在厨房门口，每一菜做出来，他先看一看，才许给客人端去，倘他认为不够好，他便把该菜扣下，使厨房另做；不够水准，不能给客人吃。这样情形去吃饭的人是不会不满意的。但他另有一种作风，他欢迎商界，不欢迎官场。商界每年请同行吃春酒，发行家请门市商，门市商请常主顾，每年每家总要请几十桌，此定例也。彼时每桌光菜钱不过现大洋六七元，不过这是一宗很大的生意，而且商家之钱是方便的。官场人请客，一两月中不见得有一次，而且跟班下人种种勒索，相当麻烦，所以不欢迎。按道理说，他两边的生意都做，岂不很好？但彼时有一种风气，是商人与官员，不能同坐一席，比方我们家有庆贺事，到请来宾入席时，便不能把商人与官员让在一处。不但官员挑眼，商人也绝对不肯坐。因为这种情形，倘该饭馆常有官员请客，则商人便不高兴去。所以不得已，只好得罪官员，不能得罪商家。

以上关于饭馆者只说两件。兹再把商业界的信用，说一件。

从前北平银号，最出名者为“四大恒”，都是由明朝传下来的，所以都在东四牌楼，在明朝东四牌楼是最繁华的地方。同治末年，四恒之一的恒和银号关了门歇了业，但他有许多银票在外边流通着，一时收不回来。彼时没有报纸，无处登广告，只有用梅红纸半张，印明该号已歇业，所有银票，请去兑现等字样，在大道及各城镇中贴出，俾人周知。然仍有许多票子，未能回来，但为信用必须候人来兑，等了一年多，还有许多未回，不得已在四牌西边路北，租了一间门面房，挂上了一个钱幌子，不做生意，专等候人来兑现。如此者等了二十年，光绪庚子才关门。请问现在还有这样的铺子没有。

北平商界，从前优点极多，不过大略谈谈。其余便可想而知了。

47

记爱窝窝

周作人

（1885—1967）

爱窝窝为北京极普通的食物，其名义乃不甚可解，载籍中亦少记录，《燕都小食品杂咏》中有《爱窝窝》一首，注中亦只略疏其形状，云回人所售食品之一而已。阅李光庭著《乡言解颐》卷五载刘宽夫《日下七事诗》，末章中说及爱窝窝，小注云：

窝窝以糯米粉为之，状如元宵粉荔，中有糖馅，蒸熟外糁薄粉，上作一凹，故名窝窝。田间所食则用杂粮面为之，大或至斤许，其下一窝如臼而覆之。茶馆所制甚小，曰爱窝窝，相传明世宫中有嗜之者，因名御爱窝窝，今但曰爱而已。

说甚详明，爱窝窝与窝窝头的关系得以明了，所记传说亦颇近理，近世不有仿膳之小窝窝头乎，正可谓无独有偶。诗为丙午作，盖是道光二十六年，书则在三年后所刊也。

七月廿七日记于北平

（原载于1938年8月10日《晨报》）

48

带皮羊肉

周作人

（1885—1967）

在家乡吃羊肉都带皮，与猪肉同，阅《癸巳存稿》，卷十中有云：

羊皮为裘，本不应入烹调。《钓矶立谈》云，韩熙载使中原，中原人问江南何故不食剥皮羊，熙载曰，地产罗纨故也，乃通达之言。

因此知江南在五代时便已吃带皮羊肉矣。大抵南方羊皮不适于为裘，不如剃毛作毡，以皮入馔，猪皮或有不喜啖者，羊皮则颇甘脆，凡吃得羊肉者当无不食也。北京食羊有种种制法，若前门内月盛斋之酱羊肉，又为名物，唯鄙人至今尚不忘故乡之羊肉粥，终以为蒸羊最有风味耳。

羊肉粥制法，用钱十二文买羊肉一包，去包裹的鲜荷叶，放大碗内，再就粥摊买粥三文倒入，下盐，趁势食之，如用自家煨粥更佳。吾乡羊肉店只卖蒸羊，即此间所谓汤羊，如欲得生肉，须先期约定，乡俗必用萝卜红烧，并无别的吃法，云萝卜可以去膻，但店头的熟羊肉却亦并无膻味。北京有卖蒸羊者，乃是五香蒸羊肉，并非是白煮者也。

（原载于1944年5月《书房一角》）

49

北京的春节

老舍

（1899—1966）

按照北京的老规矩，过农历的新年（春节），差不多在腊月的初旬就开头了。“腊七腊八，冻死寒鸦”，这是一年里最冷的时候。可是，到了严冬，不久便是春天，所以人们并不因为寒冷而减少过年与迎春的热情。在腊八那天，人家里，寺观里，都熬腊八粥。这种特制的粥是祭祖祭神的。可是细一想，它倒是农业社会的一种自傲的表现——这种粥是用所有的各种的米，各种的豆，与各种的干果（杏仁、核桃仁、瓜子、荔枝肉、桂圆肉、莲子、花生米、葡萄干、菱角米……）熬成的。这不是粥，而是小型的农业展览会。

腊八这天还要泡腊八蒜。把蒜瓣在这天放到高醋里，封起来，为过年吃饺子用的。到年底，蒜泡得色如翡翠，而醋也有了些辣味，色味双美，使人要多吃几个饺子。在北京，过年时，家家吃饺子。

从腊八起，铺户中就加紧的上年货，街上加多了货摊子——卖春联的、卖年画的、卖蜜供的、卖水仙花的等都是只在这一季节才会出现的。这些赶年的摊子都教儿童们的心跳得特别快一些。在胡同里，吆喝的声音也比平时更多更复杂起来，其中也有仅在腊月才出现的，像卖宪书的、松枝的、薏仁米的、年糕的等等。

在有皇帝的时候，学童们到腊月十九日就不上学了，放年假一月。儿童们准备过年，差不多第一件事是买杂拌儿。这是用各种干果（花生、胶枣、榛子、栗子等）与蜜饯掺和成的，普通的带皮，高级的没有皮——例如：普通的用带皮的榛子，高级的就用榛瓤儿。儿童们喜吃这些零七八碎儿，即使没有饺子吃，也必须买杂拌儿。他们的第二件大事是买爆竹，特别是男孩子们。恐怕第三件事才是买玩意儿——风筝、空竹、口琴等——和年画儿。

儿童们忙乱，大人们也紧张。他们须预备过年吃的使的喝的一切。他们也必须给儿童赶快做新鞋新衣，好在新年时显出万象更新的气象。

二十三日过小年，差不多就是过新年的“彩排”。在旧社会里，这天晚上家家祭灶王，从一擦黑儿鞭炮就响起来，随着炮声把灶王的纸像焚化，美其名叫送灶王上天。在前几天，街上就有多少多少卖麦芽糖与江米糖的，糖形或为长方块或为大小瓜形。按旧日的说法：有糖粘住灶王的嘴，他到了天上就不会向玉皇报告家庭中的坏事了。现在，还有卖糖的，但是只由大家享用，并不再粘灶王的嘴了。

过了二十三，大家就更忙起来，新年眨眼就到了啊。在除夕以前，家家必须把春联贴好，必须大扫除一次，名曰扫房。必须把肉、鸡、鱼、青菜、年糕什么的都预备充足，至少足够吃用一个星期的——按老习惯，铺户多数关五天门，到正月初六才开张。假若不预备下几天的吃食，临时不容易补充。还有，旧社会里的老妈妈论，讲究在除夕把一切该切出来的东西都切出来，省得在正月初一到初五再动刀，动刀剪是不吉利的。这含有迷信的意思，不过它也表现了我们确是爱和平的人，在一岁之首连切菜刀都不愿动一动。

除夕真热闹。家家赶作年菜，到处是酒肉的香味。老少男女都穿起新衣，门外贴好红红的对联，屋里贴好各色的年画，哪一家都灯火通宵，不许间断，炮声日夜不绝。在外边作事的人，除非万不得已，必定赶回家来，吃团圆饭，祭祖。这一夜，除了很小的孩子，没有什么人睡觉，而都要守岁。

元旦的光景与除夕截然不同：除夕，街上挤满了人；元旦，铺户都上着板子，门前堆着昨夜燃放的爆竹纸皮，全城都在休息。

男人们在午前就出动，到亲戚家、朋友家去拜年。女人们在家中接待客人。同时，城内城外有许多寺院开放，任人游览，小贩们在庙外摆摊，卖茶、食品和各种玩具。北城外的大钟寺、西城外的白云观、南城的火神庙（厂甸）是最有名的。可是，开庙最初的两三天，并不十分热闹，因为人们还正忙着彼此贺年，无暇及此。到了初五六，庙会开始风光起来，小孩们特别热心去逛，为的是到城外看看野景，可以骑毛驴，还能买到那些新年特有的玩具。白云观外的广场上有赛轿车赛马的；在老年间，据说还有赛骆驼的。这些比赛并不争取谁第一谁第二，而是在观众面前表演骡马与骑者的美好姿态与技能。

多数的铺户在初六开张，又放鞭炮，从天亮到清早，全城的炮声不绝。虽然开了张，可是除了卖吃食与其他重要日用品的铺子，大家并不很忙，铺中的伙计们还可以轮流着去逛庙、逛天桥和听戏。

元宵（汤圆）上市，新年的高潮到了——元宵节（从正月十三到十七）。除夕是热闹的，可是没有月光；元宵节呢，恰好是明月当空。元旦是体面的，家家门前贴着鲜红的春联，人们穿着新衣裳，可是它还不够美。元宵节，处处悬灯结彩，整条的大街像是办喜事，火炽而美丽。有名的老铺都要挂出几百盏灯来，有的一律是玻璃的，有的清一色是牛角的，有的都是纱灯；有的各形各色，有的通通彩绘全部《红楼梦》或《水浒传》故事。这，在当年，也就是一种广告；灯一悬起，任何人都可以进到铺中参观；晚间灯中都点上烛，观者就更多。这广告可不庸俗。干果店在灯节还要作一批杂拌儿生意，所以每每独出心裁的，制成各样的冰灯，或用麦苗作成一两条碧绿的长龙，把顾客招来。

除了悬灯，广场上还放花盒。在城隍庙里并且燃起火判，火舌由判官的泥像的口、耳、鼻、眼中伸吐出来。公园里放起天灯，像巨星似的飞到天空。

男男女女都出来踏月、看灯、看焰火；街上的人拥挤不动。在旧社会里，女人们轻易不出门，她们可以在灯节里得到些自由。

小孩子们买各种花炮燃放，即使不跑到街上去淘气，在家中也照样能有声有光的玩耍。家中也有灯：走马灯——原始的电影——宫灯、各形各色的纸灯，还有纱灯，里面有小铃，到时候就叮叮的响。大家还必须吃汤圆呀。这的确是美好快乐的日子。

一眨眼，到了残灯末庙，学生该去上学，大人又去照常作事，新年在正月十九结束了。腊月和正月，在农村社会里正是大家最闲在的时候，而猪牛羊等也正长成，所以大家要杀猪宰羊，酬劳一年的辛苦。过了灯节，天气转暖，大家就又去忙着干活了。北京虽是城市，可是它也跟着农村社会一齐过年，而且过得分外热闹。

在旧社会里，过年是与迷信分不开的。腊八粥，关东糖，除夕的饺子，都须先去供佛，而后人们再享用。除夕要接神；大年初二要祭财神，吃元宝汤（馄饨），而且有的人要到财神庙去借纸元宝，抢烧头股香。正月初八要给老人们顺星、祈寿。因此那时候最大的一笔浪费是买香蜡纸马的钱。现在，大家都不迷信了，也就省下这笔开销，用到有用的地方去。特别值得提到的是现在的儿童只快活的过年，而不受那迷信的熏染，他们只有快乐，而没有恐惧——怕神怕鬼。也许，现在过年没有以前那么热闹了，可是多么清醒健康呢。以前，人们过年是托神鬼的庇佑，现在是大家劳动终岁，大家也应当快乐的过年。

（原载于1951年1月《新观察》第二卷第二期）

50

北平的洋车夫

老舍

（1899—1966）

北平的洋车夫有许多派：年轻力壮，腿脚灵利的，讲究赁漂亮的车，拉“整天儿”，爱什么时候出车与收车都有自由；拉出车来，在固定的“车口”（即停车处）或宅门一放，专等坐快车的主儿；弄好了，也许一下子弄个一块两块的；碰巧了，也许白耗一天，连“车份儿”也没着落，但也不在乎。这一派哥儿们的希望大概有两个：或是拉包车；或是自己买上辆车，有了自己的车，再去拉包月或散座就没大关系了，反正车是自己的。

比这一派岁数稍大的，或因身体的关系而跑得稍差点劲的，或因家庭的关系而不敢白耗一天的，大概就多数的拉八成新的车；人与车都有相当的漂亮，所以在要价儿的时候也还能保持住相当的尊严。这派的车夫，也许拉“整天”，也许拉“半天”。在后者的情形下，因为还有相当的精气神，所以无论冬天夏天总是“拉晚儿”（是下午四点以后出车，拉到天亮以前）。夜间，当然比白天需要更多的留神与本事；钱自然也多挣一些。

年纪在四十以上，二十以下的，恐怕就不易在前两派里有个地位了。

他们的车破，又不敢“拉晚儿”，所以只能早早地出车，希望能从清晨转到午后三四点钟，拉出“车份儿”和自己的嚼谷（即吃用）。他们的车破，跑得慢，所以得多走路，少要钱。到瓜市、果市、菜市，去拉货物，都是他们；钱少，可是无须快跑呢。

在这里，二十岁以下的——有的从十一二岁就干这行儿——很少能到二十岁以后改变成漂亮的车夫的，因为在幼年受了伤，很难健壮起来。他们也许拉一辈子洋车，而一辈子连拉车也没出过风头。那四十以上的人，有的是已拉了十年八年的车，筋肉的衰损使他们甘居人后，他们渐渐知道早晚是一个跟头会死在马路上。他们的拉车姿式，讲价时的随机应变，走路的抄近绕远，都足以使他们想起过去的光荣，而用鼻翅儿扇着那些后起之辈。可是这点光荣丝毫不能减少将来的黑暗，他们自己也因此在擦着汗的时节常常微叹。不过，以他们比较另一些四十上下岁的车夫，他们还似乎没有苦到了家。这一些是以前绝没想到自己能与洋车发生关系，而到了生和死的界限已经不甚分明，才抄起车把来的。被撤差的巡警或校役，把本钱吃光的小贩，或是失业的工匠，到了卖无可卖，当无可当的时候，咬着牙，含着泪，上了这条到死亡之路。这些人，生命最鲜壮的时期已经卖掉，现在再把窝窝头变成的血汗滴在马路上。没有力气，没有经验，没有朋友，就是在同行的当中也得不到好气儿。他们拉最破的车，皮带不定一天泄多少次气；一边拉着人还得一边儿央求人家原谅，虽然十五个大铜子儿已经算是甜买卖。

此外，因环境与知识的特异，又使一部分车夫另成派别。生于西苑海甸的自然以走西山、燕京、清华，较比方便；同样，在安定门外的走清河、北苑；在永定门外的走南苑……这是跑长趟的，不愿拉零座；因为拉一趟便是一趟，不屑于三五个铜子的穷凑了。可是他们还不如东交民巷的车夫的气儿长，这些专拉洋买卖的讲究一气儿由东交民巷拉到玉泉山、颐和园或西山。气长也还算小事，一般车夫万不能争这项生意的原因，大半还是因为这些吃洋饭的有点与众不同的知识，他们会说外国话。英国兵、法国兵，所说的万寿山、雍和宫、“八大胡同”，他们都晓得。他们自己有一套外国话，不传授给别人。他们的跑法也特别，四六步儿不快不慢，低着头，目不旁视的，贴着马路边儿走，带出与世无争，而自有专长的神气。因为拉着洋人，他们可以不穿号坎，而一律的是长袖小白褂，白的或黑的裤子，裤筒特别肥，脚腕上系着细带；脚上是宽双脸千层底青布鞋；干净，利落，神气。一见这样的服装，别的车夫不会再过来争座与赛车，他们似乎是属于另一行业的。

（摘自长篇小说《骆驼祥子》）

51

北平的糊棚匠

老舍

（1899—1966）

在那太平年月，裱匠是不愁没饭吃的。那时候，死一个人不像现在这么省事。这可并不是说，老年间的人要翻来覆去地死好几回，不干脆的一下子断了气。我是说，那时候死人，丧家要拼命地花钱，一点不惜力气与金钱地讲排场。就拿与冥衣铺有关系的事来说吧，就得花上老些个钱。人一断气，马上就得去糊“倒头车”——现在，连这个名词儿也许有好多人不晓得了。紧跟着便是“接三”，必定有些烧活：车轿骡马，墩箱灵人，引魂幡，灵花等等。要是害月子病死的，还必须另糊一头牛，和一个鸡罩。赶到“一七”念经，又得糊楼库，金山银山，尺头元宝，四季衣服，四季花草，古玩陈设，各样木器。及至出殡，纸亭纸架之外，还有许多烧活，至不济也得弄一对“童儿”举着。“五七”烧伞，六十天糊船轿。一个死人到六十天后才和裱糊匠脱离关系。一年之中，死那么十来个有钱的人，他们便有了吃喝。

裱糊匠并不专伺候死人，也伺候神仙。早年间的神仙不像如今晚儿的这样寒碜，就拿关老爷说吧，早年间每到六月廿四，人们必给他糊黄幡宝盖，马童马匹，和七星大旗什么的。现在，几乎没有人再惦记着关公了！遇上闹“天花”，又得为娘娘们忙一阵。九位娘娘得糊九顶轿子，红马黄马各一匹，九份凤冠霞帔，还得预备痘哥哥痘姐姐们的袍带靴帽，和各样执事。如今，医院都施种牛痘，娘娘们无事可做，裱糊匠也就陪着她们闲起来了。此外还有许许多多的“还愿”的事，都要糊点什么东西，可是也都随着破除迷信没人再提了。年头真是变了啊！

除了伺候神与鬼外，这行自然也为活人做些事。这叫作“白活”，就是给人家糊顶棚。早年间没有洋房，每遇到搬家，娶媳妇，或别项喜事，总要把房间糊得四白落地，好显出焕然一新的气象。人是一天穷似一天了，搬家不一定糊棚顶，而那些有钱的呢，房子改为洋式的，棚顶抹灰，一劳永逸；窗子改成玻璃的，也用不着再糊上纸或纱。什么都是洋式好，耍手艺的可就没了饭吃。

（摘自中篇小说《我这一辈子》）

52

北平的巡警

老舍

（1899—1966）

巡警和洋车是大城里头给苦人们安好的两条火车道。大字不识而什么手艺也没有的，只好去拉车。拉车不用什么本钱，肯出汗就能吃窝窝头。识几个字而好体面的，有手艺而挣不上饭的，只好去当巡警；别的先不提，挑巡警用不着多大的人情，而且一挑上先有身制服穿着，六块钱拿着；好歹是个差事。当兵比当巡警有起色，即使熬不上军官，至少能有抢劫些东西的机会。当兵要野，当巡警要文明；换句话说，当兵有发邪财的机会，当巡警是穷而文明一辈子；穷得要命，文明得稀松！

六块钱饷粮，扣去三块半钱的伙食，还得扣去什么人情公份儿，净剩也就是两块上下钱吧。衣服自然是可以穿官发的，可是到休息的时候，谁肯还穿着制服回家呢；那么，不作不作也得有件大褂什么的。要是把钱作了大褂，一个月就算白混。再说，谁没有家呢？父母——呕，先别提父母吧！就说一夫一妻吧：至少得赁一间房，得有老婆的吃，喝，穿。

由哪面儿看，巡警都活该是鼓着腮帮子充胖子而教人哭不得笑不得的。穿起制服来，干净利落，又体面又威风，车马行人，打架吵嘴，都由他管着。他这是差事；可是他一月除了吃饭，净剩两块来钱。他自己也知道中气不足，可是不能不硬挺着腰板，到时候他得娶妻生子，还是仗着那两块来钱。提婚的时候，头一句是说："小人呀当差！"当差的底下还有什么呢？没人愿意细问，一问就糟到底。

是的，巡警们都知道自己怎样的委屈，可是风里雨里他得去巡街下夜，一点懒儿不敢偷；一偷懒就有被开除的危险；他委屈，可不敢抱怨，他劳苦，可不敢偷闲，他知道自己在这里混不出来什么，而不敢冒险搁下差事。这点差事扔了可惜，做着又没劲；这些人也就人儿似的先混过一天是一天，在没劲中要露出劲儿来，像打太极拳似的。

拿制服的本身说，它也很讨厌：夏天它就像牛皮似的，把人闷得满身臭汗；冬天呢，它一点也不像牛皮了，而倒像是纸糊的；它不许谁在里边多穿一点衣服，只好任着狂风由胸口钻进来，由脊背钻出去，整打个穿堂！再看那双皮鞋，冬冷夏热，永远不教脚舒服一会儿；穿单袜的时候，它好像是两大篓子似的，脚趾脚踵都在里边乱抓弄，而始终找不到鞋在哪里；到穿棉袜的时候，它们忽然变得很紧，不许棉袜与脚一齐伸进去。有多少人因包办制服皮鞋而发了财，我不知道，我只知道我的脚永远烂着，夏天闹湿气，冬天闹冻疮。自然，烂脚也得照常地去巡街站岗，要不然就别挣那六块洋钱！多么热，或多么冷，别人都可以找地方去躲一躲，连洋车夫都可以自由地歇半天，巡警得去巡街，得去站岗，热死冻死都活该，那六块现大洋买着你的命呢！

（摘自中篇小说《我这一辈子》）

53

腊月二十三祭灶

老舍

（1899—1966）

那的确是良辰吉日！我是腊月二十三日酉时，全北京的人，包括着皇上和文武大臣，都在欢送灶王爷上天的时刻降生的呀！

在那年代，北京在没有月色的夜间，实在黑的可怕。大街上没有电灯，小胡同里也没有个亮儿，人们晚间出去若不打着灯笼，就会越走越怕，越怕越慌，迷失在黑暗里，找不着家。有时候，他们会在一个地方转来转去，一直转一夜。按照那时代的科学说法，这叫作“鬼打墙”。

可是，在我降生的那一晚上，全北京的男女，千真万确，没有一个遇上“鬼打墙”的！当然，那一晚上，在这儿或那儿，也有饿死的、冻死的，和被杀死的。但是，这都与鬼毫无关系。鬼，不管多么顽强的鬼，在那一晚上都在家里休息，不敢出来，也就无从给夜行客打一堵墙，欣赏他们来回转圈圈了。

大街上有多少卖糖瓜与关东糖的呀！天一黑，他们便点上灯笼，把摊子或车子照得亮堂堂的。天越黑，他们吆喝得越起劲，洪亮而急切。过了定更，大家就差不多祭完了灶王，糖还卖给谁去呢！就凭这一片卖糖的声音，那么洪亮，那么急切，胆子最大的鬼也不敢轻易出来，更甭说那些胆子不大的了——据说，鬼也有胆量很小很小的。

再听吧，从五六点钟起，已有稀疏的爆竹声。到了酉时左右（就是我降生的伟大时辰），连铺户带人家一齐放起鞭炮，不用说鬼，就连黑、黄、大、小的狗都吓得躲在屋里打哆嗦。花炮的光亮冲破了黑暗的天空，一闪一闪，能够使人看见远处的树梢儿。每家院子里都亮那么一阵：把灶王像请到院中来，燃起高香与柏枝，灶王就急忙吃点关东糖，化为灰烬，飞上天宫。

灶王爷上了天，我却落了地。

（摘自长篇小说《正红旗下》）

54

端午节之一

老舍

（1899—1966）

在往年，到了五月初一和初五，从天亮，门外就有喊“黑白桑葚来大樱桃”的，一个接着一个，一直到快吃午饭的时候，喊声还不断。喊的声音似乎不专是为做生意，而有一种淘气与凑热闹的意味，因为卖樱桃桑葚的不都是职业的果贩，而是有许多十几岁的儿童。他们在平日，也许是拉洋车的，也许是卖开水的，到了节，他们临时改了行——家家必须用粽子、桑葚、樱桃，供佛，他们就有一笔生意好作。

北平的卖粽子的有好几个宗派，“稻香村”卖的是广东粽子，个儿大，馅子种类多，价钱贵。这种粽子并不十分合北平人的口味，因为馅子里面硬放上火腿或脂油；北方人对糯米已经有些胆怯，再放上火腿什么的，就更害怕了。可是，这样的东西并不少卖，一来是北平人认为广东的一切都似乎带着点革命性，所以不敢公然说它不好吃，二来是它的价钱贵，送礼便显着体面——贵总是好的，谁管它好吃与否呢。

真正北平的正统的粽子是：（一）北平旧式满汉饽饽铺卖的，没有任何馅子，而只用顶精美的糯米，包成小、很小的，粽子；吃的时候，只撒上一点白糖。这种粽子也并不怎么好吃，可是它洁白、娇小，摆在彩色美丽的盘子里显着非常的官样。（二）还是这样的小食品，可是由沿街吆喝的卖蜂糕的带卖，而且用冰镇过。（三）也是沿街叫卖的，可是个子稍大，里面有红枣。这是最普通的粽子。

此外，另有一些乡下人，用黄米包成粽子，也许放红枣，也许不放，个儿都包得很大。这，专卖给下力的人吃，可以与黑面饼子与油条归并在一类去，而内容与形式都不足登大雅之堂的。

小顺儿的妈心中想着的粽子是那种糯米的，里面有红枣子的。她留心地听着门外的“小枣儿大粽子啵！”的呼声。可是，她始终没有听到。

她说不上来什么是文化，和人们只有照着自己的文化方式——像端阳节必须吃粽子、樱桃与桑葚——生活着才有乐趣。

为补救吃不上粽子什么的，她想买两束蒲子、艾子，插在门前，并且要买几张神符贴在门楣上，好表示出一点“到底”有点像过节的样子。她喜爱那些神符。每年，她总是买一张大的，黄纸的，印着红的钟馗，与五个蝙蝠的，贴在大门口；而外，她要买几张粘在白纸上的剪刻的红色“五毒儿”图案，分贴在各屋的门框上。她也许相信，也许根本不信，这些纸玩意儿有什么避邪的作用，但是她喜爱它们的色彩与花纹。她觉得它们比春联更美观可爱。

妈妈不能对孩子发气，孩子是过年过节的中心人物，他们应当享受，快活。但是，她又真找不来东西使他们高声的笑。她只好惭愧地说：“初五才用雄黄抹王字呢！别忙，我一定给你抹！”

“还得戴葫芦呢！”葫芦是用各色的绒线缠成的樱桃、小老虎、桑葚、小葫芦……联系成一串儿，供女孩子们佩戴的。

“你臭小子，戴什么葫芦？”妈妈半笑半恼地说。

“给小妹戴呀！”小顺儿的理由老是多而充实的。

妞子也不肯落后，“妈！妞妞戴！”

妈妈没办法，只好抽出点工夫，给妞子做一串儿“葫芦”。只缠得了一个小黄老虎，她就把线笸箩推开了。没有旁的过节的东西，只挂一串儿“葫芦”有什么意思呢？假若孩子们肚子里没有一点好东西，而只在头上或身上戴一串儿五彩的小玩艺，那简直是欺骗孩子们！她在暗地里落了泪。

（摘自长篇小说《四世同堂》）

55

端午节之二

老舍

（1899—1966）

设若诗人们睁着一只眼专看美的方面，闭着一只眼不看丑的方面，北京的端阳节是要多么美丽呢：

那粉团儿似的蜀菊，衬着嫩绿的叶儿，迎着风儿一阵一阵抿着嘴儿笑。那长长的柳条，像美女披散着头发，一条一条地慢慢摆动，把南风都摆动得软了，没有力气了。那高峻的城墙长着歪着脖儿的小树，绿叶底下，青枝上面，藏着那么一朵半朵的小红牵牛花。那娇嫩刚变好的小蜻蜓，也有黄的，也有绿的，从净业湖而后海而什刹海而北海而南海，一路弯着小尾巴在水皮儿上一点一点；好像北京是一首诗，他们在绿波上点着诗的句读。净业湖畔的深绿肥大的蒲子，拔着金黄色的蒲棒儿，迎着风一摇一摇地替浪声击着拍节。什刹海中的嫩荷叶，卷着的像卷着一些幽情，放开的像给诗人托出一小碟子诗料。北海的渔船在白石栏的下面，或是湖心亭的旁边，和小野鸭们挤来挤去地浮荡着；时时的小野鸭们噗喇噗喇擦着水皮儿飞，好像替渔人的歌唱打着锣鼓似的："五月来呀南风儿吹" 噗喇，噗喇。“湖中的鱼儿”噗喇，“嫩又肥”噗喇，噗喇。……那白色的塔，蓝色的天，塔与天的中间飞着那么几只野灰鸽：一上一下，一左一右，诗人的心随着小灰鸽飞到天外去了……

再看街上：小妞儿们黑亮的发辫上戴着各色绸子做成的小老虎，笑涡一缩一鼓的吹着小苇笛儿。光着小白脚丫的小孩子，提着一小竹筐虎眼似的樱桃，娇嫩地吆喝着“赛了李子的樱桃！”铺户和人家的门上插上一束两束的香艾，横框上贴上黄纸的神符，或是红色的判官。路旁果摊上摆着半红的杏儿，染红了嘴的小桃，虽然不好吃，可是看着多么美！

可是社会上的真相并不全和诗人的观察相符，设若诗人把闭着的那只眼睛睁开，看看黑暗的那一方面，他或者要说北京的端阳节最丑的了：

屠户门前挂着一队一队的肥猪大羊。血淋淋的心肝，还没有洗净青粪的肚子，在铁钩上悬着。嗡嗡的绿豆蝇成群地抱着猪头羊尾咂一些鲜血，蝇子们的残忍贪食和非吃肉不算过节的人们比较，或者也没有多大的分别。小孩子们围着羊肉铺的门前，看着白胡子老回回用大刀向肥羊的脖子上抹，这一点“流血”与“过节”的印象，或者就是“吃肉主义”永远不会消失的主因。

拉车的舍着命跑，讨债的汗流浃背，卖粽子的扯着脖子吆喝，卖樱桃桑椹的一个赛着一个的嚷嚷。毒花花的太阳，把路上的黑土晒得滚热，一阵旱风吹过，粽子、樱桃、桑椹全盖上一层含有马粪的灰尘。做买卖的脸上的灰土被汗冲得黑一条白一条，好像城隍庙的小鬼。

拉车的一口鲜血喷在滚热的石路上，死了。讨债的和还债的拍着胸膛吵闹，一拳，鼻子打破了。秃着脑瓢的老太太和卖粽子的为争半个铜子，老太太骂出二里多地还没解气。市场上卖大头鱼的在腥臭一团之中把一盘子白煮肉用手抓着吃了。……

这些个混杂污浊也是北京的端阳节。

（摘自长篇小说《赵子曰》）

56

落花生

老舍

（1899 — 1966）

我是个谦卑的人。但是，口袋里装上四个铜板的落花生，一边走一边吃，我开始觉得比秦始皇还骄傲。假若有人问我："你要是作了皇上，你怎么享受呢？"简直的不必思索，我就答得出："派四个大臣拿着两块钱的铜子，爱买多少花生吃就买多少！"

什么东西都有个幸与不幸。不知道为什么瓜子比花生的名气大。你说，凭良心说，瓜子有什么吃头？它夹你的舌头，塞你的牙，激起你的怒气——因为一咬就碎；就是幸而没碎，也不过是那么小小的一片，不解饿，没味道，劳民伤财，布尔乔亚！你看落花生：大大方方的，浅白麻子，细腰，曲线美。这还只是看外貌。弄开看：一胎儿两个或者三个粉红的胖小子。脱去粉红的衫儿，象牙色的豆瓣一对对的抱着，上边儿还结着吻。那个光滑，那个水灵，那个香喷喷的，碰到牙上那个干松酥软！白嘴吃也好，就酒喝也好，放在舌上当槟榔含着也好。写文章的时候，三四个花生可以代替一支香烟，而且有益无损。

种类还多呢:大花生，小花生，大花生米，小花生米，糖饯的，炒的，煮的，炸的，各有各的风味，而都好吃。下雨阴天，煮上些小花生，放点盐；来四两玫瑰露；够作好几首诗的。瓜子可给诗的灵感？冬夜，早早的躺在被窝里，看着《水浒》，枕旁放着些花生米；花生米的香味，在舌上，在鼻尖；被窝里的暖气，武松打虎……这便是天国！冬天在路上，刮着冷风，或下着雪，袋里有些花生使你心中有了主儿。掏出一个来，剥了，慌忙往口中送，闭着嘴嚼，风或雪立刻不那么厉害了。况且，一个二十岁以上的人肯神仙似的，无忧无虑的，随随便便的，在街上一边走一边吃花生，这个人将来要是做了宰相或度支部尚书，他是不会有官僚气与贪财的。他若是做了皇上，必是朴俭温和直爽天真的一位皇上，没错。吃瓜子的照例不在街上走着吃，所以我不给他保这个险。

至于家中要是有小孩儿，花生简直比什么也重要。不但可以吃，而且能拿它们玩。夹在耳唇上当环子，几个小姑娘就能办很大的一回喜事。小男孩若找不着玻璃球儿，花生也可以当弹儿。玩法还多着呢。玩了之后，剥开再吃，也还不脏。两个大子儿的花生可以玩半天;给他们些瓜子试试。论样子，论味道，栗子其实满有势派儿。可是它没有落花生那点家常的“自己”劲儿。栗子跟人没有交情，仿佛是。核桃也不行，榛子就更显着疏远。落花生在哪里都有人缘，自天子以至庶人都跟它是朋友;这不容易。

在英国，花生叫作“猴豆”——Monkeynuts。人们到动物园去才带上一包，去喂猴子。花生在这个国里真不算很光荣，可是我亲眼看见去喂猴子的人——小孩就更不用提了——偷偷的也往自己口中送这猴豆。花生和苹果好像一样的有点魔力，假如你知道苹果的典故；我这儿确是用着典故。

美国吃花生的不限于猴子。我记得有位美国姑娘，在到中国来的时候，把几只皮箱的空处都填满了花生，大概凑起来总够十来斤吧，怕是到中国吃不着这种宝物。美国姑娘都这样重看花生，可见它确是有价值；按照哥伦比亚的哲学博士的辩证法看，这当然没有误儿。

花生大概还跟婚礼有点关系，一时我可想不起来是怎么个办法了；不是新娘子在轿里吃花生，不是；反正是什么什么春吧——你可晓得这个典故？其实花轿里真放上一包花生米，新娘子未必不一边落泪一边嚼着。

（原载于1935年1月20日《漫画生活》第五期）

57

西红柿

老舍

（1899—1966）

所谓番茄炒虾仁的番茄，在北平原叫作西红柿，在山东各处则名为洋柿子，或红柿子。想当年我还梳小辫，系红头绳的时候，西红柿还没有番茄这点威风。它的价值，在那不文明的时代，不过与“赤包儿”相等，给小孩子们拿着玩玩而已。大家作“娶姑娘扮姐姐”玩耍的时节，要在小板凳上摆起几个红胖发亮的西红柿，当作喜筵，实在漂亮。可是，它的价值只是这么点，而且连这一点还不十分稳定，至于在大小饭铺里，它是完全没有份儿的。这种东西，特别是在叶子上，有些不得人心的臭味——按北平的话说，这叫作“青气味儿”。所谓“青气味儿”，就是草木发出来的那种不好闻的味道，如楮树叶儿和一些青草，都是有此气味的。可怜的西红柿，果实是那么鲜丽，而被这个味儿给累住，像个有狐臭的美人。不要说是吃，就是当“花儿”看，它也是没有“凉水茄”“番椒”等那种可以与美人蕉、翠雀儿等草花同在街上售卖的资格。小孩儿拿它玩耍，仿佛也是出于不得已；这种玩意儿好玩不好吃，不像落花生或枣子那样可以“吃玩两便”。其实呢，西红柿的味道并不像它的叶子那么臭恶，而且不比臭豆腐难吃，可是那股青气味儿到底要了它的命。除了这点味道，恐怕它的失败在于它那点四不像的劲儿：拿它当果子看待，它甜不如果，脆不如瓜；拿它当菜吃，煮熟之后屁味没有，稀松一堆，没点“嚼头”；它最宜生吃，可是那股味儿，不果不瓜不菜，亦可以休矣！

西红柿转运是在近些年，“番茄”居然上了菜单，由英法大菜馆而渐渐侵入中国饭铺，连山东馆子也要报一报“番茄虾银（仁）儿”！文化的侵略哟，门牙也挡不住呀！可是细一看呢，饭馆里的番茄这个与那个，大概都是加上了点番茄汁儿，粉红怪可看，且不难吃；至于整个的鲜番茄，还没多少人肯大嘴的啃。肯生吞它的，或者还得算留过洋的人们和他们的儿女，到底他们的洋味地道些。近来西医宣传西红柿里含有维他命 A 至 W，可是必须生吃，这倒有点别扭。不过呢，国人是注意延年益寿，滋阴补肾的东西，或者这点青气味儿也不难于习惯下来的；假如国医再给证明一下：番茄加鹿茸可以壮阳种子，我想它的前途正自未可限量咧。

（原载于1935年7月14日《青岛民报》）

58

敦厚的人情味

陈鸿年

（？—1965）

人称北平是文化城，唯其是文化城，所以比十里洋场人情味儿厚得多，也温暖得多！

现在我看见有不少公家的大宿舍里，一幢楼里，或一个大杂院儿里，旁人并不知道住的人家不属于一个小单位，因为业务上无关，而老死不相往来，只知道有户人家，彼此是“骆驼打哈欠——大拧脖”，谁也不理谁！

尤其是有个刚会走的小孩子，一个嘴啃地，摔倒哭了，很少见有人拉一把，避之唯恐不及，十足的“管闲事，落不是”的作风，而大行其明哲保身之道！

在北平大杂院儿，可不是这个样儿，比如这家大奶奶，要带着孩子回趟娘家，等锁上房门，要走时，左邻右户的，都出来了。“娘儿俩走啊！雇个车吧！到那儿问她姥姥好！大舅母好！”

“是啦！替您说！劳您驾！您给听着点门儿！”

家里锁门不锁门的，您走吧！绝对没有错，丢不了东西。晒干的洗浆衣服，倒水的来倒水，街坊都替您办了，拿现在话说，好像他们是“助人为快乐之本”，极高兴地“为人服务”。

尤其家里人手单薄的，若赶上太太要生产，彼时谁也不讲究入医院，男人又插不上手，这个千钧一发的当儿，可全靠好街坊了！

您看，左邻右舍，赵大奶奶、三大妈、七姑、八姨、二舅母一拥而上，全来帮忙来了，能把产妇产儿，安置得妥妥帖帖，结果是烟茶不扰，抬腿一走。这个时候，谁能招待客人哪！

假若您在一个地方，住上若干年，抬头低头，都是熟人。若赶上您家有个娶媳嫁女的喜事，或者不幸的父母之丧，就是一向还没有过份子的，到时候也能“赶一份”。

甚至于家里两口子拌嘴，小孩子不听话，抓过来抽一顿“掸把子”，如果工夫一大，街坊也都跑过来了，给您说好说歹，又说又劝，总想叫住在一块儿的街坊，家家都好。从来没有方圆左近的住街坊，见面时“王小过年——谁也不理谁！”

朋友的母亲，一位北平的老太太，她说：“不是我老想家，觉得这儿什么都别扭，不知是人家别扭，还是咱们自个儿别扭？”

59

摆设儿

陈鸿年

（？—1965）

北平的住家户儿，居家过日子，屋子讲究收拾得干净，桌儿椅儿的擦得倍儿亮。除此之外，桌儿上，讲究有些摆设儿，点缀得屋子里，干净四至，活活泼泼的！

这里所说的摆设儿，是北平一般土著的住家户，屋里这点家具摆设儿，你家有，他家也有，家家买得起，并不包括达官显宦的大宅门儿，有说不尽的稀世之珍；也不包括富商巨贾们，附庸风雅，弄得唐朝夜壶，摆在厅堂之上。

一般的住家户，堂屋都是“老尖儿”的老爷子、老太太住，没有听说过，叫老两口子住东厢屋，而小两口儿，占用上房的。“万恶淫为首，百善孝当先”，没有这规矩！

堂屋既是老太太们住的，堂屋正中间，少不了供着佛，不管是哪位神，大多有个佛龛，在佛龛的下面，是个条儿。大榆木擦漆的，漆得鲜红。没有抽屉，没有柜。左右两块镂花板子，算是腿儿了，此所以称为

“条几”也！

条几前面，是一张大八仙桌子，左右一边一个，大红油漆的椅子，讲究些的，都是红硬木做的。既然有了“佛”，就要有“佛”的零件了。

条几上，中间一个大的锡香炉，三条短足，两个大耳子。一边一个，高的锡蜡签儿，旁边再一个锡的、高的细圆香筒，筒里放着散放的高香，其整股整封的高香，是放在一边。

堂屋里，旁边须有个“连三”，和条几差不多，有它长，比它宽不多，平着有三个抽屉，可以放些杂东西。下面是个柜，可以放不少东西了。

连三之上，不可少的，一个带玻璃罩子的大座钟，到时候，叮当一响，隔壁儿都听得见。钟旁边，放两个，圆的磁做的高“帽筒”。明是放帽子的，而抽水烟的纸媒儿放在里边。

连三的头儿上，放个大胆瓶，专门插鸡毛掸子用的。江西烧磁，花色鲜明。条几的头儿上，有的放个大冰盘，下面有个硬木架儿，盘里放上五个佛手，或四五个木瓜，则满室清香。不过这个木瓜是闻香的，不是此间的可以呷的那个木瓜！

小孩少的，可以有个玻璃金鱼缸，冬天放上碧绿的水草，红黄金色的小金鱼，优哉游哉的样儿，很觉可爱！

里间屋里的立柜，不像今天的衣橱，一拳能打个大窟窿，不但是红木的，而且所有的铜什件，越擦越亮，因为土著不是衣食奔走，常吃耗子药，净调职的公务员，不然净这些摆设儿，也搬不起家！

60

水烟袋

陈鸿年

（？—1965）

北平制的铜器，都说是不错，不单质料好，而且制工细，手艺高，一样的东西，放在一块儿一比，就显出谁次谁地道来了！

拿从前流行很久的白铜水烟袋来说，尤其拿在住家户儿一家之主的老爷子手里的；拿在三间门脸儿，买卖家的大掌柜手里的；以及拿在留着小胡子嘴儿，迈着四六步，混衙门口儿，老爷们手里的。这个铜水烟袋您瞧这份漂亮！

无论什么时候，都是光亮照人，彼时擦铜器的东西，虽尚不讲究什么擦铜油；可是不管是用细香灰，或是细土，老是擦得晃眼睛。像买卖地儿的小徒弟，衙门口儿的小当差的，早起第一件事，就是收拾水烟袋。

先把烟袋里面黄不叽潦的臭水倒出来。然后倒上清水，用水且在里面“闯”呢！就听这个烟锅儿在上面，“呱！呱！呱！”且响呢！多会儿里面洗出来的水，是清水，才算完！

水烟袋的手托着的地方，是烟袋座儿！座儿的前后，有两个空洞洞，前面是装烟袋的。后面是放装烟的小烟筒儿用的。左右又有两个小洞洞，是两个和笔帽儿形式一样的，两个小细筒儿。一个用为插纸媒子，一个插铜烟夹子、铜烟签子用的。烟签子一头是尖尖的，一头还带鬃毛儿，用为通烟锅刷烟锅的。

水烟袋的座儿，和烟袋上部弯弯的嘴儿的地方，还有一条“叮啷……当啷……”的铜饰件。从先我很爱看抽水烟袋的样儿！

左手托着水烟袋，点着火的纸媒儿，也交给左手，用食指中指一夹。先用右手，或是用烟夹儿，从烟筒儿里，夹些水烟放在烟锅儿上，要泡泡的，不可“死格膛”。然后右手拿起纸媒儿，用嘴一吹，吹着了火苗儿，一点烟锅儿上烟，就听“咕噜！咕噜！”的一阵响！

就听水烟袋这阵子水响，再看看抽的人，把烟从鼻子眼儿和嘴里吐出来，这个样儿，真有点腾云驾雾，快活似神仙的味儿！

水烟袋的水烟，不知怎么做成的，不会抽烟的，闻着都很香。颜色是金子似的那样黄，切得比头发还细。不过它经常是用个菜叶儿盖着，宜潮湿，不能叫干燥了！

水烟袋另外还有一种，端在十指尖尖小手儿上，抽在樱桃小口中的“坤”水烟袋，形式要比男用的小一号儿，烟袋座儿，是烧蓝的，有的刻着许多花儿，更帅了！

61

养鸽子

陈鸿年

（？—1965）

我看也就是北平有养鸽子的，因家家无论大小总有个院子，住的都是平房，养鸽子比较方便，若是一幢楼里住几十家子，人挤得已像鸽笼了，还养屁的鸽子啊！

养鸽子，在院子里，须架起一间鸽笼子。鸽笼子有半房来高，有一间房子四分之一的大小。四面都是用苇子杆儿扎成豆旗儿的洞洞，有一面须留出门来。

在靠墙的一面，用木头架起尺把高，然后用煤油箱子，一个个地重叠架起。每一个横放的煤油箱子，中间再用板儿一隔，等于一个煤油箱子，是两个鸽子的窝。

鸽笼的顶上，最好搭上油布之类的防雨的设备。鸽子窝里，要铺上稻草、花秸。鸽笼里要放上水盆儿。一个笼里，能搭三四十个鸽子窝，远看就像上海四马路的野鸡窝儿一样。

蚕吐丝、蜂酿蜜、犬守夜、鸡司晨，弄一样东西，有一样儿东西的用处。北平人养鸽子，据知可没有什么用处。一不为准备吃鸽子肉，二不打算叫鸽子下蛋去卖钱用。除每天早晚，把鸽子放到天空，飞飞玩玩之外，可是没一点儿用处。

喂鸽子，不是把食儿撒在笼子里，叫它吃懒飞儿，吃“蹲膘”吃肥了宰了吃肉。喂鸽子之前，须先放鸽子。把鸽子从笼子里赶出来，用竹竿绑个布条条，用手一摇，鸽子都飞到天空去了。

带翅膀儿的东西，撒手不由人儿，飞出去，不就飞跑掉了吗？告诉你，鸽子是认识家的，它无论多少只一群，飞多高多低，总是绕着府上住宅，周而复始地飞翔。它不会从北平市飞到长辛店再拐回来。等鸽子飞乏了，自然而然地落到你的房脊上。

在鸽子的尾巴的长翎背上，还可以挟带迎风而响的鸽铃。这种哨哨名叫“葫芦”，有单葫芦，有双葫芦。有大葫芦，有小葫芦，还有一排三响的长哨哨。

鸽子环宅飞翔，葫芦绕空长鸣，有高音，有低音，有粗响，有细响，真是一曲美丽的音乐。就是三九的天气，放鸽子的，依然每日准时放起。既然爱鸽子，就不管冷不冷了！

62

风檐尝烤肉

张恨水

（1895—1967）

有人吃过北平的松柴烤肉吗？现在街头上橙黄橘绿，菊花摊子四处摆着，尝过这异味的人，就会对北平悠然神往。

据传说，松柴烤牛肉，那才是真正的北方大陆风味，吃这种东西，不但是尝那个味，还要领略那个意境。你是个士大夫阶级，当然你无法去领略。就是我在北平作客的二十年，也是最后几年，变了方法去尝的，真正吃烤肉的功架，我也是“仆病未能”。那么，是怎么个情景呢？说出来你会好笑的。

任何一条马路上，有极宽的人行路。这路总在一丈开外，在不妨碍行人的屋檐下，有些地方，是可以摆着浮摊的。这卖烤牛肉的炉灶，就是放置在这种地方。无论这炉灶属于大馆子、小馆子或者饭摊儿，布置全是一样。一个高可三尺的圆炉灶，上面罩着一个铁棍罩子，北方人叫着甑（读如赠），将二三尺长的松树柴，塞到甑底下去烧。卖肉的人，将牛羊肉切成像牛皮纸那么薄，巴掌大一块（这就是艺术），用碟儿盛着，放在柜台或摊板上，当太阳黄黄儿的，斜临在街头，西北风在人头上瑟瑟吹过。松火柴在炉灶上吐着红焰，带了缭绕的青烟，横过马路。在下风头远远的嗅到一种烤肉香，于是有这嗜好的人，就情不自禁的会走了过去，叫一声：“掌柜的，来两碟！”这里炉子四周，围了四条矮板凳，可不是坐着的，你要坐着，是上洋车坐车踏板，算来上等车了。你走过去，可以将长袍儿大襟一撩，把右脚踏在凳子上。店伙自会把肉送来，放在炉子木架上。另外是一碟葱白，一碗料酒酱油的掺合物。木架上有竹竿做的长棍子，长约一尺五六。你夹起碟子里的肉，向酱油料酒里面一和弄，立刻送到铁甑的火焰上去烤烙。但别忘了放葱白，去掺合着，于是肉气味、葱气味、酱油酒气味、松烟气味，融合一处，铁烙罩上吱吱作响，筷子越翻弄越香。

你要是吃烧饼，店伙会给你送一碟火烧来。你要是喝酒，店伙给你送一只杯子，一个三寸高的小锡瓶儿来，那时你左脚站在地上，右脚踏在凳上，右手拿了长筷子在甑上烤肉，左手两指夹了锡瓶嘴儿，向木架子上杯子里斟白干。一筷子熟肉送到口，接着举杯抿上一口酒，那神气就大了。“虽南面王无以易也！”

趣味还不止此，一个甑，同时可以围了六七个人吃。大家全是过路人，谁也不认识谁。可是各人在甑上占一块小地盘烤肉，有个默契的君子协定，互不侵犯。各烤各的，各吃各的。偶然交上一句话：“味儿不坏！”于是作个会心的微笑。吃饱了，人喝足了，在店堂里去喝碗小米稀饭，就着盐水疙瘩，或者要个天津萝卜啃，浓腻了之后再来个清淡，其味无穷。另有个笑话，不巧，烤肉时，站在下风头，炉子里松烟，可向脸上直扑，你得时时闪开，去揉擦眼泪水儿。可是一面揉眼睛，一面夹长筷子烤肉，也有的是，那就是趣味吗！

这样说来，士大夫阶级，当然尝不到这滋味。不，顺直门里烤肉宛家的灰棚里，东安市场东来顺三层楼上，前门外正阳楼院子里，也可以烤肉吃。尤其是烤肉宛家，每到夕阳西下，喝小米稀饭的雅座里，可以搬出二三十件狐皮大衣，自然，那灰棚门口，停着许多漂亮汽车。唉！于今想来，是一场梦。

（原载于1944年11月6日重庆《新民报》）